KB102194

이포두

노주일 신무협 판타지 소설

FANTASTIC ORIENTAL HEROES

이포두 8

노주일 新무협 판타지 소설

초판 1쇄 찍은 날 § 2014년 5월 26일
초판 1쇄 펴낸 날 § 2014년 6월 2일

지은이 § 노주일
펴낸이 § 서경석

편집부장 § 권태완
편집책임 § 박은정

펴낸곳 § 도서출판 청어람
등록번호 § 제387-1999-000006호
등록일자 § 1999. 5. 31
어람번호 § 제2-2499호

주소 § 경기도 부천시 원미구 부일로 483번길 40 서경B/D 3F (우) 420-822
전화 § 032-656-4452 팩스 § 032-656-4453
http://www.chungeoram.com
E-mail § chungeorambook@daum.net

ⓒ 노주일, 2013

ISBN 979-11-316-9050-5 04810
ISBN 978-89-251-3314-0 (세트)

이포두

8

[완결]

놋쇠일 新무협 판타지 소설

FANTASTIC ORIENTAL HEROES

도서출판 청어람

이포두

第一章　　　7

第二章　　　57

第三章　　　117

第四章　　　165

第五章　　　215

第六章　　　247

終章　　　307

후기　　　317

第一章

드득, 드드득!

목을 좌우로 움직이니 뼈마디가 부딪치는 소리가 난다.

싸우기 전에 준비운동은 필수다. 더군다나 이렇게 목숨 걸고 덤비는 녀석들에게 자칫 방심해 허점을 보인다면 필히 그곳을 파고들 것이다.

하니 이렇게 준비운동을 하여 몸의 부담을 덜자는 것이다.

나도 나이가 나이이니만큼 이제부터는 몸을 사려야 하지 않겠는가?

짤랑.

슈슈슉!

역시 선제공격은 암기로군. 그것도 엽편(葉片)인 것 같은데?

암기로 시선을 빼앗고 허점을 노려 공격한다.

너무나도 뻔한 살수의 방식이다. 하긴 알아도 못 막는 사람들이 널렸으니 굳이 바꿀 필요도 없겠지만.

"훗차!"

나는 가볍게 몸을 흔들어 내 자리로 날아오는 엽편을 피해 정육과 멀찌감치 떨어졌다. 쓸데없이 싸움에 말려들면 괜히 나만 귀찮아질 것 같아서이다.

나는 곧장 살수들이 긴장하게끔 위지창이 있는 곳으로 몸을 날렸다.

휘릭! 타타탁!

살수들은 내가 위지창에게 몸을 날리는 것을 보곤 각기 병장기를 꺼내 들며 외쳤다.

"쫓아라!"

촤차차창!

녀석들, 내가 바라는 대로 움직여 주는구나.

사실 살수들이 더 견고하게 계획을 짜고 내가 누구인지 먼저 알아보았다면 위지창이 이렇게 전면에 나서는 일도 없었을 것이다.

어차피 의뢰자만 잡아 족치면 아무리 의뢰를 받았다는 살수들이라도 돈 나올 곳이 없는데 쓸데없이 자신의 목숨을 버려 가면서 의뢰를 마무리 지을 것인가?

백에 구십은 뒤돌아서 그냥 갈 것이다.

"이놈! 비겁하게!"

위지창은 내가 다가오자 그 보기도 싫은 얼굴을 더욱더 찌푸리면서 외쳐댔다.

나는 위지창의 말에 곰곰이 생각해 보았다.

요즘 들어 내가 비겁하다는 말을 자주 듣는데, 과연 나 혼자서 저 살수들을 전부 상대하는 것이 정정당당하다고 보는 건가?

아니, 그것보다도 애당초 비겁한 놈은 저놈이 아닌가?

허허, 거참, 세상 말세로다. 비겁한 놈에게 비겁하다는 소리를 듣다니.

척!

난 즉시 위지창에게 가는 것을 멈추고 가소롭다는 표정으로 녀석을 쳐다보며 말했다.

"비겁하다고? 그럼 정당하게 가슴 쭉 펴고 네놈이 날 상대해 보든가!"

"우, 웃기지 마라! 지금 내 상태를 보고도 그런 말이 나오는 것이냐!"

변명 없는 무덤은 없다고, 저놈은 죽어서도 변명할 놈이다.

"에라이, 핑계도 좋다!"

나는 놈에게 쏘아주고는 뒤에서 반월도를 들고 다가오는 살수 한 놈을 상대하였다.

스슥!

베는 품새가 예사 솜씨가 아니다. 필히 수련을 많이 하고 살수행도 여러 번 하였겠지.

쯧쯧, 한데 상대가 나인데 어떻게 하냐?

난 녀석이 베어오는 범위 안으로 재빨리 몸을 붙여 버렸다.

쉭! 턱!

"어?"

거리를 주는 것은 싸움의 주도권을 살수에게 넘겨주는 것과 같다. 난 당황한 녀석을 뒤로하고 몸의 반동을 이용하여 놈의 턱을 팔꿈치로 올려붙였다.

"죽은 듯이 자라!"

빡! 철퍼덕.

뒤로 나가떨어지는 모습이 작품이다.

나는 그 작품을 감상할 틈도 없이 앞에서 휘두르는 철편(鐵鞭)을 보았다. 각양각색의 병장기를 한곳에서 맛보게 하려는 좋은 의도로 보기는 개뿔!

촤라락!

내 목을 뜯어먹을 기세로 날아오는 철편을 손을 들어 잡아 버렸다.

덥석! 크킁!

"헙!"

살수의 반응이 다소 싱겁다. 날카롭게 날이 선 철편을 맨손으로 잡았는데 겨우 저런 반응이라니.

"이게 바로 진정한 전심지체지. 으랏차!"

호신강기는 말 그대로 몸의 기를 이용하여 보호하는 거다.

하지만 전심지체는 그 발현만으로 외부의 기를 받아들여 몸으로 순환시킨다.

마치 몸이 기를 공기처럼 호흡하는 것이다.

그러니 정상적인 범주 내에서의 물리적인 공격은 나에게 소용이 없단 말이다! 하하하!

속으로 잠시 자아도취에 빠져 있을 때 즈음, 그 틈을 노리고 누가 내 뒤로 접근하여 머리를 향해 강하게 휘어 치는 것이 느껴졌다.

"끝이다!"

휘익!

"아닌데!"

획!

나는 고개를 숙이면서 철편을 잡아당겨 도리어 내 머리를 후려갈기려는 놈 쪽으로 날려 버렸다.

그러자 철편을 든 놈은 당연히 내 쪽으로 끌려들어 왔고, 내 머리로 날아오던 병기는 철편의 주인의 몸을 산산이 부숴 버렸다.

"아, 아니!"

푸각!

"크악!"

잘 가라. 잠시마나 고마웠어. 날 자아도취에 빠지게 해주다니.

"이놈! 감히 사제를!"

말은 바로 하자. 내가 저렇게 만들었냐, 네가 저렇게 만들었지?

녀석은 곧바로 자신의 두꺼운 철각(鐵脚)을 고쳐 쥐고 연이어 공격해 왔다.

찰크락!

녀석의 공격을 무엇으로 막을까 생각하다 내 손에 감겨진 철편을 말아서 막으면 좋겠다는 생각이 들었다.

음, 그런데 꼭 막아야 하나?

"죽어라!"

부웅!

최선의 방어는 공격인가? 내 물음에 대답해 줄 인간은 아무도 없겠지.

난 손에 말려 있는 철편을 풀어 녀석의 철각을 채찍처럼 감싸 잡았다.

휘리릭! 우직!

나도 한 힘 하지.

이제껏 기나긴 시간을 독수공방하면서 몸을 단련시킨 지 어언 십여 년. 몸은 이래 보여도 힘은 결코 누구에게도 지지 않았다.

"크윽! 무슨 힘이!"

나의 힘에 감탄한 녀석은 두 손으로 철각을 부여잡고 안간힘을 쓰며 나를 떨쳐내려 하였다.

후후훗, 남들이 연애할 때 나는 무공 수련을 했지.

후후훗. 무공을 익히면 연애를 할 수 있을 것이란 기대감 때문에 말이야.

하하하하! 젠장! 망할 사부들 같으니라고!

나의 분노의 원천이 항상 하나로 귀결되는 현실을 뒤로하고, 살수들의 두목쯤 되어 보이는 이가 외쳤다.

"보통 놈이 아니다! 사월단은 사월망진을 펼쳐 단숨에 놈을 제압한다!"

이름만 들으면 내가 꼭 여기서 죽어줘야 될 것 같은 느낌이 들었지만 단순한 느낌일 뿐. 원래 무슨 진(陣)이든 짜기 전에 부숴 버리면 되는 법이다.

"으라라랏! 차아!"

"으윽! 아, 아니, 이게!"

철편을 잡은 채로 나와 힘 싸움을 힘겹게 하고 있는 놈까지 통째로 잡아 돌려 버렸다.

부웅! 부웅!

그러자 그 기이한 광경을 쳐다본 살수 두목은 뭔가 상황이 이상하게 돌아간다는 것을 느끼고는 아까와는 다른 기운을 풍겨 내었다.

아무래도 가벼운 마음으로 상대하러 왔다가 내 실력을 보고는 전심전력으로 상대하려는 모양이다.

한데 이걸 어째? 이미 늦었는데.

"받을 수 있으면 받아보든가! 우랏차아!"

부우우우웅!

커다란 원을 그리면서 맹렬하게 회전하며 날아가는 사람과 병장기의 아름다운 조화.

인세에 다시없을 그 광경을 대면한 살수 두목이 외쳤다.

"피, 피해라!"

"으아아악!"

싸움은 네놈들이 먼저 걸었으면서 이제 와서 피한다고?

"으히히히! 다 없애 버릴 테다! 으히히히!"

어? 잠시만? 이건 내 웃음소리가 아닌데?

흠흠. 잠시 흥분해서 정신이 이상해졌군.

"커험!"

난 헛기침을 크게 하고 길게 호흡을 들이마셨다. 그리고 다시 살수들을 쳐다보며 외쳤다.

"이놈들! 정의는 항상 이긴다! 하하하!"

음. 나의 외침이 늦은 감이 없지 않았다.

콰앙! 두두두둑!

살수단이 삼삼오오 모여 방진을 짜던 장소는 순식간에 사라져 버리고, 그저 휘날리는 먼지만이 그 자리를 채웠다.

깔끔하지는 않지만 그런 대로 쉽게 처리했군.

"이, 이건 도대체……."

나는 반쯤 얼이 빠져서 현실로 되돌아오지 못하는 위지창을 보았다.

그놈은 내가 쳐다봐서 그런 건지 아니면 그저 힘이 없던 건지 무릎을 털썩 꿇고는 그저 멍하니 한곳을 응시하고 있을 뿐이다.

"아니다. 이건 아니야. 믿을 수 없어. 두 번씩이나… 두 번씩이나…….."

무언가 실성한 듯이 중얼거리는 그놈의 말에 무어라 대꾸해 주기도 싫었다.

"이렇게… 이렇게… 이렇게 끝낼 수는 없다. 어떻게 지금까지 살아왔는데! 으아아악!"

고통에 찬 울부짖음이 왠지 발악으로 들린다.

하지만 그 발악이 뭔가 있어 보이는 예감이 드는 것은 왜일까? 또한 나의 예감은 왜 빗나간 적이 없지?

우드득! 빠직!

"얼씨구! 혈마인에 이어서 이제 폭살공까지? 아주 명교가 가지가지 하는구나."

혈마인은 한 식경 동안 목숨을 담보로 중원 한계를 뛰어넘는 힘을 주지만, 폭살공은 목숨을 담보로 그 주변에 있는 생명체를 깡그리 없애 버리는 신공이다.

솔직히 말이 신공이지 자신의 몸을 폭발시키는 것이 무슨 무공이랴.

"비은! 청풍행!"

나는 경공을 시전하여 위지창이 있는 곳으로 다가갔다.

이미 몸이 벌겋게 달아오른 위지창의 뒷목을 잡아채 그대로 냅다 멀리 던져 버렸다.

휙! 슈욱!

"으랴앗! 하늘의 별이 되라!"

내가 한 말이지만 참 유치하다. 하지만 이럴 시간이 없지. 튀어야지!

재빨리 위지창을 던져 버리고는 뒤도 돌아보지 않고 정육이 있는 마차로 돌아와 곧이어 터질 후폭풍에 대비하였다.

경험해 본 폭살공의 위력은 결코 폭렬탄에 뒤지지 않았다.

콰앙! 우르르르!

"으윽! 도, 도대체 무슨 일이오?"

숲이 진동하고 땅이 울리는 충격에 정육은 흔들리는 몸을 겨우 가누면서 말했다.

나는 그 말에 뭐라 대꾸하겠는가?

"사람 터지는 소리."

한 치도 망설임없는 나의 말에 정육은 눈을 지그시 감고 고개를 절레절레 저으면서 쓰게 말했다.

"아까 포두님이 하신 소리가 옳았소."

"뭐가?"

"포두님이 무공을 숨긴 이유가 정신 건강 때문이었다는 것 말이오."

"후후. 왜? 감탄스럽기 그지없냐?"

"…다른 의미로 감탄스럽기 그지없소이다."

"무슨 소리가 하고 싶은 건데? 응?"

"…후우."

정육은 무언가를 말할 듯하다가 한숨을 내쉬며 다시 마차 안으로 들어가 버렸다.

뭐야? 뭐지, 저 표정은? 저 표정은 인정할 수 없다는 그 표정
이 아닌가?

음. 하긴 정육의 저런 반응을 이해 못할 것도 없지.

무공을 보여준다고 해놓고는 보여준 게 힘쓴 것하고 폭탄을
멀리 던져 버린 것밖에 없으니 말이야. 그래도 살수단을 깡그
리 처리할 때 좀 멋있지 않았나?

내가 생각해도 멋진 장면이었는데 말이야.

"이럇! 가자!"

나는 쓸데없는 의문들을 뒤로하고 마차를 몰아 다시 장하현
으로 향했다.

—명교

꾸깃.

"…번번이 나를 방해하는구나, 이원생."

십만 명교를 다스리는 교주.

지금껏 무소불위의 권력을 휘두르며 신교를 멸망케 하고 중
원 대륙을 정복할 뻔한 이력을 가진 사내는 자신 앞으로 온 서
신을 거칠게 구기면서 한 사람의 이름을 읊조렸다.

"네놈이 이렇게 번번이 나의 앞길을 막아선다면 나도 방법
을 바꾸는 수밖에 없지."

원생의 입장에서는 자신의 의지와는 달리 처리하는 일마다

명교가 끼어 있다.

더군다나 그 일을 벌인 명교의 입장에서는 하나같이 사활을 걸고 달려든 일이 아닌가.

명교 교주는 턱을 괴고 심각하게 다음에 처리할 일들을 생각하기 시작했다.

'문전방, 이 늙은이는 이원생의 몸에서 명왕을 분리해 낼 방법을 말해줄 생각이 없는 것이 확실하군.'

교주는 이때껏 이원생이 자신이 하는 일을 방해하여도 참은 것은 오로지 이원생의 몸 안에 심어둔 명왕의 현신 때문이었다.

만약 그것만 자신의 몸으로 온전히 흡수하게 된다면 중원천하는 그의 손에 떨어지게 되는 것은 당연한 일.

하지만 그 방법을 알고 있는 단 한 사람인 문전방이 입을 꾹 닫고 있는 상황이다.

심지어 그의 딸을 인질로 잡고 있는 상황인데도 말이다.

'내 공력만 그대로 가지고 있다면 이런 귀찮은 생각 따위는 접고 요량을 가지고 어떻게 해보겠는데 말이야.'

교주에게 가장 큰 문제는 바로 그것이었다.

현재 교주 자신의 무공이 미미하다는 것. 오로지 그 사실이 문제인 것이다.

"끄응. 결국 이 방법밖에는 없는 것인가?"

머리를 이리저리 굴려 보았자 결론은 한 가지밖에 없었다.

그가 전면에 나서는 것.

이제 더 이상 숨어서 요랑에게 이리저리 자신의 명을 전하는 것에는 한계가 있다는 말이다.

"그리하기는 싫었는데 결국에 이렇게 되고 마는군."

교주는 의자에 앉아서 멍하니 천장을 쳐다보며 허공에 대고 중얼거렸다.

그리고는 지그시 눈을 감고 생각을 정리한 다음 밖에 대기하고 있는 호위를 불렀다.

"밖에 누구 있느냐?"

"예, 교주시여. 하명하시옵소서."

"지금 즉시 권마와 구명우를 데리고 오너라. 내가 직접 보기를 바란다고 전해라."

"지금 즉시 알리겠나이다!"

호위는 즉시 몸을 움직여 권마와 구명우가 있는 곳으로 달려갔다.

교주는 냉정하게 눈을 치켜뜨고 조용하지만 나직하게, 그어느 때보다 힘을 주어 말을 내뱉었다.

"원래 모든 일은 직접 해야 하는 게 제일 속 시원한 법이지. 안 그런가, 이원생?"

이원생에게 날리는 교주의 직접적인 언사(言辭).

과연 교주는 어떠한 생각을 가지고 움직일 것이며, 그에 따라 중원무림과 황실은 어떻게 움직일 것인가.

명교는 그렇게 겉으로 보기에는 고요하지만, 언제 움직일지 모르는 거대한 폭풍우처럼 빠르게 흘러가고 있었다.

—이원생

"어째 어디를 다녀오시기만 하면 사람이 불어나는 건 그저
제 착각입니까?

살갑게 맞이해 주는 이현의 말에 나는 흐뭇하게 웃으면서
말했다.

"왜? 네가 책임질래?"

"…말이 왜 그렇게 나간답니까?"

"시끄럽고, 다른 데 신경 쓰지 말고 맡은 일이나 잘해."

"저는 항상 잘하고 있습니다. 포두님이 말썽이지요."

하하하, 우리 이현이가 나 없는 사이에 사뭇 달라졌네.

어디 괜찮은 배경이라도 생겼나? 이렇게 대들다니.

나는 한마디도 지지 않고 대드는 이현에게 평안하고 나긋한
목소리로 말했다.

"너 혹시 현청에 인맥이라도 있냐?"

"제 주제에 인맥은 무슨. 그런 인맥 있으면 포졸 하고 있겠
습니까?"

"그러면 혹시 곰의 간이라도 씹어 드셨냐?"

"예? 무슨 그런 말씀을. 저는 곰 고기도 먹어본 적이 없습니
다."

"그럼 미쳤구나?"

"……"

"그러니 네놈이 이렇게 나에게 바락바락 대드는 거 아니냐!"

와락!

나는 녀석의 몸을 부둥켜안고 힘을 주어 졸라 버렸다.

꽈악!

힘은 원체 좋으니 이현 같은 몸쯤이야 간단하게 졸라 버릴 수 있었다. 이현은 나의 공격에 바둥거리며 악을 써댔다.

"아아악! 아픕니다! 아파요! 한데 포두님도 잘못하셨습니다!"

뭔가 단단히 쌓여 있어도 이렇게 대놓고 말하면 안 되지, 이놈!

"내가 무슨 잘못을 했는데?!"

"아무리 그래도 공적인 일을 핑계로 포관을 비워놓고 놀고 오신단 말입니까!"

뭐? 내가 놀았다고? 내가? 언제?

나는 어처구니가 없어서 이현의 몸을 여전히 조르면서 물었다.

"네가 봤냐? 봤어? 내가 놀고 있는지 일하고 있는지 네가 봤냐고?!"

"아악! 보, 보진 않았지만 포두님 친구분이신 상원이라는 사람이 포관에 다녀갔습니다!"

"음? 그놈이 왜?"

"으윽! 며칠 전에 객잔에서 다른 사람을 사칭하고 외상 달아 놓고 간 것을 신고해 버리겠다고 말입니다. 아악!"

아, 하긴 이현의 이런 반응도 사뭇 이해가 가긴 하는군.

한데 그 좀생이는 겨우 친우가 신세를 조금(?) 좀 졌기로서 니 그걸 신고한다고 찾아와?

나는 힘을 풀어 이현을 풀어주고는 해명했다.

스르륵.

"자세한 이야기는 할 수는 없지만, 아무튼 놀고 오지는 않았 다. 오해 풀어라."

"아우우, 미천한 포졸 따위가 오해를 해 무엇하겠습니까? 그저 포두님이 시킨 것이라면 죽는 시늉이라도 해야지요."

이거 단단히 삐친 모양이네?

난 이현에게 어깨동무를 하면서 귓가에 조용히 속삭였다.

"정말 죽는 시늉이라도 할래? 죽을 만큼 때려줄까?"

감히 남자가 토라져? 여자가 토라져도 시원찮을 판에 남자, 그것도 저 이현이 토라져 있는 것을 눈 뜨고 보겠는가?

나의 말에 이현은 흠칫 몸을 떨었지만 침을 삼키며 지지 않 겠다는 듯 말했다.

"그, 그래도 소용없습니다. 저, 저는 이 일을 사실대로 빠짐 없이 다 기록해서 후대에라도 제 억울한 심정을 알려야… 악!"

퍽!

전광석화와 같은 내 주먹이 이현의 옆구리를 훑고 지나갔 다.

"계속 말해봐."

"크윽! 저, 저는 이런 폭력과 협박에 굴복하지… 아악!"

픽! 픽!

연속으로 박히는 내 주먹은 정확히 이현의 옆구리를 파고들었다. 이현은 강렬히 저항하려 했으나, 나의 집요함은 녀석의 인내심보다 더 했다.

"이래도? 이래도!"

"이, 이렇게 때리시다가! 윽! 덜컥 제가 다치기라도 하면! 커헉! 일은 포두님이 다 하실 겁니까! 악!"

"……"

나는 이현의 옆구리를 집중적으로 공략하다가 번뜩 정신을 차렸다.

헙. 그러고 보니 그러네. 쩌업! 그렇다면 어쩔 수 없지.

채찍이 통하지 않으니 당근을 써야겠군.

난 녀석에게 다시 넌지시 말했다.

"좋다. 조건을 말해봐."

이제껏 일 많이 했으니 조금 풀어줘도 괜찮겠지?

이현 녀석은 옆구리를 쓸어내리면서 나를 믿지 못하겠다는 눈빛으로 쳐다보며 물었다.

"저 정말입니까?"

흠. 이 녀석, 무언가 원하는 게 있어 이런 식으로 대들었군.

"까짓것, 들어줄 수 있으면 들어주지."

내가 이래 봬도 부하를 끔찍이 아끼는 포두가 아닌가. 이런 요청쯤은 들어줘야지.

"그, 그럼 정말 말해도 됩니까?"

"거참, 속고만 살았나. 말해보라니까."

도대체 뭘 말하려고 저렇게 뜸을 들이는 거야? 감질나게.

이현은 나를 못 미덥다는 듯 째려보고는 본론으로 들어갔다.

"내, 내일⋯ 연가(年暇) 좀 쓰겠습니다."

"⋯⋯?"

"어, 어째서 놀라십니까? 제 연가를 쓰겠다는데요."

"⋯⋯."

연가란 포졸들이 일 년에 몇 차례 쉬는 날을 뜻하는데, 지금껏 한 번도 연가를 쓰겠다는 사람이 없어서 잠시 잊고 있었다.

잠시 당황하긴 하였지만, 어차피 내일 특별한 일도 없으니 한 번 쉬라고 해주는 것도 좋을 것 같다.

"그래, 알았다. 내 특별히 유급으로 해주마."

"⋯원래 연가는 유급입니다."

아, 그렇구나.

한데 그 사실을 꼭 짚어서 대놓고 이야기해야 하나?

"알고 있다. 농담이었어."

"⋯⋯."

젠장! 체면치레도 안 되는 말을 내가 하다니.

나는 화제를 돌리는 것이 내 신상에 좋을 듯싶어 운 씨 자매에 관한 일로 관심을 돌렸다.

"커험. 그건 그렇고, 운 씨 자매에 대한 서류는 끝내났냐?"

"아, 예. 그 서류는 현청에서 내려와서 처리해 놨습니다. 한데 어떻게 하시려고 그 자매를 데려오시는 겁니까?"

"어떻게 하긴, 그저 추 소저 일이나 돕게 해야지."

이 조그만 포구 포관에서 무슨 일이 있어야 시키지, 그리고 별로 일도 일어나지 않는데 말이야.

그러자 내 심드렁한 대꾸에 이현은 뭔가 못마땅한 표정을 지었다.

저놈은 또 왜 저래?

"야, 그 표정은 뭐야? 왜, 마음에 안 드냐?"

어차피 벌어진 일이라 저놈이 마음에 안 들어도 어쩔 수 없다.

하지만 괜히 마찰이 일어날까 싶어 물었더니 녀석이 갑자기 정색하고는 심각한 어조로 나에게 말했다.

"제가… 솔직히 한 말씀드려도 괜찮겠습니까?"

"뭔데? 말해봐."

"…이런 식은 아니라고 봅니다."

"음?"

"아무리 운 씨 자매의 처지가 불쌍하다고 해서 그것을 이용해서 운 씨 자매의 환심을 사려 하다니요! 그것은 정말 최악의 수가 아닙니까!"

아, 엥?

"아무리 포두님이 여자에게 관심도 애정도 받지 못하는 분이라지만 이런 식으로 일을 처리해서 혼인을 하고 싶습니까!
정말이지 운 씨 자매가 불쌍할 따름입니다!"

"……."

어버버버!

뭐, 뭐라고? 이놈이 뭐가 어쩌고 어째?

이현의 말에 내 머리에서 어이가 저 멀리 날아가 버리고 아
무런 말도 튀어나오지 않았다.

그러자 이현은 그런 나의 모습에 더욱더 확신에 찬 목소리
로 말하는 것이 아닌가.

"그렇습니다! 포두님이 무슨 할 말이 있겠습니까! 제가 포두
님을 그런 사람으로 본 것은 아니지만 정말 실망입니다!"

"……."

뚜뜩!

이현의 마지막 말에 내 이성은 저 하늘로 날아가서 다시는
돌아오지 못했다.

나는 살포시 주먹을 쥐면서 녀석에게 물었다.

"자네, 어디까지 맞아봤나?"

"뭐, 뭡니까? 또 폭력을 사용하려고 하십니까. 저는 결코 그
런 것에 굴하지 않고 진실만을……!"

"내일 아주 푹 쉬게 해주지. 아니, 그냥 며칠 푹 쉬다가 와
라."

이런 생각이 어디서 나왔는지는 모르겠지만, 필히 저 요상
한 입에서 나왔을 것이다.

그리고 보니 내가 요즘 이현을 때리는 것을 게을리해서 이 놈이 자꾸 기어오르려고 하고 있는 것이 눈에 보인다.

아주 오늘 싹을 잘라주마.

이현은 내가 풍기는 기운이 심상치 않다는 것을 느꼈는지 정색하고 덤비던 얼굴을 싹 지우고는 어색하게 웃으면서 말하였다.

"하하, 저기… 제가 잠시 농담을 해본 것뿐입니다. 하하……."

나는 이런 이현의 차분한 소리에 차분하게 주먹을 들어 이현의 면상으로 들이대며 말했다.

"이승에서의 마지막 말은 그것뿐이냐?"

슉!

"자, 잠시만, 포, 포두님! 사, 살려… 우와아아아악!"

포관으로 운 씨 자매를 데리고 출근한 지 하루 만에 이현은 나에게 비 온 날 먼지 나게 맞았고, 덩달아 아침 운동까지 했던 하루의 시작이었다.

나는 이현을 죽기 직전까지 패고 한두 대 더 패준 뒤 손을 털면서 집무실에서 나왔다.

터벅터벅.

집무실에서 나오자 겨울이 서서히 지나가는 것을 몸으로 느껴지면서 따스한 햇살이 내 얼굴을 감쌌다.

음, 상쾌하군.

"어? 포두님, 나오세요?"

"안녕하세요, 포두님. 좋은 아침이에요."

그에 따라 내 귓가를 듣기 좋게 간질이는 두 여성의 목소리가 들린다.

운하령, 운하윤 자매.

나는 단지 보기만 해도 기분이 좋은 자매를 같이 쳐다보며 흐뭇하게 웃으며 인사하였다.

"하하, 안녕하세요. 이거 이렇게 두 사람의 인사를 함께 받으니 오늘 하루도 일이 잘 풀릴 것 같은데요. 하하!"

가벼운 농담 섞인 나의 말에 두 자매는 수줍어하며 고개를 떨구었다.

후후후, 이거 내 눈이 호강에 호강을 거듭하는 것 아닌가 싶다.

이미 추 소저에 예린 소저, 화정 소저까지 주변에 미녀들로 넘쳐나는 생활을 하고 있는데 어찌 하루가 즐겁지 아니하겠나.

하지만 이런 생각을 하면 할수록 왠지 슬퍼진다.

크흡. 추 소저는 이현이 채갔고, 예린 소저는 모르겠고, 화정 소저는 감감무소식이다.

물론 내가 운 씨 자매에게 이런 마음을 가지면 안 되겠지만, 그래도 혹시나 하는 마음에 살짝 살펴봤더니 언니인 하령은 정욱을 만나자마자 사모하는 눈치고, 동생인 하윤은 호연 포졸과 뭔가 일어나는 중이다.

아마도 나 모르게 호연 포졸이 하윤이 관기 신분인데도 꾸

준히 찾아가 도움을 주었던 것 때문일 것이다.

하하하하!

내 주제에 무슨. 그냥 이렇게 살다가 평생 혼자 늙어 죽으려나?

잠시 서글픈 내 앞날에 대한 생각을 할 무렵, 하령이 나에게 물어왔다.

"저기, 포두님?"

"아, 예. 말씀하세요."

"말씀드리기 죄송하지만, 저희는 이제 어떻게 되는 건가요?"

"뭘 죄송하기까지야. 별거 없습니다. 그냥 편하게 지내시기만 하면 됩니다. 뒷일은 제가 다 알아서 했으니 말입니다."

어차피 서류 처리야 예린 소저와 마한지의 도움으로 일사천리로 진행되었다.

관에 의심을 품은 사람이야 내가 전부 술과 접대로 구워삶아 놓았으니 뒷말이 나올 일이 없다.

당당한 나의 말에 하령은 조심스레 입가에 웃음을 띠고는 안도에 한숨을 내쉬며 말했다.

"다행이에요. 혹시라도 포두님이나 정육에게 피해가 가지 않을까 걱정했는데 말이에요. 후우우."

자신의 처지를 생각하지 않고 도리어 나와 정육을 걱정해 주는 하령의 말에 구해주기를 잘했다는 생각이 들었다.

그래, 이런 사람들이 세상을 살아가야 하는 거지.

난 하령의 어깨에 손을 얹고 안심하라는 듯이 토닥거려 주면서 말했다.

"그런 걱정은 생각하지도 떠올리지도 마십시오. 그저 지금부터는 건강하게 잘살아가는 일만 생각하면 됩니다."

"…예, 포두님."

사근사근한 목소리로 말하니 듣는 사람이 절로 기분이 좋다.

나는 하령과 하윤 소저에게 몇 차례 당부와 몸 상태를 물어보고는 포구 순찰을 위해서 포관을 나섰다.

무림맹에서 돌아온 지 엿새밖에 지나지 않았는데 장하현은 올 때마다 마음가짐이 달라지는지 모르겠군.

처음에 전역하고 돌아올 때는 그저 희희낙락하면서 모든 근심걱정 내려놓고 술이나 마셔야겠다고 했다.

한데 지금은 챙겨야 될 식구가 많아지고 왠지 가장의 의무감이 새록새록 생긴다.

쩌업, 이러다가는 내 목표인 혼인도 못하고 저것들 뒷바라지나 하다가 세상 끝날지도 모르겠군.

"도대체 무슨 생각을 하기에 형마저 본체만체하는 것이냐?"

한가로운 햇살에 넋을 빼고 생각하다 보니 포구에 도착한 것도 까먹은 모양이다.

나는 형의 말에 쑥스럽게 뒷머리를 긁적이면서 답했다.

"생각은 무슨, 그저 밤에 뭐 할 궁리뿐이지요."

"허허, 녀석. 무슨 걱정거리라도 있는 것이야?"

날 생각해 주는 것은 역시 가족뿐이군.

나는 쓸데없는 말을 꺼내서 괜히 같이 근심을 짊어지고 싶지 않아서 농으로 답했다.

"동생 걱정거리야 뻔하지요. 언제 우리 형님 장가가나 그 걱정밖에 더 있겠습니까."

우스갯소리로 말했지만 걱정은 걱정이다.

장인이 최무향이라는 장하현 최고의 거부(巨富)가 아닌가.

뭐, 형도 못사는 건 아니지만 최무향의 눈에는 미미해 보일 것이다.

나의 말에 형은 별것 아니라는 듯이 웃으면서 말했다.

"하하하, 못난 형의 혼사까지 생각해 주고, 우리 원생이가 벌써 이리도 컸구나. 걱정 말거라. 몇 달 후면 날짜 잡을 테니."

"가족끼리 앞날 생각해 주는 거야 당연한 이야기잖수. 한데 뭐요?"

내가 잘못 들었나?

그냥 아무렇지도 않게 며칠 후면 혼인한다는 말을 들은 것 같은데?

에이, 설마.

"하하하, 못 들었느냐? 아, 그러고 보니 네가 밖으로 출장 갔을 때 정해진 일이구나."

"……."

"녀석, 왜 갑자기 얼빠진 표정을 하고 그래? 하하하! 그래,

몇 달 후면 네 형이 장가를 가게 된다는 말이다. 하하하!"

아, 에? 어?

아니, 물론 혼인할 나이도 되었고 형수랑 관계도 깊어가는 줄은 알지만 갑자기 이런 소리를 들으니 당황스럽기 그지없네.

아니, 그나저나 내가 이럴 게 아니지.

난 형에게 물었다.

"최 대인은 허락하시고요?"

"하하하, 뭐 어쩔 수 없지. 네 형수가 애를 뱄으니 허락하는 수밖에."

하, 아무리 내 형님이긴 하지만 정말 남자구나.

난 형님에게 엄지손가락을 치켜세우며 말했다.

"형, 최고입니다. 어우."

"하하, 뭘 이런 걸 가지고."

형은 못내 부끄러운 듯이 어색하게 웃음 지었다.

그리고 이내 형을 부르는 소리에 이 충격적인 가족 행사는 잠시 묻어두었다.

"이 선주(船主)님, 준비 다 끝났습니다!"

"알겠네. 그럼 원생아, 갔다 와서 보자꾸나."

"아, 예. 그럼 연락하쇼."

난 손을 들어 형을 배웅했다.

형도 같이 손을 들어 보이고는 승선하더니 곧이어 출발하였다.

하아, 드디어 하는구나. 기쁘기는 한데 무언가 마음 한편에 씁쓸한 게 남아 있기는 하군.

일상이 변하고 주변의 사람들이 하나둘씩 자신의 삶을 만들어가는 게 당연한 순리이겠지만 저 혼자 그것에 따라가지 못하고 낙오된 기분이 든다.

"에유, 젠장."

나는 뒷짐을 지고 하늘을 쳐다보고는 욕을 해준 후 자리를 털고 다른 곳으로 움직였다.

터벅터벅.

"엥? 이 사람아, 그걸 거기서 또 왜 깎나!"

"아유, 어르신, 그게 아니라……!"

"자, 어서 오세요! 갓 잡은 싱싱한 생선을 팝니다!"

"아주머니, 살 거 아니면 좀 집어보지 마시라니까요!"

포구는 여전히 사람들로 북적거리며, 사람들의 소리가 이리저리 엉켜 하나의 소리를 이룬다.

사람은 서로 부대끼며 살아야 한다고 했을 때 난 얼마나 사람들과 부대끼며 살았을까?

내가 내 삶에 대해서 한 걱정이라고는 오로지 현청에서 나오는 월봉으로 어떻게 하면 술을 많이 마실 수 있을까 하는 것뿐인데 말이다.

음, 그리고 보니 술이 당기는군.

역시 쓸데없는 생각에는 술이 정답이야.

나는 주저 없이 장하현 시장으로 발길을 돌려 상원이네 객잔로 향했다.

시장을 통과하는 중간에 몇 차례 순찰 중이던 포두들과 정겹게 인사를 나누고는 상원이네 객잔에 당도하자 객잔 정문에 대문짝만 하게 무언가 적혀 있는 것이 눈에 띈다.

잡상인, 살인자, 범법사, 이원생 출입 금지.

녀석, 확 죽여 버릴까?

차라리 정말 상원이 녀석을 죽여 버리고 살인자와 범법자가 되는 것도 좋은 생각인 것 같다. 하지만 이내 상원이를 죽여 버리겠다는 생각을 접었다. 그놈을 죽여 버리면 누가 내 술을 대줄 것인가.

난 생각을 마치고 거침없이 객잔 안으로 들어가 상원이에게 말했다.

"야, 나 왔다."

"응, 꺼져."

"하하하, 친우가 왔는데 반겨야지."

"응, 알았어. 그러니까 꺼져."

허허허, 저렇게 단호하다니. 그러나 방법은 언제나 존재하는 법.

"저번에 본 예린 소저 알지?"

"……."

"이번에 그 소저와 자리 좀 만들어보려고 하는데 말이야."

"…내 평생 친우 원생이가 왔구나. 하하하! 왔으면 왔다고 말을 하지 그랬어."

사악한 놈. 아니, 이놈은 그냥 사악한 놈이 아니다.

여자에게 간이고 쓸개고 다 빼줄 염통 없는 놈이다.

나와 어깨동무를 한 상원이 녀석은 꺼지라는 말을 서슴없이 하던 좀 전의 상황을 단번에 잊고는 물었다.

"그래, 내 친우 원생아, 언제 그 소저와 자리를 마련해 줄 거냐?"

상원이의 시커먼 마음이 훤히 보였지만 어차피 의도한 바가 아닌가.

난 녀석에게 시원스럽게 웃으면서 말했다.

"하하, 갑자기 목이 마르는데 말이야."

그러자 상원이 녀석은 즉시 점소이에게 명했다.

"어서 죽엽청 한 병과 소채 좀 내오거라. 내 친우 원생이가 목이 마르다고 하지 않느냐."

상원의 말에 점소이는 고개를 갸웃거리며 도리어 상원에게 물었다.

"어? 분명 이원생이라는 분이 오면 뜨거운 물 한 바가지 부어버리고, 만약 피하면 침을 뱉고 쌍욕을 하면서 쫓아내라고 하지 않으셨습니까?"

상원이 네놈이 그러면 그럴수록 난 기필코 네놈을 털어먹어야겠다고 생각하게 되지 않니? 오기로라도 털어 먹어주마!

점소이의 말에 상원이 녀석이 당황한다.

"그, 저기, 이, 일단 내 말대로 가져오거라! 어서! 빨리!"

"아, 예."

상원이 녀석의 말에 점소이는 잠시 당황하였지만, 눈치껏 상황을 파악하고 주방으로 몸을 돌렸다.

하지만 그 말을 듣고 이대로 보낼 내가 아니지.

난 점소이를 불러 세우면서 상원이에게 말했다.

"잠시 멈추시오. 그리고 상원아."

"으음? 아니, 원생아, 내가 본심으로 그런 것은 아니고……."

괜히 찔려서 상원이 녀석은 나에게 변명을 늘어놓으려 했지만, 난 녀석의 말을 자르면서 말했다.

"오늘은 매화 냄새를 맡고 싶은데 말이야. 그리고 보니 오늘따라 갑자기 오리도 보고 싶고."

돌려서 말했지만 한마디로 매화주하고 오리고기를 내놓으라는 소리다.

평소에는 싸구려 죽엽청이라도 감사히 생각하며 마셨지만, 이 소리를 듣고도 가만히 있다면 내가 이원생이 아니지.

크흐흐흐.

녀석은 나의 말에 침을 꿀꺽 삼키면서 물었다.

"너, 그 소저와의 만남을 주선시켜 주는 것은 확실하지?"

"당연하지. 내가 누구냐."

그래, 너하고 호간이하고 용구하고 다 같이 만나야지. 크하하하!

"네놈, 만약 거짓말이면 당장 너희 어머니에게 가서 네놈 외상값 갚으라고 난장판을 피워 버릴 거야."

"믿으라니까. 정말이야."

그래, 정말이지.

예린 소저가 내 친우들하고 같이 술 마시기로 약속까지 했는데 말이야. 흐흐흐.

나의 말에 녀석은 이번에는 믿어본다는 표정을 지어 보이고는 마치 대단한 결정이라도 한 것처럼 점소이에게 말했다.

"매화주하고 오리구이를 내오거라."

"…정말 매화주를 말입니까?"

"그래, 매화주."

이 겨울에 매화로 만든 술이 흔한 줄 아는가?

사시사철 나는 대나무로 만든 죽엽청보다 몇 곱절이 더 비싼 매화주이다.

크크크, 상원아, 너무 서러워 말거라.

그래도 너의 바람처럼 예린 소저를 만나기는 하지 않느냐. 크하하하!

이윽고 그윽한 향을 풍기며 잘 구워진 오리 한 마리와 매화주 한 병이 내 앞에 가지런히 차려졌다.

으음, 왠지 상원이 놈이 차려주니 더욱더 맛있게 보이는군. 자, 그럼 맛을 좀 볼까나?

덥석.

쪼르륵.

한 손으로 오리고기를 빠르게 분해하며 다른 한 손으로는 매화주를 따르는 경이로운 솜씨를 발휘하는 나에게 상원이 녀석이 물었다.

"그럼 언제 시간을 잡을까?"

"쩝쩝. 내가 예린 소저에게 물어보고 연통을 넣어주마. 꿀꺽."

"그래? 야, 웬만하면 하루 전에는 연통 좀 주라. 내가 요새 좀 바빠서 말이야."

이놈은 여자들에게 거짓말을 밥 먹듯이 하면서 친우들에게 하는 거짓말은 티가 난다.

난 녀석을 쏘아붙이며 말했다.

"뭐? 네가 바빠서 여자 만날 시간이 없다고? 네 아버지 생신은 못 챙겨도 주변 여자 관리는 잘하는 놈이 어디서 변명을 해."

그러자 상원이 녀석은 주변을 두리번거리더니 나만 들릴 만한 목소리로 속삭인다.

"야야, 조용히 좀 해라. 다 듣겠다. 그리고 내가 요즘 작업 거는 여자가 좀 있어서 몸이 두 개라도 모자라다."

그럼 그렇지. 이놈이 어디서 사업 핑계를 대고 정상인으로 보이려고 해? 그리고 여자가 좀 있어? 허허허.

난 상원이에게 심각하고 진중한 목소리로 나직하게 충고해 주었다.

"…네놈은 언젠가 여자에게 칼 맞아 죽는 날이 올 거야. 그

때까지 몸조심해라. 맞아 죽기 전에 먼저 죽지 말고."

그러자 녀석은 나의 이 감명 깊은 충고에 눈물을 뚝뚝 흘리며 반성은 못할망정 나를 비꼬는 게 아닌가.

"…너처럼 혼자서 궁상떨다가 늙어 죽지 않는 게 어디냐."

"……."

젠장, 반박을 못하겠다!

나는 상원이에게 띠껍다는 표정을 지으면서 고개를 끄덕거린 후 곧 예린 소저와 날을 잡겠다고 약조하고 오리와 매화주를 차분하게 처리했다.

쩝쩝.

우걱우걱.

"음, 좋다."

만족할 만한 적당한 포만감이 느껴지는군. 후후후.

그럼 여기서 볼일은 다 봤으니 이제 예린 소저에게 가서 얼굴도 한번 봐주고, 술 약속도 잡고, 점심 먹기 전에 배도 좀 꺼지게 산책이라도 해야겠다.

드르륵.

탁자에서 일어나 상원이 녀석에게 간다고 손을 한번 흔들어주었다.

"야, 잘 먹고 간다."

그러자 상원이 녀석은 내가 먹은 음식이 못내 아까운 듯이 뼈만 남은 오리와 빈 술병을 번갈아 쳐다보며 씁쓸하게 웃으면서 답했다.

"그, 그래, 잘 가라. 그리고 꼭 잊지 말고."

"야야, 나만 믿으라니까. 걱정 마라, 걱정 마."

"……."

이래놓고 술 값 몇 번 떼먹은 게 생각나는군.

상원이 녀석은 말없이 나를 개잔 앞까지 배웅해 주었고, 나는 흐뭇하게 그 상황을 즐기면서 객잔을 나섰다.

그리고 그길로 천천히 팔자걸음으로 장하현 이곳저곳을 둘러보며 느긋하게 현청으로 움직였다.

물건을 파는 사람들과 사는 사람들의 흥정에 열을 올리는 상황하며,

시장통에서 나처럼 일찍 낮술을 먹어 얼큰하게 취해 기분 좋게 노래 한 곡조 뽑는 사람도 있고,

솜씨 좋은 말로 지나가는 사람들에게 호객 행위를 하며 사람을 모으는 이야기꾼도 있다.

주변 상황을 보는 것만으로도 다른 구경거리 필요 없이 얼마나 눈과 귀를 즐겁게 하는가.

순간 포두라는 직업이 너무나도 나와 딱 맞는다는 생각이 들었다.

이런 사람들의 일상과 행복한 모습이 그저 지금 나에게는 그 무엇보다도 소중하니까 말이다.

"이거 팔자 좋게. 이 날씨 좋은 날 여기는 무슨 일인가?"

생각하고 걷다 보니 어느새 현청에 도착했나 보네.

"어이구, 이거 현청에서 절 반길 사람은 육 포두님밖에 없는

것 같습니다."

푸근한 나의 인사에 육 포두는 그 풍만한 몸집처럼 너털웃음을 지으며 말했다.

"허어, 이 친구 포두 하면서 느는 게 입담뿐이로구먼. 허허!"

"아이고, 그거라도 느는 게 어디입니까. 한데 육 포두님이 여기 어쩐 일이십니까?"

"허허, 포두가 현청에 무슨 볼일이 있겠는가. 월봉 타러 왔지."

하긴 월봉 타러 오거나 큰일이 벌어지지 않는 한 각 지역을 담당하는 포두가 뭐하러 윗사람 눈치 보러 현청에 모습을 보이겠는가.

나는 고개를 끄덕거리면서 동감한다는 표정으로 말했다.

"저도 별일은 아닙니다. 그저 현청 분위기 좀 보고자 들른 것뿐이지요. 아, 그리고 말이 나왔으니 말인데 안은 분위기가 좀 어떻습니까?"

"뭐 어떻긴, 황실에서 이번에 내부적으로 무언가 큰일 터지고 나서 물갈이한다는 소식을 들은 게 전부네."

엥? 이번에 무슨 일이 일어났나?

하긴 황궁이 조용하면 그건 더욱더 이상한 일이니 신경 쓰지 말자.

"하이고. 거기는 왜 바람 잘 날이 없답니까. 아무튼 저는 이만 안으로 들어가 보겠습니다."

"높으신 분들 생각을 우리가 어찌 알겠나. 알았네. 그럼 나중에 보세나."

육 포두와 짧은 인사를 주고받으면서 난 현청 안으로 향했다.

안으로 들어온 나는 주변을 좀 둘러본 후 인적이 뜸한 것을 확인하고는 현청 안의 서재로 재빠르게 움직였다.

왠지 요즘 들어 현령이 나를 의식하는 듯한 모습을 자주 보이는데 말이야, 도대체 무슨 이유지?

괜스레 짜증을 내는 것 같기도 하고 신경질을 부리는 것 같기도 하고.

으음. 요즘 내 태도가 좀 이상한가? 그럴 리 없을 텐데?

내 앞가림은 잘하고 있다고 보는데 말이야.

"어머, 포두님?"

"어?"

서재 앞에서 문을 두드리려는 찰나 걸어오는 예린 소저가 보인다.

"왜 이리 당황하세요? 꼭 귀신이라도 본 것처럼."

차라리 귀신을 만나면 덜 당황스러울 것이다.

"아, 아닙니다. 귀신이라니요. 당치도 않습니다."

예린 소저 같은 귀신이 있다면 평생 데리고 다니겠습니다.

나의 의미 없는 말에 예린 소저는 나긋하게 웃고 서재 문을 열고 들어가며 말했다.

"후후, 농담이에요. 포두님 긴장하는 모습을 보니까 괜히 즐거운데요."

끼이익.

왜 여자들은 남자의 당황스러워하는 모습을 즐기는 건지 모르겠다.

내 주제에 그것을 안다면 상원이처럼 주변에 여자들이 넘치겠지.

나는 예린 소저를 따라 서재 안으로 들어가며 한숨을 내쉬고는 말했다.

"즐거우시다니 다행입니다. 후우우."

"그런데 여기는 어쩐 일이세요? 절 보러 온 것은 맞는 것 같은데."

어후, 정말 예전의 예린 소저는 어디 가고 당황스러운 말을 서슴없이 내뱉는 여우만이 남았단 말인가.

하지만 이러니까 더 편하고 좋기는 하네.

"맞습니다. 예린 소저 보러 온 게."

"정말이요? 오로지 저만 보러 여기 온 거예요?"

"……."

그렇게 캐물어 대면 내가 무슨 말을 하겠는가.

내 주제에 예린 소저를 사랑한다고 고백이라도 하라는 말인가?

난 그렇게 호락호락하지 않다.

그렇게 해서 차인 횟수만 벌써 몇 번째인가!

이 중원 천지에 나만큼 여자에게 많이 차인 놈 있으면 나와

보라고 하여라!

"농담이에요, 농담."

내가 아무런 대답을 하지 않고 있자 예린 소저는 왠지 아쉬운 듯한 여운을 남기면서 자신의 말을 정리하였다.

후우, 다행이다. 넘어갈 뻔했어.

만약 예린 소저에게까지 차이면 그냥 장하강 강물에 빠져 죽을까 하는 생각도 해봤는데.

"한데 이곳까지는 어쩐 일이세요?"

다시 대화는 원점으로 돌아갔고, 난 예린 소저에게 미소를 띠면서 말했다.

"저번에 말하신 제 친우와 술자리 말입니다."

"아아, 예. 맞아요, 맞아!"

"언제쯤이 좋으시겠습니까?"

"저야 포두님이 좋은 날짜면 좋지요. 후후."

아악! 그렇게 애매하게 말하지 말라고!

물론 여자들이 선의를 가지고 그러는 건 알겠지만 이렇게 애매한 태도로 나오면 나 같은 남자는 예린 소저가 날 좋아하는 걸로 착각한다고!

정신 차려라, 원생아! 후우, 후우.

난 속으로 크게 심호흡을 하면서 침착함을 유지한 다음 예린 소저에게 말했다.

"그럼 모레로 잡는 게 어떻겠습니까? 딱 좋은 듯한데요."

"알겠어요. 포두님 하는 대로 따라갈게요."

하하하, 도대체 무슨 뜻으로 받아들여야 하는지 이제는 감도 잡히지 않는다.

에라이, 나도 모르겠다.

그냥 그러려니 하고 넘겨야지, 뭐.

나는 예린 소저에게 어색한 웃음을 보여주었다.

예린 소저도 나에게 어색한 웃음으로 화답해 주며 점점 더 어색한 광경이 깊어져 가는 중에 해는 점점 중천에 떠오르고 있었다.

—이원생

오늘은 예린 소저와 술자리를 갖기로 한 날이다.

물론 상원이 녀석을 속이려고 어제 사람을 보내 녀석이 차려입을 수 있게 귀띔해 주었고.

용구와 호간이에게는 오늘 말할 참이다.

어차피 그 두 놈은 저녁에 할 일이 없어서 거의 매일 상원이네 객잔에서 살다시피 하는 녀석들 아닌가.

한데 이 모든 준비를 뒤로 제쳐놓고 이해할 수 없는 광경이 내 눈에 보였다.

"호호, 정말이에요? 추 동생은 정말 못하는 게 없네요?"

"예린 언니도 마찬가지죠. 저번에 고아원에 옷감 보내주셨을 때 얼마나 고마워했는지 몰라요."

떡하니 아침에 출근하고 보니 예린 소저와 추 소저가 정답게 언니 동생 하며 담소를 나누고 있는 게 아닌가.

더군다나 운 씨 자매까지 찻잔을 기울이며 아침의 여유를 만끽하고 있다니.

난 바닥을 쓸면서 궁상을 떨고 있는 군필이에게 물었다.

"이건 도대체 뭐냐?"

"아, 오셨습니까."

"그래, 왔는데, 도대체 이 광경은 뭐냐고?"

군필에게 추 소저와 예린 소저, 그리고 운 씨 자매가 함께 있는 곳을 가리키면서 재차 물으니 군필이 당연하다는 듯한 말투로 나에게 대답하였다.

"아, 포두님 없으실 때 있지 않습니까."

"그래, 그 며칠."

"그때 친해지신 겁니다. 운 씨 소저들은 오늘부터 참여하신 거구요."

"……."

군필의 친절하고 간략한 설명과 함께 뒤이어 들어온 이현의 목소리가 들린다.

"아니, 이렇게 이른 아침에 출근하시다니 오늘 해가 서쪽에서 떴습니까?"

이제 대놓고 깐죽거리는군. 소저들 앞이라서 팰 수도 없고. 아마도 이놈이 그것을 믿고 깐죽거린 것이다.

"시끄럽고, 이놈아, 언제부터 예린 소저가 너희 고아원에 도움을 준 거야?"

"왜 그러십니까? 도움을 주면 안 되는 이유라도 있습니까?"

이현이 이놈이 아침을 잘못 먹었나?

난 이현에게 인상을 구기면서 말했다.

"너 정육에게 무슨 소리 못 들었냐?"

"무슨 소리 말입니까?"

"내가 무공을 익혔다는 거 말이다."

"……."

아무 말 없는 걸 보니 듣긴 들었군.

"내가 말이지, 마음만 먹으면 쥐도 새도 모르게 널 이곳에서 끌고 나가서 팰 수 있어. 알았니?"

"…친애하고 현명하신 포두님, 항상 이렇게 자신의 맡은 바 소임을 다하시고 일에 책임감을 갖고……."

참으로 이해가 빠른 이현이다. 이러니까 아직까지 내 밑에서 목이 붙어 있지.

난 녀석의 사탕발림을 끊으면서 물었다.

"입바른 소린 집어치우고, 언제부터야?"

"고아원을 도와준 지는 좀 되었고, 본격적으로 손을 보탠 것은 며칠 되지 않습니다."

"그럼 그전에는 그냥 물질적으로만 도움을 주었다는 말이야?"

"그렇습니다. 그전에는 그저 돈과 먹을 것만 주셨는데, 아마도 제가 포관 일에 바쁘고 추 소저도 여유가 점점 없어지니까 그때부터 고아원에 직접 나오셔서 애들도 챙겨주고 글공부도 가르쳐 주고 있습니다."

쩌업. 도대체 무슨 속셈인 거지, 예린 소저는?

나는 이현과 군필에게 알았다며 고개를 주억거리고는 가서 일들 보라며 손짓했다.

뭐, 그래도 이제껏 남자들만 가득한 포관에 여자들이 삼삼오오 모여서 이야기꽃 피우고 있으니 한결 분위기는 살아나는 것 같군.

운 씨 자매도 표정이 한결 가뿐해진 걸 보니 역시 여자의 마음은 여자가 아는 법이라는 말이 맞는가 보다.

난 여자들만의 시간을 깰까 봐 조심조심 집무실로 발걸음을 옮겼다.

집무실로 들어가자 전혀 반갑지 않은 얼굴이 떡하니 버티고 있다.

"무슨 일이냐? 몸 괜찮아지면 나오라니까."

"괜찮아졌소. 어차피 누워 있으나 포관에 나와서 일을 하나 회복되는 것은 똑같소."

저놈은 왠지 모르게 나를 못 믿어서 나온 눈치인 것 같은데 말이야.

뭐, 아무렴 어떠냐. 자기가 나와서 일하겠다는데 부려먹어 줘야지.

"알았다. 네가 일하겠다니 누가 말리겠냐. 가서 일봐."

"감사하오. 그럼."

덜커덩.

끼익.

녀석은 아무 감흥도 없이 그저 꾸벅 인사하고는 그대로 나가 버렸다.

언제나 느끼는 거지만 저놈은 재미가 없어.

나는 나가는 정육을 심드렁하니 쳐다보고는 책상 위에 있는 서류로 눈길을 돌렸다.

어차피 매일 똑같은 서류와 내용이지만, 혹시나 하는 마음에 꼼꼼하게 훑어보기는 해야지.

"음. 뭐 특별히 별다른 건 없는데."

슥, 스윽.

이 조그마한 포관에서 뭔 일이 있겠는가?

서류에 날인해 한쪽으로 치워놓고는 다음 작업으로 넘어갔다.

현청에서 넘어온 주의 사항이나 포교가 특별 사항으로 달아놓은 것이 없는지 확인하였다.

후후후, 이렇게 하면 내가 오늘 할 일은 전부 다 했다.

아아, 보람찬 하루의 시작과 마지막이 이렇게 힘들다니!

속으로 자화자찬을 해봤자 누가 알아줄 것일까만 아무튼 오늘 중으로 끝내야 할 일은 다 했으니 이제 호간이 녀석과 용구 녀석에게 오늘 저녁 약속을 잡아놓았다고 말해주러 가야지.

나는 슬며시 집무실의 문을 열어 아직도 대화가 계속되고 있는지 살펴보았다.

"아하하, 정말이요? 정말 장터에서 그랬단 말이에요?"

"그렇다니까, 동생. 아, 그리고 보니까 하윤이하고 하령이도 언제 나하고 장터에 옷이나 같이 보러 가자."

"어머, 저만 빼고요?"

"호호, 당연히 추 동생도 같이 가야지."

예린 소저와 추 소저의 일방적인 대화에 운 씨 자매는 그저 어색하게 웃음 지으면서 분위기만 맞춰주고 있군.

하긴 오늘이 처음이니 그럴 수밖에 없겠지. 조금 더 지내다 보면 금방 적응할 것이다.

한데 예린 소저가 저렇게 수다쟁이였나?

이제껏 보아온 바로는 신중하고 조신한 성격인데 말이야.

쩌업. 하긴 내가 여자에 대해서 뭘 안다고 성격 파악을 하는 건지.

나는 여전히 수다를 떠는 네 여자를 피해서 이현에게 나갔다 온다고 언질을 보냈다.

그러자 녀석은 또 어디에 농땡이 부리러 가겠지 하는 표정으로 콧방귀까지 뀌며 나에게 어서 나가라고 손짓하는 것이 아닌가.

이현이 저놈은 아무리 생각해도 좀 심하게 맞아야지 나에 대한 존경심을 가질 것 같다.

난 이현에게 껄끄러운 표정을 지어 보이고는 호간이네 정육점으로 향했다.

장하현의 시장으로 들어서는 길에 몇몇 아는 사람을 만나

인사를 주고받은 후 나는 정답고 정겹게 외치면서 정육점 안으로 들어갔다.

"이여, 돼지야, 뭐하냐?"

나의 정답고 정겨운 인사를 받은 인간 돼지 호간이 녀석은 뭐가 그리 반가운지 나에게 고기 토막 낼 때 쓰는 칼을 던지면서 대꾸하는 게 아닌가.

휘리릭!

터엉!

"어휴, 아까워라. 다음에는 머리 말고 몸을 노려야겠어."

네가 내 몸을 노리든 머리를 노리든 그렇게 굼뜨면 맞아줄 마음도 안 생긴다.

나는 녀석이 던진 칼을 벽에서 뽑아 호간이 녀석의 손에 얌전히 건네주며 말했다.

턱.

"야, 오늘 저녁 술 한잔하자."

"네가 쏘냐?"

"내가 궁수냐, 쏘기는 뭘 쏴? 분담하는 거지."

"염병. 네놈은 내 이름 대고 상원이네 객잔에서 술 처먹었다며? 그런데 분담하자고? 아서라. 너나 많이 처먹어라."

이럴 줄 알았지.

난 호간이 녀석에게 거부할 수 없는 제안을 했다.

"오늘 여자 한 명 온다."

흠칫.

호간이 녀석은 뒤돌아 나가려다 말고 몸을 한번 떨면서 멈췄다.

후후후, 그래, 바로 이것이다.

이놈도 여자에게 인기 없기는 나하고 매한가지가 아닌가.

또한 매일 술 마실 때마다 여자타령을 해댔는데 이렇게 내가 친히 데려간다고 하니 거부할 수 없겠지.

하지만 이것 말고 결정타는 또 있다.

"흐흐흐, 한데 상원이 녀석이 자신과 독대로 소개시켜 달라고 하더라?"

"……?"

"그래서 소개시켜 준다고는 했지. 용구랑 네놈과 같이 만난다는 말은 쏙 빼놓고 말이야. 크흐흐흐."

"…그럼?"

"그래, 상원이 놈의 꼬락서니가 어떻게 될지 지켜보자고. 크하하하!"

나의 이 획기적인 계획을 들은 호간이 녀석은 이를 씨익 드러내 웃어 보이며 말했다.

씨익.

"이런 잔인한 자식. 크크크. 나도 낀다."

이제 용구만 남았군. 뭐, 그놈이 우리와 술자리를 거부할 놈은 아니니 걱정은 없다.

"그럼 오늘 일 끝나자마자 상원이 객잔 앞으로 모여라. 크흐흐."

"그래, 크크크."

호간이 놈의 웃음이 오늘따라 비열해 보이는군. 후후후.

나는 그대로 용구네 대장간으로 걸어갔다.

호간이네 정육점에서 용구네 대장간까지는 얼마 걸리지 않은 거리라 일다경 정도 걸어가니 도착할 수 있었다.

깡! 깡!

아침부터 쇠 두드리는 소리가 맑게 울려 퍼지는 것을 보니 돈 많이 벌겠구나.

난 용구네 대장간에 얼굴을 들이밀며 인사를 했다.

"아침부터 장하현이 시끌벅적하더니 이게 다 너희 집 돈 버는 소리였구나?"

"어? 원생이 왔냐?"

"좀 쉬엄쉬엄해라. 아직 여름도 아닌데 땀으로 범벅이네."

용구의 몸은 다년간 망치질로 다듬어져서 좋은 몸 상태를 유지하고 있었다.

그리고 흐르는 땀이 녀석의 건실함을 절로 느끼게끔 만들어 주었다.

용구는 나의 말에 이마의 땀을 닦으면서 나에게 다가와 말했다.

"아침부터 온 이유가 내 걱정해 주려고 온 건 아닐 테고, 왜? 무슨 일 있냐?"

"별건 아니고, 오늘 밤에 술 한잔하자고."

"어? 네가 쏘냐?"

이놈이고 저놈이고 내가 그렇게 돈이 넘치는 줄 아나?

공무직 월봉이야 뻔한데 뭘 쏘기는 쏘냐.

"내가 벌이냐, 쏘게? 돈 많이 버는 것들이 이래선 안 되는 거야. 좀 쓰고 살아라."

"알았다, 알았어. 그럼 언제쯤 볼까?"

"호간이에게 말해놨으니 호간이 따라서 오면 될 거야."

"알았다. 그럼 그때 보자. 그런데 이 말 하자고 여기까지 온 거냐?"

"그럼?"

"아니다. 내가 말을 말아야지. 아무튼 그때 보자."

용구 녀석은 내가 친히 여기까지 술 마시자고 온 것에 대해 한가해서 그런 줄 아나 보다.

하하하, 맞는 소리지. 변명하고 싶지도 않다.

"오냐. 저녁에 보자."

자, 두 놈에게 말해놨으니 이제 저녁까지 기다리기만 하면 되는구나. 크크크.

상원아, 너무 원망 말거라.

그래도 예린 소저 얼굴이라도 보는 게 어디야. 크하하하!

나는 상원이 녀석의 구겨진 얼굴을 기대하면서 느긋한 걸음걸이로 포관으로 향했다.

第二章

—명교

"이때껏 속여서 미안하네. 자네들의 교주는 보는 것처럼 정신 멀쩡하게 살아 있네."

"······."

"······."

구명우와 권마는 교주와의 독대에 입이 벌어져 다물어질 줄을 몰랐다.

교주의 입에서 나온 말도 충격적이거니와 교주의 말투와 행동도 충격적이었다.

이제껏 그들은 오로지 요랑의 꼬임에 교주가 넘어가 정사를 뒤로하고 환락에 빠져 있는 줄 알고 있었다.

그리고 그 사실을 입증시켜 주듯 교주의 대외적인 모습은 거의 폐인으로 일관되어 있지 않았는가.

권마는 멀어져 가는 정신을 바로잡으면서 교주에게 부복한 상태로 물었다.

"이, 이게 어찌 된 일이시옵니까!"

당황스러운 권마의 말에 교주는 예의 원생과 비슷한 말투로 심드렁하게 말을 이었다.

"그만한 이유와 사정이 있었다. 그대들은 그렇게만 알고 있으라."

교주는 차마 자신의 모든 공력을 담아서 명황의 현신을 만들어내고 원생에게 그 모든 것을 주었다는 이야기는 하지 못했다.

자기가 생각해도 멍청해 보이는데 수족들이 그 이야기를 알게 되면 얼마나 어이없어하겠는가.

"알겠사옵니다."

교주에게 충직한 권마답게 더 이상 묻지 않았다.

교주는 곧이어 구명우와 권마에게 말을 이었다.

"내 그대들을 이제 부른 것은 긴히 상의할 일이 있어서다."

"하명하시옵소서."

"어떤 명이라도 내려주시옵소서."

구명우와 권마의 여전한 충성심에 교주는 마음이 흡족했지만, 이제부터 할 말에 다시 진중함을 되찾았다.

"그대들은 이원생을 제거할 자신이 있는가?"

"……?"

"흠!"

교주의 말에 선뜻 대답하지 못하는 두 사람이다.

교주는 그 둘의 반응을 보고 생각했다.

'역시 신중한 반응이군. 하긴 이원생의 이름값이 높기는 높지. 그렇다면 제거하기는 어렵다는 말인데. 흐흠.'

구명우와 권마는 교주의 말에 아무런 확답도 해줄 수 없었다. 교주의 생각처럼 이원생의 이름은 그들에게는 너무나 높았다.

권마가 조심스레 교주에게 물었다.

"혹여 꼭 그를 제거해야 하겠습니까?"

"좋은 방법이라도 있는가?"

"…명교의 사활을 건다면 죽일 수 있는 확률이 높사옵니다."

권마의 말에 교주는 어이가 없는 듯 웃음을 띠면서 생각했다.

'내가 스스로 무덤 하나는 제대로 판 듯하구나. 크크크. 십만 명교의 사활을 걸어서 이원생 하나를 처리하지 못하다니. 크크크.'

교주 자신도 권마의 말에 동감하였다.

그도 그 누구보다 이원생을 잘 알고 있으니 말이다.

그러나 이제는 더 이상 미뤄둘 수만도 없었다.

어찌 되었든 교주의 입장에서는 이원생을 묶어두기라도 해야 했으니 말이다.

교주는 권마와 구명우에게 물었다.

"이원생에 대한 정보는 다 모아놓았겠지?"

요랑을 전면에 세울 때부터 말해놓았으니 이원생에 대한 정보는 모아놓았을 것이라고 생각하는 교주이다.

그러나 권마와 구명우는 말이 없다.

"……."

"……."

"왜 갑자기 꿀 먹은 벙어리라도 된 것이오? 내가 분명히 요랑에게 전해서 이원생에 대한 정보는 티끌 하나도 빠짐없이 모으라고 했을 텐데."

교주의 말에 권마는 참담한 말투로 말을 이었다.

"화, 황실에서 근무할 때의 기록 말고는 전무하옵니다."

"…뭐라?'

"이원생이 군문에서 나올 때부터 그의 행적이 묘연합니다. 그래서 중원 사방으로 그의 행적을 찾으려 했지만 아무도 그를 찾아낼 수 없었사옵니다. 또한……."

"…또한?'

"명교의 첩자들이 이원생의 행적을 캐보려고 할 때마다 번번이 그에게 발각되어 행방이 묘연해졌사옵니다."

명교는 이원생이 누구인지는 잘 알지만, 그것은 그의 숨겨진 본모습의 일부분에 지나지 않는다.

이원생이 단순히 무공만 강하다고 생각하면 큰 오산이다.

그의 정보 수집과 그 정보를 바탕으로 추론, 해독, 첩보 능력도 단연코 중원 최고의 수준.

지금까지는 이원생 자신이 귀찮아서 자신의 행적을 지우는데만 신경 쓰지만, 예전에는 그 귀신같은 능력에 혀를 내두르는 사람이 한둘이 아니었던 것을 명교는 짐작조차 하지 못했다.

교주는 권마의 말에 더욱더 골치가 아파왔다.

'본격적으로 이원생 그를 상대하는 것은 힘들다는 것인가? 도대체 무엇으로 회유하여야 그를 묶어둘 수 있지?'

이원생을 없애는 것은 불가능하다는 것을 잘 알고 있는 교주이다.

어차피 교주 자신도 자신이 이원생과 비슷한 수준의 사람이라는 것은 인정한 바, 무력만으로는 이원생을 넘어뜨리기에 역부족인 것을 알고 있다.

그러면 결국 최후의 수단은 이원생이 자신의 일을 방해하지 못하도록 묶어두는 수 외에는 없었다.

'내가 뭐하자고 그때 그런 선택을 하여서 지금 이 고생인지 모르겠군. 후우우.'

신세한탄을 하며 속으로 한숨을 내쉬는 교주였다.

그러나 이대로 주저앉는다면 지금껏 자신이 숨죽여 참아온 시간이 전부 의미가 없게 된다.

교주는 차분하게 숨을 들이쉬면서 권마와 구명우에게 명

했다.

"지금부터 보름의 시간을 주겠다. 그동안 이원생의 모든 것을 은밀하게 알아보거라. 특히 그의 가족에 대해서 신경 쓰도록 하고."

"알겠사옵니다, 교주!"

"명을 받들어 거행하겠습니다!"

권마와 구명우는 교주의 말에 부복하며 일단 명에 따르겠다고 하였으나, 그들의 심경은 무겁기 그지없었다.

'그 인간 같지도 않은 놈을 또 마주해야 하다니. 끌끌끌. 이거 하늘이 기어이 이 구명우를 데려가겠다고 작정을 하였구나. 끌끌끌.'

'이원생 장군이 명교의 첩자들을 알아차리지 못할까. 후우우. 차라리 고양이 목에 방울을 다는 것이 더 쉽겠어. 후우우.'

구명우나 권마나 그 성향이 확연히 다르다는 것은 확실하였지만, 그들이 이원생을 어떻게 생각하고 있는지는 표현하지 않아도 똑같았다.

교주는 권마와 구명우가 자신의 처소에서 나가는 것을 끝까지 지켜보며 다음 계획을 실행하였다.

"듣거라."

나직한 교주의 말에 밖에서 호위를 서던 무사가 즉시 답하였다.

"하명하시옵소서!"

"지금 당장 황실에 있는 요랑에게 서신을 보내라. 할 일이 있다고 말이다."

"알겠사옵니다!'

호위의 외침에 교주는 아무런 대꾸도 하지 않고 그저 조용히 앞에 놓인 차를 마시며 생각했다.

'나에게 이런 방법을 강구하게 만든 네놈 잘못이다, 이원생.'

이원생과 교주의 본격적인 대립은 서서히 막이 오르고 있었다.

—이원생

"크하하하! 저놈 봐라? 얼굴에 뭘 발랐기에 저렇게 반들거린데?'

"낄낄! 아까 들어올 때 모습 봤냐? 문에 기대서서 뭐? 제 누추한 객잔에 소저가 오실 줄은 몰랐습니다? 저놈, 나이 먹어가며 느는 게 거짓말밖에 없네? 낄낄낄!'

"그렇게 하늘거리는 얇은 옷은 뭐냐? 고뿔 걸리기 딱 좋겠다. 후후훗."

용구 녀석의 말을 마지막으로 상원이 놈에 대한 평가는 끝이 났다.

당연히 예린 소저는 우리의 반응에 눈물을 흘리면서 웃음을 참고 있고, 상원이 녀석은 순간 백치가 된 듯 이게 무슨 상황인지 파악하려 애쓰는 눈치다.

"너, 너, 너, 너!"

녀석, 왜 친우에게 그렇게 떨면서 삿대질이야?

난 상원이에게 차분하고 침착한 목소리로 현실을 깨우쳐 주기로 하고 다독거리는 말투로 말했다.

"푸하하하! 왜? 예린 소저와 만나고 싶다며? 그래서 만났잖아! 크하하!"

이게 친우를 다독거려 주는 말투지.

그런데 상원이 놈은 나의 갸륵한 정성은 몰라주고 눈에서 불이라도 뿜을 태세로 날 매섭게 쳐다보았다.

부릅!

뭐, 저런 눈빛 한두 번 당하는 것도 아니고.

나는 별것 아니라는 듯이 흘리고는 상원이 녀석에게 말했다.

"야야, 창피한 줄 알면 어서 내려가서 술하고 안주 좀 가져와 봐. 친우들이 몹시 목마르고 배고프다."

"……"

"에이, 남자가 좀스럽게 이런 일로 화내면 남자도 아니지."

"…도망쳐라."

엥? 상원이 녀석이 갑자기 말하는 통에 잘 못 들었다.

"어? 뭐라고?"

그러자 녀석이 어금니 꽉 깨물고 나에게 외치는 것이 아닌가.

"죽이겠다! 이 못생긴 놈!"

휙!

와장창!

상원이 녀석은 날 죽이겠다는 말과 함께 옆에 있는 꽃병을 나에게 던졌다.

당연히 꽃병이 깨지면서 사방으로 나뷔꼈고, 나는 녀석에게 말했다.

"자, 잠깐! 나 혼자만 그런 게 아닌데 왜 나만……!"

그래, 저기서 멀뚱하게 지켜보는 저놈들은?

호간이와 용구를 가리키며 말했지만, 이미 상원이 녀석의 눈에는 나밖에 들어오지 않은 눈치다.

"으아아악! 죽어!"

"지, 진정해라. 우린 그래도 둘도 없는 친우잖아!"

"그래, 친우라서 아프지 않게 죽여주마! 우아아악!"

아무래도 상원이 녀석이 제정신이 아닌 것 같다.

더군다나 호간이와 용구가 날 희생양으로 삼아 상원이 녀석에게 던져준 것 같은 느낌이 드는 것은 나만의 착각인가?

씨익.

흐뭇.

내가 호간이와 용구를 쳐다보니 만면에 웃음이 가득한 것으로 보아 착각이 아니라 사실인 것 같다.

더러운 놈들.

자기들 살자고 나를 버려?

나중에 보자, 이놈들. 곱절로 갚아주마.

픽!

아오, 아파라.

그래도 잘못하기는 했으니 잠자코 맞아야지 이 상황이 넘어가겠구먼.

"야야, 제발 얼굴은 때리지 마리. 웅?"

나의 간곡한 부탁에 상원이 녀석은 내 얼굴을 집중적으로 노리고 치기 시작하였다.

픽! 빠악! 픽!

"악! 어흑!"

"죽어! 죽어!"

상원이 녀석이 이렇게 때려도 아프지 않은 것은 아니지만 그래도 덜 아픈 것은 사실이다.

내 몸의 맷집은 하루 이틀 맞아서 단련시킨 것이 아니다.

그 수많은 박투와 대련을 빙자한 폭행에 단련될 대로 단련되어 이제는 맷집에 대한 무공서를 집필해도 될 정도이다.

하지만 아픈 척을 안 하면 때리는 쪽에서 어떻게 생각하겠는가.

적당히 아프다고 표현을 해줘야지.

빠악! 빡!

"흐억! 아악!"

"헉헉헉! 이 무식한 놈! 왜 이리 안 죽어?"

저놈이 날 정말 죽일 생각인가? 무식하기는 네놈이 더 무식하다.

상원이 녀석이 어느 정도 때리다 지치자 그제야 호간이와 용구가 다가와 녀석을 진정시키기 시작하였다.

"그만 때려라. 더 때렸다간 사람인 줄도 못 알아보겠다."

호간이의 말에 용구도 거들며 말했다.

"그래, 상원아. 벌써 원생이 얼굴이 만신창이잖아."

참고로 말해두지만, 이 정도 맞는 것은 나에게는 멍도 들지 않는다.

한데 뭐?

난 호간이와 용구에게 피의 복수를 다짐하고는 일단은 잠자코 있었다.

상원이는 호간이와 용구가 말리자 숨을 거칠게 내쉬고는 옷매무새를 정돈하면서 한쪽에 서 있는 예린 소저에게 정중하게 말하였다.

"죄송합니다, 소저. 제가 잠시 추태를 보여드린 것 같습니다."

예린 소저는 당연히 상원의 말에 얼굴에 미소를 머금으며 말했다.

"괜찮습니다. 저는 보기 좋은데요."

내가 맞는 모습이 보기 좋다고? 허허허.

그러자 상원이 녀석은 더욱더 주먹을 불끈 쥐어 내 멱살을 잡아채면서 정의감에 불타오르는 목소리로 말했다.

"알겠습니다! 소저가 보기 좋다면 아주 곤죽을 만들어 버리겠습니다!"

얼씨구! 잘하는 짓이다.

처음 만나는 여자 때문에 평생에 다시없을 친우를 죽이려 해?

속으로 어이가 없어할 때쯤 예린 소저가 서둘러 말을 이었다.

"아, 아니요. 말이 잘못 나왔네요. 보기 좋다는 것은 그런 뜻이 아니라 포두님과 친우분들의 화기애애한 모습이 보기 좋다는 말이에요."

이게 화기애애하게 보였다면 예린 소저의 화기애애한 기준이 궁금할 따름이다.

아무튼 상황은 예린 소저의 말과 함께 정리되었고, 상원이 녀석은 옷을 갈아입고 오겠다며 자리를 떴다.

물론 난 상원이 녀석 가기 전에 술과 안주를 가지고 오라고 말하는 것을 잊지 않았다.

맞았으니 난 내 할 일을 하였다. 그에 따른 보상은 당연한 요구다.

곧이어 자리가 만들어지고, 나와 용구, 호간이, 그리고 상원이 녀석은 예린 소저를 기준으로 둥그렇게 모여 앉았다.

나는 어색한 침묵이 흐를 시간도 없이 주저 없이 술잔에 술을 따르면서 말했다.

"자, 일단 한 잔씩 마시고 시작하자고."

쪼르륵.

호간이 녀석은 내가 거침없이 술을 따르자 나에게 물었다.

"왜? 오늘은 병나발 안 불려고?"

호간이의 말에 상원이 녀석이 덧붙여 예린 소저를 쳐다보고 말했다.

"원생이 저놈, 술 빼앗기기 싫어서 본래 첫잔은 병나발을 불거든요."

"야, 그건 네놈들이 뺏어 먹어서 그러잖아!"

나의 반박에 호간이 놈이 내가 든 술병을 빼앗아 들며 말했다.

"원래 한 병 가지고 나눠 먹는 거다, 이놈아!"

원래 내 신조가 술과 밥은 나눠 먹는 게 아닌 것을 어찌 하겠는가!

하지만 예린 소저 앞이니 자제해야지.

"하하, 그렇구나. 내 친우들아, 미안하다."

나의 성의 있고 매우 정직한 말에 용구가 말했다.

"…혹시 점심에 뭐 잘못 먹었냐?"

용구의 물음에 상원이가 용구의 어깨를 툭 치면서 말했다.

"잘못 먹기는 무슨, 공짜면 양잿물이라도 마실 놈이 저놈인데. 예린 소저 앞이라고 관리 들어가는 거지."

상원이 놈 눈을 속이질 못하겠군. 젠장.

그러나 여기서 내 본모습을 전부 꺼내놓았다가는 예린 소저의 얼굴도 영영 못 볼 판국이다.

일단 이놈들을 전부 취하게 만드는 게 먼저다.

"야야야, 그래, 한 잔 받아라."

난 상원이의 말에 인정한다는 듯이 말하며 녀석의 잔에 술을 채워주었다.

그리고 연이어 호간이와 예린 소저, 용구에게 차례대로 술을 따라준 후 잔을 들며 호기롭게 외쳤다.

"자아! 원래 첫잔은 비우는 게 예의지!"

"그런 예의는 어디서 배웠냐?"

"쓸데없는 것만 배워가지고는."

네놈들은 그렇게 말하면서 술잔 비우지 마라. 네놈들한테 하는 소리 아니다.

오로지 여기서 중요한 것은 예린 소저다.

네놈들은 전부 곁절이일 뿐! 방해하지 말라!

녀석들이 한마디씩 덧붙이며 술잔을 비우자 예린 소저도 더불어 술잔을 비웠다.

예린 소저는 다소곳이 술잔을 비우면서 기분 좋은 목소리로 말하였다.

"후아! 술맛이 좋은데요. 술이 이처럼 달게 느껴지는 것은 처음인 것 같아요."

흠, 내 입맛이 변했나? 똑같은 죽엽청인데?

상원이 녀석이 예린 소저가 있다고 비싼 걸 내놓을 놈이 아니다.

물론 단둘이 있다면 비싼 걸 토해낼 것이다.

난 예린 소저의 말에 응대하였다.

"그렇습니까?"

"예, 정말 이처럼 달게 느껴진 것은 처음인 것 같아요."

"흠, 그렇다면 호간아, 상원이 놈 잡아라."

호간이 녀석은 뜬금없는 나의 말에 물었다.

"뭐? 왜?"

난 당연하다는 듯이 말하였다.

"우리 입맛에는 똑같은데 예린 소저 입맛만 이상하다는 것은 필시 저놈이 예린 소저 술잔에 뭘 탄 걸 거야."

"오, 설득력이 있는데?"

덥석!

나의 말에 동조하며 호간이가 상원이 녀석을 붙잡았고, 상원이 녀석은 가당치도 않다는 듯 말했다.

"공짜 술 먹는 걸로도 모자라 되지도 않는 이유로 객잔주를 패겠다고? 오냐, 그래. 한번 패봐라. 오늘 한번 깽 값이라도 벌어보자. 어디 패봐!"

후후훗, 녀석. 아까 네놈에게 맞은 것을 분풀이하고는 싶지만, 이미 네놈은 너의 입으로 건너올 수 없는 강을 건넜다.

나는 의미심장한 표정으로 상원이 녀석에게 다가가 녀석의 어깨를 강하게 붙잡고 말했다.

"분명 네놈 입으로 공짜 술이라고 했다?"

"……?"

당황해 보았자 늦었다. 하하하!

"역시 잔머리로는 너를 따라갈 사람이 없다, 없어. 최고다!"

호간이 녀석은 나의 말에 박수까지 치면서 치켜세워 주었고, 용구 녀석도 같이 옹호하며 단숨에 술잔을 비웠다.

"크! 공짜 술이라서 그런지 아까 예린 소저가 한 말이 이해가 되는군요."

용구 녀석이 술맛을 음미하며 예린 소저와 같은 생각임을 피력하자, 예린 소저가 풋풋하게 웃으면서 대꾸해 주었다.

"아, 공짜 술이라서 그런 건가요? 후훗. 저는 분위기 때문에 그런가 보다 했는데요."

흥에 취한 분위기는 아니더라도 예린 소저 보기에는 술맛까지 바뀔 정도로 좋았나 보다.

나는 내 자리로 돌아가면서 호간이 놈 근처에 있는 술병을 들며 말했다.

"자, 그럼 한 잔씩 기분 좋게 마셨으니 이제부터 소개를 해 드리겠습니다."

쪼르륵.

딸깍.

다시금 모두의 술잔에 술을 따라주면서 예린 소저를 쳐다보며 소개를 시작하였다.

먼저 용구부터.

"이 친구는 장하현에서 가장 질 좋은 도구를 생산하는 대장장이입니다. 이름은 한용구라고 합니다."

용구는 내 소개에 예린 소저에게 포권을 해보이면서 고개를 살짝 숙이며 말했다.

"한용구입니다. 부디 잘 부탁드립니다."

"부탁이라니요. 당치도 않습니다. 저야말로 잘 부탁드려요. 헤헤."

예린 소저의 말이 끝나자마자 호간이 녀석을 가리키면서 이어 말하였다.

"저 친구는 푸줏간을 하는 장호간이라고 합니다."

본래 마음 가는 대로 소개하자면 돼지라던가 고깃덩이 같은 좋은 표현이 많았지만 예린 소저 앞에서 추하게 굴 필요는 없지 않은가.

나의 소개에 호간이 녀석도 예린 소저에게 다소곳이 포권을 해보이며 인사를 나누었다.

"원생이보다 잘생긴 장호간이라 합니다."

"후훗. 정말 그런가요?"

허허, 세상 말세다. 내가 아무리 못생겨도 네놈보다 못생길 수는 없다.

마음 같아서는 당장에라도 멱살을 잡아 푸줏간으로 끌고 가서 근수를 달아버리고 싶었지만 참을 인 자를 새기면서 참았다.

"…그리고 마지막으로 저기 저 친구는……."

상원이 녀석 소개하려고 보니 저놈은 예린 소저를 소개시켜주어봤자 쓸데없을 것 같아서 그냥 건너뛰기로 하였다.

"신경 안 쓰셔도 됩니다. 그냥 길가에서 만나시면 뺨이라도 한 대 때려주십시오."

덜커덩!

"저 빌어… 크흠!"

상원이 놈은 나의 소개에 버럭 화를 내면서 일어났지만 예린 소저 앞이라서 그런지 욕을 참으면서 헛기침을 해대었다.

그래, 이 쓸모없는 놈아. 그냥 네놈은 물주 노릇이나 하면 되는 거야.

나는 소개를 마치고 이제 마지막으로 소개할 남은 한 사람을 쳐다보며 말하였다.

"자, 이로써 소개는 다 끝났습니다. 그럼 예린 소저 차례로 넘어가도 되겠습니까?"

예린 소저도 당연히 자기소개를 해야겠지?

나의 말에 예린 소저는 그 어느 때보다 활짝 웃으면서 아름다운 자태를 뽐내며 말을 이어나갔다.

"저는 이예린이라고 해요. 만나서 반갑습니다, 반가워요."

예린 소저의 말에 나의 친우들 모두 입이 귀에 걸렸다.

그래, 술자리에 미인의 효과란 바로 이런 것이다.

달리 재밌는 일이 없어도 같이 있는 것만으로도 달리 이야깃거리가 필요 없다는 것이다.

예린 소저의 짤막한 자기소개가 끝나고 본격적으로 술자리가 시작되었다.

한 잔, 두 잔, 석 잔, 술잔은 어느덧 손가락으로 셀 수 없을 만큼 입으로 왔다 갔다 하였고, 벌써 몇 병째인지 모르는 술병이 탁자 위에 쌓이기 시작하였다.

그리고 어느 정도 취흥이 오를 때쯤 용구 녀석이 점잖은 말투로 예린 소저에게 물었다.

"한데 예린 소저, 제가 뭐 하나 여쭈어도 괜찮겠습니까?"

"예, 말씀하세요."

음? 저놈이 뭘 물어보려고 그러지?

나의 궁금증은 얼마 가지 않았다.

"도대체 원생이는 어디서 만나고 어떻게 친분을 쌓으신 겁니까?"

헉! 그리고 보니 나도 모르겠다.

물론 황궁에서 삼 일 정도 이런저런 일을 겪기는 하였고, 또 장하현에서 이리저리 왔다 갔다 하면서 부딪치기는 하였지만 이렇게 허물없는 사이는 언제부터 된 거지?

"아! 그리고 보니 나도 의문이군. 원래대로라면 원생이 저놈 얼굴만 보고 줄행랑을 쳐도 모자란데."

호간이 녀석의 쓸데없는 덧붙임에 난 기필코 저놈을 푸줏간으로 데려가 저울에 걸어버리겠다는 굳게 다짐하였다.

예린 소저는 잠시 생각하더니 충격적인 말을 내뱉었다.

"저희 아버님과 친분이 있으세요."

"아? 혹시 원생이가 아버님을 도와드린 적이 있습니까?"

"헤헤, 그렇긴 하지요."

그리고 예린 소저는 나를 뚫어지게 쳐다보며 내가 평생 잊지 못할 그 이름을 대었다.

"저희 아버님 이름이 이, 백 자, 천 자 되시거든요."

이백천!

신교 교주 이백천!

그 이름을 어떻게 잊겠는가!

생애 유일하게 내 목숨을 위협했던 사람의 이름을!

술맛이 달아났다. 정신이 멀쩡해졌다.

떨리는 눈동자는 멍하니 예린 소저를 쳐다보고 있다.

예린 소저는 그런 나의 얼굴을 멀뚱히 쳐다보며 담담하게 이야기를 이어나갔다.

"갑자기 저희 아버님 이름이 나오니 분위기가 이상해지는데요?"

"음? 그리고 보니 원생이 얼굴도 많이 놀란 듯 보이는데, 예린 소저 아버님과 무슨 일 있었습니까?"

용구의 물음에 예린 소저는 여전히 아무렇지도 않은 듯이 대답하였다.

"저희 아버님이 말년에 도움을 많이 받으셨어요. 결국 숨을 거두긴 하셨지만 원생 포두님 덕분에 편안하게 가셨지요."

후우! 신교 교주의 마지막은 비참 그 자체였다.

주화입마에 들어 그 누구도 막을 수 없는 상황에서 신교를 몰락시켜 버릴 화산 구덩이를 터뜨리고 일가친척을 몰살시키려고 했으니 말이다.

간신히 결사대의 전멸에 가까운 희생과 나의 마지막 일전으로 인해 몇몇은 목숨을 건졌지만 그 정신적인 아픔이 오죽했을까.

한데 나도 멍청한 놈이군.

속으로는 예린 소저가 그 이예린이 아니라고 부정하더니 결국 이렇게 예린 소저가 말하게 놔두다니.

젠장.

"그런 일이 있었습니까? 일단 고인의 명복을 빕니다."

용구 녀석은 고개를 숙여 예린 소저 아버지의 명복을 빌어주었고, 다른 녀석들도 같이 고개를 숙여 예를 표했다.

저놈들은 알까?

예린 소저의 아버지가 수많은 사람의 목숨을 앗아간 신명교 전쟁의 두 주범 중 하나라는 것을 말이야.

후우우. 어쨌거나 그런 것까지는 알 필요 없고, 예린 소저가 이곳에서 그 이야기를 꺼내는 것은 뭔가 심경의 변화가 온 걸까?

내가 이런 의문을 가지는 것과 상관없이 예린 소저는 내 친우들에게 쑥스럽게 웃으면서 말하였다.

"감사합니다. 이거 저 때문에 분위기가 처지는 것 같은데요."

용구는 예린 소저의 사죄에 고개를 저으면서 말했다.

"아닙니다. 원래 슬픔은 나누면 반이 된다고 하였으니 잘하신 겁니다."

내가 지금 경황 중이어서 예린 소저에게 아무런 말도 못하고 있지만, 용구 녀석이 저렇게 나올 줄은 몰랐다.

"그렇군요. 하지만 이제는 괜찮아요. 처음에는 힘들었지만 포두님을 만나는 동안 많이 괜찮아졌거든요."

예린 소저가 저렇게 나오니 괜스레 미안해진다.

아무리 전쟁의 주범이고 수많은 사람을 학살한 사람이긴 하지만, 예린 소저에게는 하나밖에 없는 아버지이지 않은가.

그런 아버지를 살해한 사람이 이렇게 마주 앉아 즐겁게 술잔까지 기울이고 있으니 당연히 미안한 마음이 들 수밖에.

"오, 원생이 저놈이 도대체 무슨 수작을 부렸기에 예린 소저께서 이러시는 겁니까?"

호간이의 말에 예린 소저는 자신도 잘 모르겠다는 듯이 지그시 눈을 감고 고개를 절레절레 저으면서 대답하였다.

"저도 잘 모르겠어요. 그냥 같이 대화하고, 포두님의 생활에 저도 스며들게 되니 자연스럽게 괜찮아졌어요."

"으음, 그렇군요."

호간이 녀석은 예린 소저의 대답에 팔짱을 끼고 곰곰이 무언가를 생각하기 시작하였다.

그리고는 저놈의 머리에서 무언가 생각이라는 것이 튀어나왔는지 상원이 녀석에게 대뜸 말하는 것이 아닌가.

"야, 저놈 잡아."

어? 갑자기 왜?

난 당황스러운 말투로 호간이 녀석에게 물었다.

"음? 뭐, 뭐야?"

"뭐긴 뭐냐. 예린 소저 말 못 들었어? 네놈은 필시 사술을 익혀서 예린 소저의 약한 마음에 파고들어 수작을 부렸겠지!"

"그래, 맞다! 저놈은 그러고도 남을 놈이야!"

상원이 녀석이 강하게 호간이의 말에 동조하고 나오자, 나는 이성적이고 냉철한 감각을 유지하고 있는 용구에게 도움의 눈길을 보냈다.

그러나 용구는 그런 나의 도움을 깡그리 무시하고는 굳은 인상으로 나의 한쪽 팔을 잡으며 말했다.

덥석!

"솔직히 인정해라. 남자답게."

네놈마저 호간이의 얼토당토않은 이야기를 믿는 거냐?

나는 서서히 나에게 다가와 내 몸을 얽매는 친우라는 놈들에게 외쳤다.

"야이! 갑자기 결론이 왜 이렇게 나는 건데!"

한창 감동의 물결을 쏟아내고 있는데 산통을 깨다니!

그런 나의 외침에 상원이 녀석이 내 귓가에 한마디 했다.

"그러니 평소에 잘해야지."

"……."

상원이 녀석의 말에 반박할 수 없는 내 자신이 너무나 저주스러웠다.

그래, 네놈들 마음대로 해봐라!

나는 될 대로 되라는 식으로 포기하고는 내 앞에 당당하게 팔짱을 끼고 서 있는 호간이 녀석을 쳐다보았다.

호간이 녀석은 그 푸근한 입을 비열하게 꼬고 술동이를 내 입에 틀어넣으면서 말했다.

"네놈 주제에 감히 예린 소저가 가당키나 하냐! 이걸 마시고 추태나 부려라! 정나미가 뚝 떨어지게 말이다!"

참 되바라진 녀석들 같으니라고.

꿀꺽, 꿀꺽, 꿀꺽.

"읍! 으읍!"

강제로 무언가 입에 들어오면 그에 대한 반사 작용으로 뱉어내는 것이 이치.

하지만 술이 아닌가. 곱게 마셔줘야지.

더군다나 겨우 한 동이 가지고는 취하지도 않는다. 하하하!

꿀꺽꿀꺽!

"어? 이 자식 봐라? 도리어 술을 마시고 있네?"

"야야, 이건 무리다. 이놈 표정 봐라. 즐기고 있어."

으헤헤헤. 내 힘도 들이지 않고 술이 술술 목구멍으로 넘어오는구나. 우헤헤헤.

꼴깍꼴깍.

목으로 술이 넘어오는 것을 환영하면서 계속해서 마시고 있는 나의 모습이 뭐가 그리 못마땅한지 상원이 녀석이 내 팔을 놓아버리고 호간이에게 말했다.

"야, 그만해라. 이놈 좋아하는 꼴 보기 싫다."

"엥? 그럼 어쩌게?"

호간이 녀석은 상원의 말을 듣자마자 술동이를 내 입에서 떼어놓으며 상원이 녀석에게 물었다.

상원이는 뭔가 있어 보이는 듯한 표정으로 나를 쳐다보며 기분 나쁘게 웃고 말했다.

"후후후, 생각해 놓은 것이 있지."

왜? 때리게?

네놈들이 생각하는 것처럼 나는 호락호락 맞아줄 생각은 있지만 그래 봐야 아프지도 않단다.

구타와 협박은 누가 뭐라 해도 내 전공이란다. 하하하!

내가 속으로 한껏 무엇이라도 해보라는 듯 마음먹고 있는데 상원이 녀석이 갑자기 예린 소저를 쳐다보며 말했다.

"표적을 변경한다. 예린 소저로."

헉! 이런 비열한 것들이!

"예린 소저에게 뭘?"

"뭐긴 뭐냐. 술을 먹이는 거지. 후후후. 원생이 놈 얼굴 봐라. 벌써 구겨졌다. 크크크크.

이놈들이! 안 된다! 안 돼, 이것들아!

"야, 이놈들아! 차라리 나에게 술을 먹여라! 이놈들아!"

마음을 담은 나의 말에 놈들은 가소롭다는 듯이 웃으면서 슬금슬금 예린 소저에게 다가가기 시작하였다.

척.

"예린 소저, 지금 원생이 녀석을 구할 방도가 있습니다."

"예? 구해야… 하나요?"

"그럼 그냥 저대로 정신을 놓아버릴 때까지 먹일까요?"

"아, 아니요. 구할게요. 구하지요."

상원이 저놈이 무슨 속셈인지는 몰라도 평범한 짓은 할 놈이 아니다.

하지만 단단하게 잡고 있는 용구를 뿌리치고 갈 수도 없는 상황이라서 본의 아니게 지켜봐야 하는 상황이 지속되었다.

녀석은 태연하게 예린 소저의 빈 술잔에 술을 가득 담아주면서 말을 이었다.

"그럼 구할 빙도를 알려드리지요."

쪼르르륵.

그거였냐? 술을 마시게 하는 방법이구나.

예린 소저는 상원이 녀석의 행동에 잠시 멈칫하고는 고개를 갸웃거렸다.

"에?"

"왜요? 그럼 원생이 녀석을 취하게 만들어볼까요?"

"상원이 이놈! 수작 부리지 마라! 내가 겨우 이걸로 취할… 읍! 으으읍!"

"너는 입 다물고 있어!"

나의 입을 거칠게 틀어막는 호간의 행동에 무심결에 발이 나갈 뻔했지만 간신히 참는 데 성공하였다.

으으윽!

당장에라도 이놈들을 패버리고 예린 소저를 데리고 박차고 나가고 싶었지만, 그러면 예린 소저에게 폐를 끼치는 것 같았다.

상원이 녀석은 주저 없이 다시금 예린 소저에게 술잔을 권하면서 활짝 웃어 보였다.

예린 소저도 자연스레 상원이의 행동에 맞추어 술잔을 들이 켰다.

꼴깍!

"흐으. 이, 이제 되었죠?"

예린 소저는 한껏 올라오는 취기를 감추려는 듯이 말했지 만, 그것을 보고 가만히 둘 내 친우들이 아니었다.

어디 네놈들, 나중에 여자 데리고 올 때 보자. 네놈들의 치 부란 치부를 다 까발려 주마!

"에이. 한 잔 가지고 원생이 목숨값을 대신하려는 겁니까? 예린 소저에게 원생이 녀석 목숨값이 고작 술 한 잔이었던 겁 니까?"

상원이 네놈 목숨값은 얼만지 나중에 보자.

"아, 아니요. 그런 건 아니지만……."

쪼르르륵.

"자, 그럼 한 잔 더."

꼴깍!

"우으. 되, 되었나요?"

"에이, 고작 두 잔 가지고."

"아, 알았어요! 그럼 얼마나 마시면 되나요? 배, 백 잔이요? 천 잔이요?"

"하하, 그런 자세면 됩니다. 자, 드시지요."

에라이, 나도 모르겠다.

겨울이 지나가던 사늘한 그날 밤,

나와 예린 소저는 나의 친우들에게 둘러싸여 세상이 끝나도록 한껏 취했다.

─이원생

저벅저벅.

발걸음 소리가 요란하게 사방에 메아리치는 것이 느껴질 정도로 깊은 밤이다.

"우으음, 우으으으."

예린 소저는 내 등에 업혀서 생전 처음일지도 모르는 술기운에 괴로워하고 있었다.

"하아, 정말. 이놈들이 작정하고 먹였구만."

그 차분하고 예의 바른 예린 소저가 정신을 잃고 인사불성이 되어서 내 등에 업힌 것만 보아도 그놈들이 얼마나 집요하게 먹였는지 알 수 있는 대목이다.

그나저나 이 상태로 현청으로 데려가면 현령이 나를 가만두지 않을 텐데.

그렇다고 포관에다 재우면 나중에 현령에게 무슨 소리를 들을지 뻔하고.

이것 참, 사면초가네. 후으으으.

나는 속으로 긴 한숨을 내쉬면서 혹시나 예린 소저 깰까 봐 조심스러운 발걸음으로 일단 포관으로 향했다.

죽이 되든 밥이 되든 지금 이 상태로 현청에 들어가면 아마도 현령에게 맞아 죽어서 나올 듯한 느낌이 들었기 때문이다.

하아아아! 포관에 좀 있다가 정신 차리면 현청으로 데리고 가야지.

과년한 여자인데 외간남자와, 그것도 나와 같이 밤을 지냈다는 사실이 다른 사람에게 퍼지면 나야 괜찮겠지만 예린 소저 입장이 난처할 것이다.

저벅저벅.

"우, 우으으음, 아버님……."

"……."

술에 취해 무심결에 아버지를 찾는 예린 소저의 말이 귀에 박혔다.

도대체 그동안 어떤 심정이었을까?

딸도 못 알아보고 죽이려고 한 아버지를 처단한 사람으로 보였을까?

아니면 신교의 멸망에 지대한 공헌을 한 불구대천의 원수로 보였을까?

뭐, 지금 예린 소저가 나를 대하는 반응을 보면 전자 쪽이 가깝기는 하지만, 나에 대한 원망은 있었을 것이다.

지금이라도 미안하다고 사과할까? 아니다. 그럴 필요는 없을 테지.

만약 내가 미안하다고 말한다면 예린 소저의 기분은 더욱더 꺼림칙해질 것이다.

죽여 놓고 미안하다고 하면 다인가?

끼릭, 끼이익.

나는 포관에 도착해 내 집무실로 들어갔다.

밤이 깊어서 그런지 포관에서 숙식하는 군필이 놈도 소리를 못 들었나 보다.

달가닥, 스윽.

최대한 조심스럽게 예린 소저를 집무실 한편에 마련된 침상에 눕혀놓았다.

집무실에 왜 침상이 있냐고?

알면서 그런가. 일하다가 심심하면 자라고 있는 거지.

"우음, 우으."

예린 소저는 속이 불편한지 침상에 누운 채로 뒤척거림이 심해졌다.

으음. 일단 정신을 차리게 하려면 숙취를 해소할 게 필요하겠어.

예린 소저를 집무실에 두고 부엌으로 가서 매실과 몇 가지 간단한 약재를 풀어 물에 희석해 탔다.

타닥, 틱.

흠, 이 정도면 속은 다스리겠군.

내가 매일 숙취에 시달리며 마시던 거니 효과는 있을 것이다.

나는 약사발을 들고 집무실로 들어갔다.

당연하게도 예린 소저는 여전히 술로 인해 침상을 뒹굴면서 고통스러워하고 있다.

"자, 이걸 마시면 한결 가벼워질 겁니다."

난 예린 소저에게 다가가 머리를 받치고 약사발을 조심스럽게 입에 대어주었다.

슥.

"우으음, 우으……."

홀짝홀짝.

마치 아기처럼 내 품에 안겨서 물을 조금씩 마시는 예린 소저의 모습이 너무나 사랑스럽게 느껴진다.

이래서 애를 키우나?

아무튼 약사발에 든 물을 다 마신 예린 소저는 한결 편안해진 얼굴이 되었다.

"후으으으으."

긴 안도의 한숨을 내쉬며 예린 소저는 그대로 긴 잠에 빠져들 듯하였다.

안 되는데. 여기서 이렇게 자버리면 내일 아침 사람들이 보고 말이 많을 텐데.

이런 마음이 들긴 했지만 이 상황을 이용해서 예린 소저를 어떻게 할 수 있다는 흑심이 살짝 들기도 하였다.

어허, 원생아! 아무리 네놈이 여자가 궁해도 그렇지, 그러면 안 돼!

하압! 정신 차리자!

짝!

나는 스스로 뺨을 때리며 정신을 차리려 애썼다.

"으음?"

내가 너무 세게 때렸나?

내가 스스로 벌하는 소리에 예린 소저가 정신이 드는 듯해 나는 나지막한 목소리로 물었다.

"정신이 좀 드십니까?"

"으으음, 아우. 여, 여기가 어디죠?"

"포관입니다. 걱정 마십시오."

"아아, 우으으."

나는 무리해서 몸을 일으키려는 예린 소저를 말리면서 말하였다.

"무리해서 일어나지 마십시오. 지금은 그냥 누워 계십시오. 머리가 많이 아프실 겁니다."

숙취는 원래 깨질 듯한 두통을 동반하고 오는 것이 보통인 것을 내가 누구보다 잘 알고 있지.

예린 소저는 나의 말에 한숨을 내쉬면서 힘없이 그대로 다시 침상에 누우면서 말했다.

"하아아, 아직도 술을 마시는 느낌이에요. 우으으."

녀석들, 적당히 좀 먹이지. 이거 사람을 만신창이를 만들어 놓았군.

"그러기에 녀석들을 만나는 걸 말리지 않았습니까."

분명히 나는 경고했다. 물론 다른 이유이기는 하지만 말이다.

예린 소저는 나의 말에 고개를 절레절레 저으면서 말했다.

"아니에요. 오늘 충분히 재미있었는걸요. 정말 이렇게 웃어 본 지 오랜만인 거 같아요. 우으으으."

보통은 그런 말을 하고 웃어야 정상인데 숙취 때문에 웃지도 못하고 속 쓰려 하는 예린 소저였다.

쩌업. 예린 소저가 저렇게 생각하니 다행이다.

아무튼 술을 기분 좋게 마셨던 기분 나쁘게 마셨던 숙취가 심한 모양이니 후속 조치는 해줘야겠지?

"그렇게 재미있었다니 다행입니다. 원체 남자들끼리만 노는 데 익숙해서 예린 소저하고 어떻게 놀까 걱정했는데 말이죠."

말을 이어가면서 나는 손을 내밀어 예린 소저의 손을 잡고 숙취 해소에 도움을 주는 지압을 해주었다.

꾸욱, 꾹.

"아니요. 걱정하지 않아도 될 만큼 충분히 재미있었어요. 아, 감사합니다."

"별말씀을요."

나는 계속해서 지압을 해주면서 예린 소저가 괜찮은지 몸 상태를 보아주었다.

그러자 예린 소저는 그런 나의 모습에 은근한 미소를 지어 보이고는 말문을 떼었다.

"그리고 보니 이게 포두님이 제 손을 잡아준 첫 번째네요."

"아, 예?"

아니, 난 그럴 마음으로 잡은 게 아닌데. 이걸 어찌해야 하나?

예린 소저의 말에 잠시 당황한 표정을 지으면서 지압하는 것을 멈추자 예린 소저는 도리어 내 손을 잡으면서 말을 이어나갔다.

덥석.

"포두님 손은 따뜻하네요. 마치 포두님 마음처럼."

아무래도 예린 소저가 술에 취해서 제정신이 아닌 것 같다.

"수, 술이 아직 덜 깨신 것 같습니다. 조, 조금 더 쉬는 것이 좋겠습니다."

내 입이 방정이다. 왜 갑자기 더듬는 거야?

"헤헤, 아무래도 제가 술에 취한 것 같지요?"

"그, 그렇습니다."

"…그래서 제가 이런 말도 할 수 있는 것 같아요."

"예? 무슨 말을?"

"…포두님이 제 아버님을 돌아가시게 한 그날."

젠장. 사실은 좀 기대했다. 에라이, 내 주제에 무슨 사랑 고백이야.

나는 실망한 마음을 감추고 예린 소저의 말에 귀를 기울였다.

"아, 예."

"저는 그때 참 많이도 울었어요. 차라리 그때 아버님 손에 죽었으면 이런 아픔은 느끼지 않았을 텐데 말이죠."

입장을 바꿔 생각해 보면 예린 소저의 마음이 이해는 간다.

그러나 모든 문제의 해결이 죽음으로 귀결되었다면 굳이 우리네 세상이 이렇게 티격태격하고 살 일은 없겠지.

"……."

예린 소저는 잠자코 이야기를 듣는 나를 잠시 미소를 띠면서 쳐다보고 말을 이어나갔다.

"제가 알던 모든 것이 한순간에 무너져 버린 그 심정 혹시 아시나요?"

"……."

말을 하고 싶었다. 안다고. 그리고 그 느낌을 느끼게 해준 당사자가 바로 예린 소저의 아버님이라고 대답해 주고 싶었지만.

그러나 왠지 지금은 그저 잠자코 들어야 한다는 생각이 강했다.

나는 잠자코 들어줄 생각으로 입을 다물고 있었는데, 예린 소저는 그런 나의 모습을 다른 뜻으로 해석하였다.

"아무 말씀도 없으시네요. 하긴, 제 말이 너무 이기적이고 일방적인가요?"

"…그건 아닙니다."

"그럼 어떻게 생각하시는 거죠? 이제 도대체 전 어떻게 해야 할까요? 저는 어떻게 살아가야 하는 거죠? 아니, 그것보다도 전 살아갈 이유가 있을까요?"

폭풍처럼 쏟아지는 예린 소저의 질문에 난 느꼈다.

그동안 정말로 힘들게 짊어지고 살았구나 하는 것을 말이다.

누구 하나 이 질문에 답해주는 사람도, 속 시원하게 말해주는 사람도 없었겠지.

심지어 누구에게 저 질문을 하지도 못하였을 것이다.

아무도 저 질문에 답해주는 사람은 없었고, 생각해 보면 자신이 한 질문의 답은 스스로 찾아야 하는 것이기 때문이다.

그러나 예린 소저의 질문 중에 내가 답해줄 수 있는 게 하나 있기는 하네.

난 예린 소저의 손을 꼬옥 잡으면서 조용히 말해주었다.

"예린 소저."

"…예."

"지금 행복하세요?"

다소 뜬금없는 질문이긴 하지만, 살아갈 이유는 복잡하게 생각하면 안 되는 법이다.

예린 소저는 나직하게 고개를 끄덕이면서 대답하였다.

"…예, 행복해요."

"저랑 이현 포졸, 추 소저, 운 씨 자매, 장 씨 형제, 그리고 제 가족들, 친우들도 마찬가지일 겁니다. 그들도 지금 예린 소저와 함께 살아가면서 행복할 것입니다."

"……."

"삶에 별다른 이유를 가져다 붙이는 것도, 또한 목표를 위해 나아가는 것도 좋지만 세상은 그렇게 사는 게 아닙니다."

"…무슨 말씀을……."

"살아가는 이유는 각자 다르지만, 결국 알고 보면 그냥 사는 거지 이유 따위는 없기 때문이죠."

"에?"

"제 사부인 신의 어르신에게 예전에 이런 질문을 드린 적이 있습니다. 도대체 제가 사는 이유를 모르겠다고."

"……."

"신의 어르신은 저에게 별것 아닌 표정과 목소리로 말씀해 주시더군요."

주변 전우와 병사들은 죽어나가는데 나만 살아 돌아온 것이 얼마나 죄스럽던지, 결국 쌓이고 쌓여서 화를 내면서 물어보았다.

신의 어르신은 온갖 욕지거리를 하면서 나에게 한마디 툭 던졌지만, 그 한마디는 아직도 내 가슴과 머리 한구석에 남아서 머물고 있다.

지금 예린 소저에게 그 욕지거리를 뺀 말을 해줘야 하지 않겠는가.

예린 소저는 나의 말에 귀를 기울이고 있다.

"쌍. 인생, 그냥 사는 거지 이유 있느냐고요."

앞에 약간의 상스러운 소리가 있기는 했지만, 그때 당시 신의 어르신이 나에게 했던 욕 보다는 나았다.

그리고 앞의 저런 소리가 좀 들어가 줘야 말에 의미가 더욱 더 살고 말이다.

"푸흣."

"그래요. 웃기지요? 한데 정말입니다."

목숨이 왔다 갔다 하는 전쟁에서 저런 소리가 쉽게 튀어나오는 게 쉬운 줄 아는가?

하긴, 신의 어르신은 그때 미쳤으니 저런 소리가 쉽게 튀어나왔지만.

그래도 좀 전의 심각한 분위기는 날려 버리고 예린 소저 얼굴에 미소가 머금어졌으니 다행이네.

"후후후, 정말… 정말 그렇게 살아도 괜찮은 건가요?"

"저는 지금껏 그렇게 살고 있는데요."

"헤헤헤, 포두님답네요."

예린 소저는 창가로 스며든 달빛에 눈에 부신 듯 눈을 조용히 감으면서 조심스레 양손을 뻗어 내 가슴을 부드럽게 감싸안았다.

스륵.

꼬옥.

그 순간 갑자기 난 부웅 뜬 상태가 되어버린 느낌을 받았다.

지금껏 안아본 여자는 어머니와 누나, 그리고 요랑이 정신 못 차릴 때가 전부인데, 누군가가 이렇게 스스로 안다니.

"잠시만… 잠시만 이렇게 있어도 되죠?"

"무, 물론입니다."

생각 같아서는 평생 이러고 있고 싶지만 뺨 맞을까 봐 참았다.

그나저나 예린 소저가 나를 안아주었으니 나도 같이 손을 뻗어 안아주어야 하나?

어떻게 하지?

이거 경험이 있어야 이 상황에서 어떻게 해야 할지 대책이 서는데.

아아아악! 누가 좀 알려주세요!

"……."

"……."

그렇게 나와 예린 소저의 따뜻한 밤은 나만 어색한 기분을 남긴 채 서서히 지나가고 있었다.

―황실, 그리고 요랑

"황실은 현재 황충모의 전폭적인 지지와 함께 세력을 계속 늘려나가고 있습니다."

"그래? 다른 이상한 점은 없고?"

요랑의 활달하고 색기 넘치는 모습은 온데간데없이 사라지고 교주의 앞에서는 마치 최면에 걸린 사람처럼 멍하니 생기 없는 몸짓과 말투로 말하였다.

교주는 그런 요랑의 모습을 당연하게 생각하였다.

십수 년간 그래 왔으니 말이다.

그러나 그런 교주의 믿음이 깨지는 순간은 그리 오래 걸리지 않았다.

요랑은 교주의 마지막 말에 자신의 이마를 손바닥으로 지그시 누르면서 말을 이어나갔다.

"요즘 문전방을 보면 머리가 깨지듯이 아프고 정신이 없사옵니다."

여전히 요랑의 말투에는 어떠한 심경 변화가 담겨져 있지 않았다.

하지만 교주는 요랑의 뜻밖의 반응에 내심 놀라고 있었다.

'설마 문전방 그 늙은이가 요랑의 속박을 푸는 방법을 알아내었나? 아니, 그럴 수는 없다. 분명히 그 방법은 대법을 시행한 사람들과 함께 내가 묻어버렸지 않은가.'

교주는 만일을 위해 요랑에게 대법을 시행하고 뒤처리를 확실하게 하였다.

요랑의 아버지가 누구인가.

중원 대륙에서 죽은 사람도 살린다고 하는 신의가 아닌가.

그런 사람의 딸을 인질로 잡았으면 향후 문제가 생길 수 있는 싹을 잘라 버리는 것이 교주의 입장에서는 편하게 가는 지름길이었던 것이다.

그러나 그런 교주도 한 가지 잊어버린 사실이 있었으니.

그것은 바로 부정(父情)이었다.

아버지의 사랑은 이 세상 누구도 풀 수 없는 요랑의 속박에 균열이 가게 만든 것이다.

'몇 십 년이 지나도 풀리지 않던 것이 갑자기 왜? 제길, 다시

대법을 시행할 사람들도 다 죽여 버렸으니 답이 없군.'

요랑의 대법을 다시 시행하려고 해도 후일을 위해 다 죽여 버렸지 않은가.

어떻게 보면 교주 스스로 발등을 찍었다고 볼 수 있다.

'그렇다면 부릴 수 있을 때 부리는 것이 지금 할 수 있는 전부다.'

교주는 순순히 요랑을 보낼 마음이 없었다.

그녀는 누가 뭐라고 해도 자신을 대신해 모든 일을 도맡아 한 책임자가 아닌가.

요랑은 계속해서 두통이 심해지는지 미간을 좁히면서 다른 생각을 떨쳐 버리려고 안간힘을 쓰는 중이다.

그런 와중에 교주는 요랑에게 말했다.

"들어라."

"예, 교주님."

"너는 지금 당장 천마대를 이끌고 황실로 돌아가라. 그리고 내 명이 떨어지면 즉시 그대로 시행하라."

"알겠습니다, 교주님."

교주의 말에 요랑은 한 치의 의문도 없는 모습으로 자리에서 일어나 교주의 말에 따랐다.

교주는 요랑을 보내고 나선 아까의 편안한 표정을 지워 버리고 얼굴을 구기며 생각했다.

'내 발등에 불이 떨어졌군. 하필이면 이럴 때 요랑이 저런 모습이라니. 그래도 권마와 구명우에게 말을 해놓았으니 다른 걱정거리는 이제 이원생뿐인가?

교주의 입장에서는 요랑의 행동이 심히 부담스러운 것은 사실이나, 지금은 이원생이 가장 큰 문제였다.

이원생의 몸에 있는 명왕의 현신도 문제지만, 자신이 이제부터 해야 할 일에 있어서 이원생이라는 이름이 너무나도 컸기 때문이다.

'그놈에 이원생, 이원생, 이원생. 정말이지, 이제는 듣기조차 싫구나. 전쟁이 끝난 지 몇 년이나 흘렀는데 아직도 이원생의 이름 하나 지워지지 않다니.'

난세엔 수많은 영웅이 나타나고 사라지기를 반복한다. 또한 새로운 영웅호걸의 시작을 알리기도 한다.

그러나 그들은 이름이 널리 알려진 탓에 그만큼 생이 짧을 수밖에 없다.

중원 천지에 이름을 가장 쉽게 날리는 방법은 바로 이미 정평이 나 있는 사람을 꺾는 것.

영웅이라는 칭호가 붙게 되면 수많은 진흙탕이 기다리고 있다는 것과 같은 소리다.

그러나 이원생은 중원 천지에 이름을 떨치고도 지금껏 최강자로 군림해 왔다. 그의 이름을 아는 사람이라면 아직도 이를 갈며 몸을 사리고 있는 형편이다.

공포감.

이것은 이원생을 지칭하는 수많은 단어 중 하나일 뿐이었다.

'하지만 내가 네놈이 늙어 죽기만을 기다릴 줄 아느냐? 이 번 기회에 확실하게 네놈의 이름을 이 중원 천지에서 지워주 마, 이원생!'

자신감 넘치는 모습으로 다짐하는 교주였다.

그리고 그 순간 교주의 집무실을 방문하는 한 사람이 있었 으니.

"교주님, 화의(華醫)를 데려왔습니다!"

"들여보내라."

끼이익.

교주의 말과 함께 문이 열리고, 예전에 위지창을 향기로 세 뇌시켰던 화의가 들어왔다.

화의는 공손하게 교주에게 인사를 하며 물었다.

"화의가 교주님께 인사드리옵니다. 한데 어쩐 일로 저를 부 르셨습니까?"

"단도직입적으로 묻겠다. 지금 내 상태가 어찌 보이는가?"

화의의 물음도 물음이지만, 교주는 아랑곳하지 않고 화의에 게 직설적으로 물었다.

"……"

화의는 교주의 말에 잠시 아무런 말도 하지 못하다가 이윽 고 마음을 먹었는지 포권을 하면서 공손한 어조로 말하였다.

"현재 교주님의 상태는 무공이 전폐(全廢)된 상태이며 그 여 파로 몸도 많이 쇠약해졌습니다."

"그렇다면 어떻게 해야 하는가?"

연이어 결론을 내놓으라는 교주의 막무가내식 대답에 화의는 잠시 식은땀을 흘렸지만, 그래도 화의는 중원에서 둘째가라면 서러운 의원이다.

"제가 무엇을 하면 되옵니까?"

"단 한 번, 한 번이면 족하다. 내 목숨에 영향을 미치지 않고 내공을 펼쳐낼 방법을 찾아오라."

"……?"

화의는 교주의 말에 소스라치게 놀랐다.

현재 교주의 몸 상태는 누가 뭐라고 해도 과격하게 움직이기만 하여도 몸에 무리가 가는 상황이 아닌가.

한데 그 몸 상태로, 더군다나 목숨까지 유지한 채로 내공을 펼쳐낼 방법을 찾아오라니.

교주는 화의의 반응이 신통치 않은 것을 보았다.

교주 자신도 불가능할 것이라고 느끼고 있는데 화의는 오죽할까.

그렇지만 교주는 밀어붙여야 하였다.

더 이상 지체한다면 자신에게 주어진 과업과 목표는 자신이 살아생전에 이루기 불가능하다는 것을 잘 알고 있기 때문이다.

"왜 그러는가? 설마 방법이 없다는 것인가?"

아직 시도조차 해보지 않고 안 된다고 말하기에는 화의 자신의 자존심이 허락지 않았다.

그러나 화의의 입에서 나온 대답은 그런 자존심을 뒤로하고 교주를 놀라게 하였다.

"아니옵니다. 방법이 있기는 하옵니다. 하지만……."

"정말 그것이 사실인가?"

화의의 입에서 나온 대답은 교주 자신에게도 뜻밖이다.

기대도 하고 있지 않다가 받는 은혜보다 더 값진 것 같은 느낌인 교주였다.

"그렇사옵니다. 분명 방법이 있기는 있사옵니다만……."

"그것이 무엇인가? 당장 말해보라! 당장!"

자꾸 말을 흐리는 화의의 말에 교주는 재촉하였다.

화의는 교주의 재촉에 고개를 숙이며 말하였다.

"교주님의 말대로 내공을 얻어 단 한 번 예전 교주님의 무공을 회복할 수는 있습니다. 그것도 교주님 몸에 무리가 없이 말입니다."

"한데 무슨 문제가 있다는 것인가?"

"이 방법을 사용하시려면 바로 요랑의 희생이 필요하기 때문입니다."

교주는 화의의 말에 의미심장한 웃음을 진득하게 지어 보였다.

화의는 그런 교주의 머리맡에 머리를 조아리고 부복한 채로 다음 말을 기다렸다.

곧이어 교주는 화의에게 물었다.

"정말 요랑이 희생만 한다면 그것이 가능한가?"

"어느 안전이라고 거짓을 고하겠습니까."

"하면 어째서 요랑인 것인가?"

"그것은 요랑이 익힌 무공 때문입니다."

"흠?"

"요랑이 익힌 무공은 남성의 양기를 흡수해서 자신의 몸 안에 음과 양의 기운을 극성으로 사용하는 무공입니다."

교주도 잘 알고 있다.

바로 그 무공을 전수해 준 사람이 바로 자신이니까.

화의는 계속해서 말을 이어나갔다.

"이 무공은 여자들에게 있어서 손쉽게 내공을 얻는 하나의 방편이지만, 또한 단점도 존재합니다."

"무슨 말을 하고 싶은 건가? 본론만 말하라."

요랑에게 무공을 전수한 자신이 그 단점을 모르겠는가? 교주는 화의의 말을 끊고 재촉하였다.

"알겠사옵니다. 그럼 말하겠습니다. 바로 그 단점이 교주님에게 기회를 제공하는 장점이 되는 것입니다."

"설마?"

화의의 말에 교주도 불현듯 떠오르는 생각이 있었다.

이제껏 자신의 몸에 대해서 그 누구보다도 연구를 많이 한 교주였다.

결코 화의의 말뜻을 이해하지 못하는 것이 아니란 말이다.

"그렇습니다. 그것은 바로 흡성대법을 통해 연공하시는 것입니다."

"……"

가장 단순하면서도 효과적으로 내공을 쌓는 방법은 다른 사람의 내공을 자신의 것으로 흡수하는 것이다.

하지만 이것은 상대방의 동의도 필요하지만 애초부터 각 사람마다 기의 흐름이 다른데 그것을 강제적으로 흡수하여 자신의 기운에 맞추다 보니 몸에 부담이 크다는 것이 문제다.

그러나 요랑을 통한다면 교주의 몸에 가해지는 부담은 일시에 해소된다.

그것은 굳이 화의가 말을 하지 않아도 교주 자신이 더 잘 알고 있다.

'인생사 새옹지마라더니 요랑의 존재가 복으로 다가오는구나. 크하하하!'

교주는 자신의 계획한 일에 마지막 편린(片鱗)이 맞춰지자 속으로 매우 호탕한 웃음을 터뜨리며 화의에게 말했다.

"너는 조만간 내가 부를 때까지 근신하고 있으라."

화의는 교주의 말뜻을 알았다.

한마디로 입 다물고 조용히 방 안에 있으라는 뜻이다.

"알겠사옵니다. 부디 옥체 강녕하고 뜻하신 바를 이뤄내시길 바랍니다."

"내 너의 충정은 깊이 기억하고 있으마. 이만 물러가라."

"예, 교주시여."

철컥.

드르륵!

교주의 집무실을 나서는 화의는 그대로 자신의 화원으로 발걸음을 옮겼다.

교주는 화의가 나가자마자 흥분을 감추지 못하고 앉은 자리에서 일어나 광소하며 외쳤다.

"크하하하! 이원생! 네놈의 마지막이 느껴지느냐? 크하하! 조금만 기다려라! 조금만! 내 네놈의 명줄을 친히 끊어줄 테니 말이다! 크하하하하!"

—이원생

"어디서 또 개가 짖나? 왜 이렇게 귀가 가려워?"

도무지 뒤에 숨어서 내 욕을 하는 사람이 왜 이리 많은지 모르겠다.

내가 그렇게 욕먹을 짓을 많이 했나?

뭐, 상원이 놈이라면 내가 떼어먹은 외상값 때문에 욕을 하는 건 이해하지만 그 외의 사람이라면 날 욕하면 안 된다.

얼마나 내가 착하고 바르고 성실한 놈인지 알지도 못하면서 날 욕하면 안 된다는 것이다.

"포두님, 일 좀 하십시오. 이러다가 정말 소 되시겠습니다."

"엉?"

난 집무실 책상에 누워 있다가 고개만 들어 이현을 쳐다보았다.

그러자 이현이 놈은 이마를 치면서 한숨을 내뱉고는 마치

소년소녀 가장의 책임감 묻어 있는 목소리로 말하는 것이 아닌가.

탁.

"하유, 내 말을 말아야지."

나는 그런 이현의 모습을 보면서 주변에 던질 게 없나 두리번거리기 시작하였다.

"왜 그러십니까? 또 뭐 던지시게요? 한데 이걸 어쩝니까. 이미 제가 다 치워 버렸는데."

오, 치밀한 녀석. 그래도 머리 좀 썼네? 깐죽거리기 전에 살 궁리를 위해 안배를 해놓다니.

난 이현의 그런 치밀함을 칭찬해 주기 위해서 친히 나의 신발을 벗어 던지면서 말했다.

홱!

휘릭!

"잘했다, 이놈아!"

픽!

"악!"

외마디 비명을 지르면서 얼굴을 부여잡고 뒤로 주춤하는 이현이 놈에게 결정타를 위해서 다른 한쪽도 마저 던질 준비를 하였다.

하지만 이내 이현이 맞는 소리를 듣고 들어온 아리따운 한 여인에 의해 나의 계획은 무산되고 말았다.

"이게 무슨 짓이에요, 서방… 아니, 이현님에게!"

추 소저다.

이제는 아주 대놓고 서방님이라고 부르는군.

그러게 혼례라도 올리지.

내 친히 무림맹주와 화무황을 초빙하여 이현이 네놈 장인과 대부라고 소개시켜 줄 테니까.

그러면 이현이 저놈 얼굴이 볼 만하겠는데?

아무튼 추 소저의 핀잔에 나는 슬며시 신발을 내려놓고 입맛을 다시면서 말했다.

"쩌업. 부하 직원의 업무 처리 능력이 떨어져서 능력 향상을 위해 응원해 주었던 겁니다."

청산유수와 같은 나의 말에 추 소저는 콧방귀도 뀌지 않으면서 내 유일한 약점을 들추며 대꾸하였다.

"자꾸 이런 식이면 예린 언니 있을 때 제 입에서 무슨 말이 나올지 궁금하지 않으세요?"

"……."

헤우. 내 그럴 줄 알았지.

추 소저의 한마디에 내 입이 다물어지자 이현이 놈은 비열한 웃음을 띠면서 추 소저 뒤에 숨으며 나에게 말했다.

"흐흐흐. 그렇습니다, 포두님. 행동 똑바로 하십시오. 흐흐흐흐."

저놈은 나하고 둘이 있을 때 어쩌려고 저렇게 깐죽거리지?

추 소저는 내가 아무런 말도 못하자 팔짱을 끼고 의기양양한 목소리로 말을 이어나갔다.

"그러기에 평소 이현님 말을 들었으면 얼마나 좋아요."

세상에 어떤 포관에서 포졸이 포두에게 일하라고 시킨답니까.

나는 이런 속마음을 전하고 싶은 마음은 굴뚝같았지만, 예린 소저에게 무슨 소리를 할지 몰라 그냥 조용히 입 다물고 있기로 하였다.

친우들과 술을 마신 이후 일어난 사건으로 예린 소저와 내 관계는 한층 가까워졌다.

이제는 거의 예린 소저가 포관으로 출근하다시피 하였다.

물론 나를 보러 오는 것도 있기는 하였지만 대다수의 시간은 추 소저, 운 씨 자매와의 수다와 더불어 소일거리를 같이 하는 게 주된 일이다.

매일 모여 떠들어도 저렇게 말할 거리가 넘쳐다나니 여자들은 대단한 것 같다.

아무튼 포관의 여자 사인방은 여러 이야기를 나누면서 자기네들끼리 시장도 가고 가끔씩 소풍도 다녀오면서 친분은 깊어져 갔고, 서로 언니 동생 하는 사이까지 되어버린 것이다.

상황이 이렇게 되니 그 여자 사인방이 모였을 때 무슨 이야기를 하는지 궁금하지 않을 수가 없어 조심스럽게 청력을 기울여 들어보았더니 하는 이야기가 죄다 포관 내의 남자들 이야기였다.

정육은 무뚝뚝하지만 잘생겼네, 의외로 잘 챙겨주고 자상하다는 등, 호연 포졸은 생긴 것과는 다르게 섬세하며 이현은 홀로 고아들을 돌보며 책임감이 남다르다는 칭찬까지 한마디로 포관 남자들에 대한 여자들의 평가나 다름없었다.

그리고 나는 혹시나 하는 마음에 내 이야기는 어떻게 나오는지 귀 기울여 들어보았지만 결코 단 한 마디도 나오지 않았다.

아니, 왜?

솔직하게 터놓고 말해보도록 하자.

추 소저는 내 보호가 없었으면 그 불한당 같은 기생오라비 놈에게 어떻게 되었을지 모른다.

더군다나 운 씨 자매는 어떠한가.

나의 헌신적인 도움이 없었다면 아직도 힘든 신세가 아니겠는가.

그리고 호연 포졸도 그렇다.

내가 그 마을을 살리기 위해서 수로도 뚫어주고 내 돈을 들여 수문까지 만들어주었는데 그런 소리는 한마디도 안 해?

따지고 보면 이 포관에서 내 도움과 내 능력 아니었으면 어떻게 되었겠는가?

물론 이 소리를 내 입으로 하면 속 좁은 놈이라고 욕이나 먹겠지만 그래도 혹시나 하는 마음은 있었는데. 크흑.

그래서 나는 그 일이 있고 난 후부터 조금 다른 방법을 강구하였다.

그것은 바로 넌지시 추 소저에게 예린 소저 앞에서 나에 대한 이야기를 한번 물어봐 줄 수 있냐고 말하는 것이다.

그러면 당연히 나에 대한 좋은 이야기가 나오겠지 하며 방심했다.

설마하니 이게 나의 약점으로 작용할 줄이야.

추 소저는 내가 예린 소저에게 감정이 있다는 것을 알고 그것을 이용하여 나를 꼼짝 못하게 만들었다.

뭐, 어차피 내가 아무런 일을 안 하니 평소에도 꼼짝 않고 있기는 하였지만, 이런 식으로 이용을 할 줄은 꿈에도 생각하지 못하였던 것이다.

"저는 항상 이현의 말을 귀를 기울여 듣고 있습니다, 추 소저."

"귀 기울여 듣고 있기만 하시나요? 가끔씩 때리시잖아요."

음. 다행히 매일 때리는데 가끔씩 때리는 걸로 알고 있군.

"알겠습니다. 그럼 이제부터 이현을 때리지 않겠습니다."

"정말이요?"

"그렇습니다!"

"차라리 콩으로 팥죽을 쑤지……."

구시렁구시렁.

이현이 저놈은 나의 다짐을 어떻게 듣는 건지 혼잣말로 구시렁대었다.

그러나 추 소저는 이현의 구시렁거림에도 불구하고 나의 대답에 믿음으로 대꾸하였다.

"정말 믿어도 되죠?"

"속고만 살았습니까."

"속고만 살았지……."

하하하! 이현이 저놈, 이제 내가 어떻게 팰지 상상도 못할 것이다.

그래도 추 소저는 아직 순수한지 나의 말을 곧이곧대로 믿어주면서 활짝 웃으면서 말하였다.

"그럼 믿을게요, 포두님. 이현님도 잘 지내보세요. 알겠죠, 서방… 아니, 헤헤, 이현님?"

"물론입니다. 여, 아니, 크흠. 추 소저. 헤헤헤."

추 소저와 이현의 모습을 볼 때마다 방바닥을 사이좋게 지나다니는 바퀴벌레 한 쌍을 보는 것 같아서 참으로 기분이 더럽다.

나는 추 소저와 이현의 직장 연애질을 종식시키려고 이현에게 물었다.

"무슨 일로 왔냐?"

"아, 그리고 보니 깜빡했습니다. 사흘 후면 포두님 형님께서 혼인을 하지 않습니까."

"그렇지. 한데 그게 왜?"

"포두님은 가족이 혼인하는데 반응이 왜 그러십니까?"

"시끄럽고, 내 형님 혼인하는데 뭐가 어째서?"

"아무튼 포두님 형님께서 혼인하시는 분이 예사 분이 아니시지 않습니까. 그래도 중원에서 알아주는 장원의 장주 딸이라서 그런지 공문이 나왔습니다."

"엥?"

그렇지 않아도 온 현이 그 일로 들썩거리는데, 갑자기 웬 공문까지 내려오고 그러나?

괜히 사람 불안해지게 말이야.

나는 의문을 표하면서 이현이 내민 공문을 받아 들며 물었다.

"무슨 내용이냐?"

"읽어보면 아시지 않습니까."

그렇긴 하지.

"흐흠. 자, 뭐라고 썼나."

전 포관의 포두와 포졸들은 최소한의 인원만 남기고 혼인식에 참석하여 혹시라도 모를 사고에 대비하여 만반의 준비를 기하길 바란다.

요약하자면,

"내 형님 혼인날에 일을 하라고, 지금?"

"슬프지만 현실입니다."

"월봉에 더해서 주나?"

"가보시면 알겠죠."

어차피 형 혼인식에 안전을 기하면 좋은 일일 테고, 원래 이런 개인적인 행사에 공무로 파견 나가면 특근 수당이 붙으니 일석이조가 아닌가.

축하하는 것은 매한가지이니 돈 벌면서 축하해 주면 나도 좋고 형도 좋은 일이겠지.

"다른 일은 또 없고?"

이현이 녀석에 물었더니 고개를 좌우로 저으면서 없다는 표정을 지어 보인다.

"야, 그럼 나 먼저 들어간다. 무슨 일 있으면 바로 전서구 띄우고."

"에?"

"그런 표정 짓지 마. 놀러 가는 거 아니야. 혼인이 사흘 남았는데 일 도우러 가는 거다."

내가 사라질 때마다 저놈은 내가 놀러 가는 줄 안다. 물론 열에 아홉은 놀러 가는 거지만 이번에는 다르지.

"하하, 제가 설마 포두님을 의심했다고 보십니까?"

"가슴에 손을 올려놓고 양심에 귀 기울여 봐라. 그럼 나 간다."

"……."

이현이 녀석은 정말로 자신의 가슴에 손을 올려놓고 양심에 호소하는 모습을 보인다.

저놈을 죽여, 살려?

나는 포관을 나와 집으로 방향을 잡고 빠른 걸음으로 걸어갔다.

달리자니 그렇게 급하지는 않았고, 느긋하게 걷자니 여유로운 상황은 아니어서 그냥 빠른 걸음으로 성큼성큼 걸어갔다.

아는 사람을 만나면 축하와 더불어 인사를 전해왔고, 어떤 사람은 형에게 안부 좀 전해달라고 진심 어린 눈길을 보내기도 하였지만 지금 급한 것은 그것이 아니니 뒤로 접어두기로 하였다.

집으로 가는 길목에 들어서자 벌써부터 북적대는 사람들 틈에 정신이 없는 어머니를 볼 수 있었다.

"어머니, 저 왔습니다."

능글맞은 목소리로 말하자 어머니는 이것저것 준비하는 와중에도 금세 고개를 들어 나를 반겨주었다.

"제춘댁은 모시옷과 광목 좀 구해보게나. 닭도 좀 후하게 잡아주고. 그리고 원생이는 당장 누나에게 가서 비단필목과 새아가 예물 좀 정리하거라."

"오자마자 일 시키는 법이 어디 있소. 점심이라도 좀 먹이고 시키시오."

되지도 않는 항의를 해보았지만 어머니는 아들의 투정은 무시하고 여전히 혼인식 준비에 열을 올린다.

"시끄러, 이것아! 형 혼인하는데 안 도와줄 거면 집에 들어오지도 마!"

젠장. 전쟁터에서 돌아왔을 때는 그렇게 후한 대접을 해주더니 이제는 찬밥 신세다.

"엡. 당장 누님 도우러 가겠습니다."

나는 이곳저곳에서 밀어닥치는 사람들을 뚫고 어머니가 시킨 대로 누님의 포목점으로 걸어갔다.

어차피 예물 정리야 내가 하지도 않는 거고, 비단필목은 전부 마차에 실어서 오는 것이 아닌가.

굳이 내가 힘쓸 필요도 바쁠 필요도 없다.

음. 이렇게 되면 이현의 말처럼 오늘도 놀게 되는 거군.

"그렇다고 지가 어쩌겠어. 모르게 놀면 장땡인 것을."

하늘은 맑고 햇살은 눈부시고 바람도 선선하게 부는구나.

나는 태연하게 뒷짐을 지고 천천히, 그리고 느긋하게 포목점으로 주변 경치를 벗 삼아 콧노래를 흥얼거리며 걸어갔다.

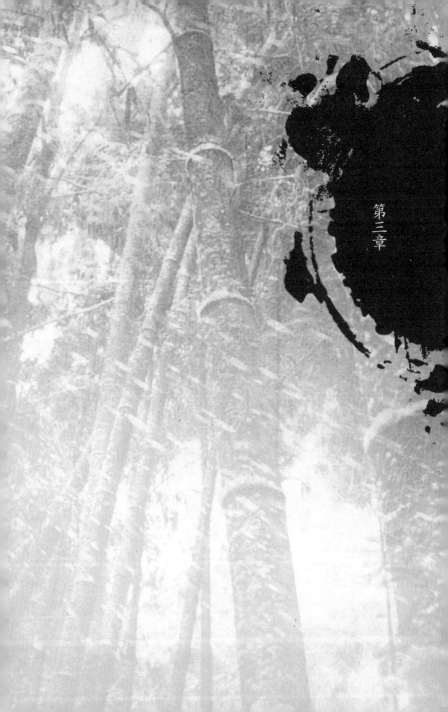

第三章

—황실, 그리고 요랑

"황실 쪽 움직임은 알아보았느냐?"

요랑의 말투에는 예전의 표독스러움과 태연자약함이 묻어 있지 않았다.

다소 힘이 빠져 있고 피곤한 듯한 그녀의 말에 청색 무복의 사내는 앞에 부복한 채로 말하였다.

"알아채지 못한 듯싶습니다."

"그래? 다행이구나."

맥이 풀린 듯한 요랑의 말에 청색 무복의 사내는 걱정스러운 목소리로 물었다.

"괜찮으시옵니까, 대장로님?"

"후우우, 내 걱정을 다 해주다니 고맙구나. 너희도 피곤할 터인데 들어가 쉬어라."

"……."

청색 무복의 남자는 혼란스러웠다.

명교가 본격적으로 황실을 침범하려는 것도 혼란을 가중하는 데 한몫하였지만 더욱더 놀라운 것은 요랑의 행동이다.

요랑의 상태가 며칠 전부터 이상 증세를 보였지만, 이렇게 급격한 심경 변화는 보통 일이 아니다.

예전 요랑의 행동들은 그녀의 명호답게 전형적인 요녀의 모습을 보여줬지만, 최근 며칠 동안 그녀의 행동은 요녀와는 거리가 멀었다.

"왜 그러고 있느냐? 무슨 일이라도 생긴 것이냐?"

요랑의 다정다감한 물음에 청색 무복의 남자는 당황해하며 말을 이었다.

"아, 아니옵니다. 그저 대장로님이 걱정되어……."

"후후, 그래? 마음 써줘서 고맙구나. 정말 별일이 아니니 나가보도록 하여라."

"아, 알겠사옵니다, 대장로님."

요랑은 자신이 변하고 있다는 것을 깨닫지 못했다. 아니, 그럴 여력이 없었다.

너무나도 급작스럽게 일어난 속박의 균열은 그녀의 정신에 커다란 생채기를 남겼다.

성격부터 말투, 그녀의 몸짓 하나까지 교주가 정해준 속박에 의해서 탄생된 요랑은 그 속박의 균열을 통해 점차 본연의 그녀 자신으로 서서히 되돌아오고 있었던 것이다.

그로 인해 변화된 그녀 자신의 모습은 주변 사람들에게 마치 다른 사람인 것 같은 착각마저 들게 하였지만 정작 본인은 깨닫지 못했다.

"그럼 쉬시옵소서."

끼이익.

덜컹!

명교의 교도가 나가자 요랑은 이내 머리를 감싸 쥐면서 몰려오는 두통에 괴로워하였다.

'도대체, 도대체 이제껏 생각에도 없던 기억들이 어디서 올라오는 거지? 하아하아!'

평소엔 생각도 하지 않던 어린 날의 추억과 그저 까맣게 색칠되어 있는 부모님에 대한 과거가 속속들이 떠오르고 있었다.

단순한 옛 추억들이 이렇게 두통을 몰고 오는 것에 대해서 요랑은 이해할 수가 없었다.

어떠한 약을 써도, 침을 맞아보아도 소용없었다.

그녀의 고통은 오로지 그 과거에 매달려 조용히 상념할 때만 사라졌다.

'몇 십 년 된 추억들이 왜 어제 일처럼 생생한 거지? 분명히 교주님께서는 내 부모님은 전부 정파 무림과 황실의 계략에 의해서 추살되었다고 했는데.'

요랑의 머릿속에 떠오르는 것은 추살된 부모님의 잔상이 아니었다. 아버지의 온화한 미소와 어머니의 따스한 품속의 향취가 그녀의 머릿속을 헤집어놓는 것이다.

주르륵.

그녀의 감긴 눈에서 눈물이 떨어져 내렸다.

그녀가 의도한 것이 아닌데도 불구하고 옛 기억들이 올라오면 자연스레 눈물이 흘러내린다.

그리고 언제나 마지막에 기억나는 한 사람.

문전방.

번쩍!

그녀는 눈을 뜨고는 거칠게 숨을 들이켰다.

"헉! 허억! 도대체, 도대체 그 사람이 누구기에 내 머리를, 내 머리를……!"

차라리 몸을 줘버리고 끝날 감정이라면 이렇게 되지 않았을 것이다.

문전방의 눈빛은 온전히 부정(父情)에 의한 사랑이었기 때문에 요랑의 심정은 더욱더 혼란스러웠다.

그 감정의 편린은 교주가 걸어놓은 속박에 균열을 만들어내었고, 요랑은 서서히 자신의 온전한 기억과 추억 속으로 자신을 찾아가고 있는 것이다.

그러나 아직 넘어야 할 산이 많았다. 교주의 속박은 겨우 균열만으로 깨어질 것이 아니기 때문이다.

아무리 지금 요랑의 모습이 다른 사람이 느끼기에 이상하리

만큼 자애로워졌다 해도 그녀가 교주의 말에 곧이곧대로 따라
야 한다는 것은 변하지 않았다.

"하아! 하아!"

그녀가 기억을 추스르며 힘겨운 시간을 보내고 있을 때, 방
문을 두드리는 한 사람이 있었다.

텅텅텅!

"대장로님, 황충모 우승상께서 오셨습니다!"

요랑의 처소를 지키는 무사의 말에 그녀는 호흡을 가다듬으
며 말했다.

"후우, 후우. 그래, 안으로 모시거라."

"예!"

무사의 대답이 끝나자마자 문이 열리고 황충모가 들어섰다.

황충모는 요랑이 자리를 권하기도 전에 요랑과 마주 보고
자리에 앉았다.

털썩!

분명 예전의 요랑이라면 예의도 모르는 늙은이라면서 면전
에서 면박을 주었겠지만, 지금의 요랑은 그저 그런 황충모의
모습에 살포시 고개를 숙여 인사를 청했다.

"소녀가 잠시 몸이 어지러워 맞이하지 못한 점 죄송하옵니
다."

도리어 무례를 저질렀음에도 사죄를 청하는 요랑의 모습에
황충모는 일순간 자신이 무언가 잘못 알았다는 것을 깨달았
다.

분명 부하에게 듣기로는 요랑은 간단히 볼 여인이 아닐뿐더러 그 성정이 매우 표독스럽고 포악하다고 하지 않았던가.

황충모는 요랑의 정중한 말에 고개를 끄덕거리면서 일단 말을 받았다.

"몸이 불편하신데 내가 괜히 찾아온 듯싶소이다."

인사를 받아수는 황충모였지만 그선에 멍교에서 협상에 밀린 감이 있어서 곱게는 받아주지 못하였다.

그러나 황충모의 그러한 말에도 불구하고 요랑은 다소곳이 웃으며 고운 말로 받는 것이 아닌가.

"괜찮습니다. 제가 몸이 이러한데도 먼저 알려드리지 못한 점 송구스럽게 생각합니다."

요랑의 극진하면서 정중한 말에 황충모는 속으로 당혹감을 감추지 못했다.

'내가 상대하는 사람이 분명 그녀가 맞는가? 혹시 대리를 내세워 나를 떠보려는 심산인가? 아니다. 만약 나를 떠보려 하였다면 내 언행에 문제를 삼았을 터.'

황충모의 머릿속은 생각을 거듭할수록 복잡해졌다.

'만약 이 여자가 일부러 행동을 과장하여 보였다면 희대의 요부가 아닐 수 없구나. 허허, 내가 아직도 세상을 덜 살았구나, 덜 살았어.'

반백년 넘는 세월을 살면서 무수히 많은 일을 겪은 황충모지만 지금 현재 자신의 앞에 있는 여자의 속내 하나 파악하지 못하고 있다는 생각이다.

요랑은 황충모가 내색하지 않고 여전히 자신을 바라보며 생각에 잠겨 있자 먼저 입을 열어 침묵을 깨었다.

　"황실에 저희 인원을 천거하신 것에 감사드립니다."

　황충모는 요랑의 말에 무겁게 입을 열어 대꾸하였다.

　"감사 받을 요량으로 한 일이 아닌 것을 잘 알고 있을 텐데 말이오."

　조금은 언짢은 황충모의 말에 요랑은 입가에 엷은 웃음을 지으면서 말했다.

　"그래도 도움을 주셨으니 감사의 말씀은 전해야지요."

　"겨우 그 말을 전하려고 나와 독대를 청한 것인가?"

　"사정이 여의치 않아서 제가 직접 뵈러 가지 못한 점 다시 한 번 깊이 사죄드리옵니다."

　"됐네. 하루 종일 사죄만 할 생각이라면 더 이상 볼일이 없네."

　황충모의 언사가 다소 불쾌했으련만 요랑은 그런 것에 아랑곳하지 않고 차분하게 말을 이어갔다.

　"알겠습니다. 그럼 교주님의 뜻을 말해드리겠습니다."

　"그러게나."

　시종일관 툭툭 내뱉는 황충모의 말투에는 가시가 박혀 있었다.

　황충모가 누구던가.

　그 한 번의 실수로 인해 명교와 다소 굴욕적으로 손을 잡기 전까지는 무림과 명교를 지나가던 벌레보다도 못하게 보던 사람이 아닌가.

그런 자존심을 가지고 있는 황충모가 이런 모습을 보였다는
것 자체가 그의 입장에서는 자신이 이제껏 지켜온 체면과 명
성에 흠집을 내는 것이다.

요랑은 그러한 속내까지는 모르지만 굳이 자신이 힘들여 상
대할 필요는 없다는 생각과 함께 몰려오는 두통으로 인해 오
로지 빨리 일을 처리함과 동시에 쉬고 싶다는 생각으로 다시
금 차분하게 입을 열었다.

"교주님은 황실에 조만간 분란이 생겨 변고가 있다면 학자
원과 관리들의 행동을 잘 부탁드린다고 하였습니다."

"설마?!"

"아직 특별한 말씀은 없으셨지만 그렇게 전하고 준비하라
하셨습니다."

"이게 도대체 무슨 짓인가! 황실과 조정에 세력을 내세운다
하는 것은 묵과한 일이지만 내가 황제 시해까지 눈감아줄 것
같은가!"

요랑의 입에서 나온 말은 그녀의 차분한 신색과는 확연하게
다른 뜻을 내포하고 있었다.

황충모가 받아들인 말 그대로 명교는 지금 황제를 죽이려고
하는 것이다.

그리고 그 뒷수습을 황충모에게 부탁하고 있는 것이고 말이
다.

당연하게 황충모는 받아들일 수 없다는 입장을 강력하게 표

명하였다.

그는 가문과 인생을 바쳐서 헌신한 충신이다.

아무리 황제가 잘못된 방향으로 나아가고 있다고 하더라도 그것을 바로잡아 주고 충언은 올릴지언정 황제를 갈아치울 생각은 하지 않았다.

요랑은 황충모의 반응이 당연한 것으로 예상한 듯 조용히 말을 이어나갔다.

"우승상께서 교주님이 원하는 방향대로 수습만 잘 해주신다면 우승상이 살아 있는 한 절대로 국정에 간섭하지 않겠다고 약조하셨습니다. 또한 명교의 간섭과 세력도 승상께서 황궁에 몸담고 있는 동안에는 단 한 마디라도 내뱉지 않겠다고 합니다."

척.

말을 마치자마자 요랑은 황충모 앞에 서신을 내밀었다.

"그리고 이것은 아까 제가 말한 모든 것을 증명하는 교주의 인장이 찍힌 서신입니다."

"내가 그런 뻔한 말에 속을 줄 아는가? 또한 만약 내가 협조한다고 해도 겨우 서신 따위에 명운을 걸 수는 없는 노릇! 절대 불가하네!"

언성을 높이면서 할 수 없다는 입장을 정확하게 표명하는 황충모의 말에 요랑은 다른 서신을 꺼내면서 말했다.

스윽.

척.

"그래서 명교는 승상께서 확실하게 믿을 수 있도록 하나를 더 준비하였습니다. 한번 읽어 보시지요."

"이건 믿고 안 믿고의 문제가 아니네! 내가 황제 시해에 동참할 것으로 보이나? 어림없는 소리 말게!"

"읽어 보셔도 손해는 없을 것입니다. 한번 읽어보시고 답을 주어도 늦지 않을 것입니다."

"도대체 이게 무엇이기에?"

황충모는 거칠게 탁자 위에 놓인 다른 서신을 집어서 펼쳐 보았다. 서신에는 이름이 빼곡하게 적혀 있다.

"이것은……?"

"보시다시피 이번 명교의 행사에 동참하는 인물의 이름이 적혀 있는 혈판장입니다."

"……!!"

"만약 승상께서 저희를 믿지 못하겠다면 그 혈판장을 가지고 지금 당장 천중상에게 달려가시면 되실 겁니다."

명교 행사에 동참했다는 것은 명교에게 포섭되었거나 명교가 황궁에 심어놓은 인재들이다.

지금 명교는 그 수많은 인력과 더불어 그간의 노력의 산실을 통째로 황충모 앞에 가져다 바친 것이나 다름없다.

황충모는 자기도 모르게 흐르는 식은땀을 감출 수가 없었다.

"정녕 그대들은 미쳤군."

"원대한 교주님의 대의가 그러하니 저희는 따를 수밖에요."

"……."

꿀걱.

한 치의 망설임도 없는 요랑의 대답에 황충모는 침을 삼켰다. 그리곤 손에 들린 두꺼운 양피지를 품속에 집어넣고 그대로 아무런 말도 없이 뒤돌아 요랑의 침소를 빠져나갔다.

암묵적인 승인.

요랑은 그런 황충모의 행동에 살짝 미소를 지어 보일 뿐 별다른 말은 하지 않았다. 그녀는 황충모의 뒷모습을 하염없이 지켜본 후 다시 눈을 감아버렸을 뿐이다.

명교 교주가 오로지 이원생을 위하여 만든 무대.

그 막이 서서히 올라가고 있었다.

—명교

교주의 명을 받아 이원생의 뒤를 조심스럽고 빠르게 조사하기 시작한 지 보름이 채 되지 않은 시각.

구명우와 권마는 교주의 발밑에 부복한 채 지금까지 자신들이 조사한 모든 것을 정리하여 교주 앞에 대령하였다.

교주가 이원생이 그간 벌인 일에 대한 행적을 낱낱이 훑어보고 내린 결론은 하나였다.

"정말이지, 이놈은 무엇 할 생각은 없어 보이는군."

이원생은 그간 많은 일을 하였지만 그것은 전부 자신의 주위 사람들에 대한 뒤처리뿐, 정말로 한 건 없었다.

'명교의 행사에 번번이 방해를 놓은 것도 우연의 일치일 뿐이군. 아니, 황제의 농간이라고 봐도 무방한 것인가?'

명교와 원생의 마찰로 인해서 벌어진 촌극은 교주의 생각대로 황제의 계획일 수도 있었다.

분명 공주의 혼인식을 핑계로 원생을 직접 불러 올린 것은 황제였으니 말이다.

더군다나 내부와 외부에 간자가 있을 줄 알고 이원생이 있는 곳에 단독으로 찾아가는 대범함까지 보였으니 교주의 생각이 맞을 것이다.

'크크크. 황제가 제법 머리를 썼군. 하지만 도리어 그것 때문에 이원생 그놈을 처리할 방법이 보이는구나.'

교주는 황제가 쓴 방법을 다르게 생각하였다.

그리고 이내 복잡하게 엉킨 실타래가 하나둘씩 풀려 나가는 것이 느껴졌다.

'그래, 어차피 네놈만 없다면 황제는 끈 떨어진 연 신세일 뿐.'

생각을 마친 교주는 이내 앞에 부복한 권마를 불러 자신의 다른 걱정거리에 대해 물었다.

"권마."

"하명하시옵소서!"

"현재 천중상의 소재는 어디냐?"

바로 다른 걱정거리는 천중상이었다.

이원생이라는 산을 넘어도 천중상이란 다른 산이 있으니 쉽사리 마음먹은 바를 이루지 못하는 교주였다.

교주의 물음에 권마는 자신이 알고 있는 대로 소상이 털어놓았다.

"현재 천중상은 남쪽에 있는 은군의 진영에 있는 걸로 알고 있습니다."

권마의 대답에 교주는 속으로 만면에 미소를 지으며 생각했다.

'하늘이 날 돕는군. 이런 때에 천중상이 황도에 없다니. 크크크. 보아라, 이원생! 하늘도 내 편이지 않는가!'

교주는 흡족한 기분을 안으로 삭이면서 말하였다.

"그럼 천중상에 대한 것은 되었고, 천마대의 상황은 어찌 되고 있는가?"

구명우는 천마대를 책임지고 있는 사람으로서 교주의 말에 즉시 대답하였다.

"천마대는 교주의 명을 기다리며 황실 곳곳에 침투하여 때를 기다리고 있사옵니다."

"흐흠. 좋아. 좋군."

구명우의 말에 교주는 고개를 끄덕거리면서 흡족해하였다.

그러자 권마는 슬며시 교주의 반응을 보면서 교주에게 한 가지 의문을 털어놓았다.

"교주이시여, 속하가 하나 여쭈어도 되겠사옵니까?"

"그러도록 하라."

교주의 허락이 떨어지자 권마는 그 즉시 말을 못하고 잠시 뜸을 들였다.

"……."

"괜찮다. 말을 해보거라, 권마."

재차 교주의 입에서 허락이 떨어지자 권마는 무겁게 말문을 열었다.

"이원생 그자를 어떻게 하실 요량입니까?"

권마의 물음에 구명우도 솔깃할 수밖에 없었다.

교주는 그런 권마의 물음에 어울리지 않게 인자한 미소를 지으면서 말했다.

"후후후, 그리고 보니 전쟁에서 같이 칼날을 겨누며 우정을 나눈 옛 전우의 가족이 혼인을 한다는데 찾아가 봐야지 않겠나?"

"……?"

"교, 교주님!"

침착하고 인자한 말투와는 달리 교주는 구명우와 권마의 심사를 뒤집어 놓았다.

이원생 그가 교주를 보고 가만있겠는가?

구명우와 권마가 합공해서 막아도 교주의 탈출을 돕는 것이 전부일 것이다.

명교의 입장에서는 호랑이의 입에 스스로 먹이를 물려주는 꼴.

도무지 교주의 생각이 무엇인지 가늠하기도 어려운 권마와 구명우였다.

　교주는 그러한 권마와 구명우의 표정을 예상했다는 듯 웃음을 띠면서 말하였다.

　"걱정 마시오. 설마하니 그 기쁜 자리에서 이원생 그자가 피라도 뿌리겠소? 후후후."

　권마와 구명우는 동시에 생각했다.

　'이원생 그놈은 피를 뿌리지 않고 죽이는 방법을 알고 있습니다.'

　하지만 이 말을 차마 입 밖으로 말하지 못하는 것은 바로 그 자신들 때문이다.

　권마와 구명우는 중원에서 내로라하는 고수 중에서도 손꼽히는 인물들이 아닌가.

　그 두 사람이 함께 있는데도 불구하고 오로지 죽을 걱정밖에 하지 않는다면 교주의 심기가 불편할 것이다.

　그런 두 사람의 걱정을 아는지 모르는지 교주는 자신의 앞에 미동도 없이 부복하여 있는 권마와 구명우를 쳐다보며 말했다.

　"후후후, 너무 걱정들 마시오. 별일이야 있겠소이까? 아, 그리고 자네들은 내가 혼인식에 가면 즉시 주저 말고 황도로 떠나도록 하시오. 요랑에게 일러놓았으니 두 분이 해야 할 일을 알려줄 것이오."

　한마디 한마디가 파격으로 치닫는 교주의 말에 권마는 놀란 가슴을 감추지 못하고 외쳤다.

"아니 되옵니다! 홍포사신과 제가 함께 있어도 교주의 신변이 위험한데 따로 움직이시겠다니요! 절대 아니 되옵니다, 교주!"

권마의 말에 구명우도 거들었다.

"권마의 말이 맞사옵니다! 이원생 그자가 무슨 짓을 할지 아무도 예상하지 못하는 상황이니 부디 뜻을 거두어주시옵소서!"

둘의 말에 교주는 고개를 절레절레 젓더니 단호한 목소리로 말하였다.

"두 사람은 내가 말한 대로 하면 될 것이오. 그리고 혼인식에는 혈랑대를 데리고 갈 것이니 그리 알도록 하시오."

"……."

"……."

아까의 인정 넘치는 말투가 아닌, 단호한 교주의 말에 권마와 구명우는 더 이상 말을 이을 수가 없었다.

교주의 심기가 저런데 더 이상 말하였다가는 무슨 꼴을 당할지 뻔하기 때문이다.

교주는 권마와 구명우를 물리면서 말하였다.

"내일 아침 출발할 터이니 두 분도 그만 물러가서 단단히 준비하도록 하시오."

"…알겠습니다, 교주."

"부디 뜻하신 바 이루시기를."

권마와 구명우는 각자 말을 올리고 뒤로 물러나 교주의 집무실에서 나왔다.

교주는 만면에 웃음을 띠며 뇌까렸다.

"걱정 마시오, 권마. 내가 뜻하는 대로 움직이고 있으니. 크 크크."

나직하게 울리는 교주의 섬뜩한 웃음소리가 텅 빈 방 안을 가득 채우는 가운데 내일의 해가 뜨기를 기다리는 교주였다.

—이원생

막상 형이 혼인하는 당일이 되자 기분이 멍했다.

아침 해가 뜨는 것은 언제나 같았지만 왠지 오늘은 뭔가 달라 보이는 것이 예사롭지가 않았다.

"뭐하고 있어, 냉큼 자리 털고 일어날 생각 하지 않고?"

어머님의 말이 멍한 정신을 바로잡아 주기는 하였지만, 그래도 기분이 좋은 것도 나쁜 것도 아닌 상태는 계속되었다.

그런 기분이 내 얼굴에도 묻어 나왔는지 어머니가 대뜸 물었다.

"표정이 왜 그래? 형이 혼인하니까 부럽누?"

꼬르륵.

"…아니, 배고파서요."

그래, 밥을 안 먹어서 그랬구나. 역시 밥심으로 살아가는 사람인데 밥을 거르다니.

아침부터 멍한 이유가 있었군.

나는 군문에서 전역한 이후로 하루 세 끼를 단 하루도 걸러본 적이 없다.

전쟁통에 얼마나 많은 밥을 못 먹었는가.

그게 아쉬워서라도 세 끼를 거르는 죄를 지으면 안 된다는 생각으로 꼭꼭 챙겨 먹었다.

그러나 요 며칠간 형의 혼인식과 포관의 일이 겹치면서 하루 세 끼를 챙겨 먹지 못하는 천하의 못된 죄를 지어버렸고, 그것이 아침까지 이어진 것이다.

어머님은 나의 말에 웃기지도 않는다는 표정을 짓고는 한숨을 쉬며 말했다.

"에휴. 네놈이 그럼 그렇지. 저기 밥 차려놨으니 어서 한술 뜨고 오거라. 어미는 먼저 나가마."

"히히. 역시 절 아는 건 어머니밖에 없습니다."

능청스러운 나의 말에 어머니는 고개를 절레절레 흔들며 나가 버렸다.

나는 대수롭지 않게 밥상머리로 자리를 옮겨 밥을 먹었다.

음. 역시 사람은 아침을 챙겨 먹어야 힘이 나는 법.

와구와구.

그리고 보니 나도 빨리 먹고 나가야겠네.

새벽부터 사람이 몰려들었을 테니 지금쯤이면 최무향 대인의 집은 난리통이겠군.

밥을 거른 이유가 바로 그것이다.

역시 중원에서 알아주는 부호답게 전국에서 올라오는 사람들이 어마어마하였다.

최무향 대인의 장원이야 단연코 장하현 내에서는 가장 컸지만, 그 어마어마한 장원이 사람들로 인해서 발 디딜 틈도 없이 가득 찼으니 인산인해의 장관일 것이다.

난 서둘러 밥을 먹고 고기 몇 점을 위장에 챙긴 뒤 옷을 입고 집을 나섰다.

어차피 포관은 이현에게 알아서 업무를 보도록 하였고, 따로 장 씨 형제만 불러서 최무향 대인 집 문지기를 하도록 시켰다.

두 형제는 덩치가 커서 문을 지키고 있으면 어중이떠중이들은 문턱도 넘지 못할 것이다.

나는 장하현을 들어서는 쪽문을 지나서 최무향 대인의 집으로 다가서자 엄청난 사람들이 나의 사돈 어르신이 될 사람의 정문 앞에 길게 줄을 서 있다.

으아! 어제보다 더 많아 보이는군.

"어? 포두 형님 나오십니까?"

"안녕하십니까, 포두 형님! 좋은 아침입니다!"

호팔과 호연 포졸의 당찬 인사에 나는 길게 늘어선 줄을 비집고 들어서며 말했다.

"호연 포졸은 누구 때문에 이렇게 힘찬 거야?"

"에이, 무슨 말씀입니까? 헤헤."

인사에 대꾸로 농을 건넸는데 호연 포졸은 나의 농에 쑥스러운 듯 뒷머리를 긁적였다.

녀석, 연애 처음 해보는 순박한 사람이군. 후후후.

난 해본 적도 없는데.

"무슨 말이긴, 연애 사업 잘 되어가느냐 묻는 건데."

정색하고 물어보는 나의 말에 호연 포졸은 멍청한 웃음을 지어 보이며 행복한 표정으로 말하였다.

"헤헤, 그게… 헤헤헤."

얼굴 표정만 봐도 운 씨 자매 중 동생과 잘되어가는 모습이 그려졌다.

평소라면 뒤통수를 한데 쳐줄 법도 하지만 오늘은 바쁘니 그냥 넘어가기로 하였다.

나는 호연 포졸의 형인 호팔 포졸에게 물었다.

"아침에 몇 명이나 왔냐?"

그러자 호팔 포졸은 피로감이 짙게 묻어나는 한숨을 내뱉으며 말했다.

"후우우. 셀 수도 없습니다."

"쩌업. 고생하네. 최무향 대인의 서기가 올 때까지만 버티라고."

"하우우우. 빨리 좀 오라고 하십시오. 이거 누가 누구인지 모르니 사람 판단도 못하겠습니다."

호팔 포졸의 고충은 충분히 이해가 간다.

최무향 대인의 중요 인맥이라면 먼저 들여보내야 하는 것이 아닌가.

한데 전혀 관계도 없는 포졸이 와서 사람 접대를 대신하고 있으니 얼마나 피곤하겠는가.

물론 내가 피곤한 게 아니니 괜찮지만.

"알았다, 알았어. 내가 들어가서 말해주마."

"그럼 수고하십시오, 포두 형님!"

난 녀석들의 인사를 들은 체 만 체하고 장원으로 들어섰다.

장원에는 수많은 사람이 얽히고설켜서 누가 누구인지 알아볼 수 없을 만큼 붐볐다.

나는 침착하게 얼굴을 찬찬히 뜯어보며 장원 끝에 있는 건물로 향하였다.

황실에서 온 사람도 제법 되어 보이고, 몇몇은 아는 인물이다.

그러나 아는 체하기 싫어서 조용히 지나갔다.

황실과 황도의 관료들과 엮일 바에는 차라리 그놈들을 조용히 쫓아버리는 게 내 신상에는 이로울 것이다.

사람들의 장벽을 비집고 장원 끝으로 가니 그 주변은 제법 한가하였다.

당연히 그곳은 고위 관직과 중원에서 제법 콧방귀 좀 뀌는 사람들을 위해 마련된 최무향 대인이 기거하는 본채이니 그럴 수밖에.

나는 주변 눈치를 보고 아무도 나를 신경 쓰지 않을 때 그곳으로 걸어갔다.

그러자 그곳을 지키는 무사 중 한 명이 내 얼굴을 알아보고는 즉시 자리를 터주며 말했다.

"어서 오십시오. 형님께서는 지금 삼 층에 계시옵니다."

"아아, 수고들 하십니다."

지나기는 말이긴 하지만 그래도 수고는 치하해 줘야 하지 않겠는가.

그게 일하는 사람들에게 하는 최소한의 도리이다.

그리고 만약 내 형님이 이 집안 사위가 아니었으면 나보다 돈 잘 버는 사람들인데 함부로 대하면 되겠는가?

나는 안으로 들어가서 익숙하게 계단을 올라 삼층에 도착하였다.

외부에서 보는 것과 차이가 상당해서 내부로 들어서자마자 크게 놀랐다.

화려한 내관도 놀람에 한몫을 하였지만 그것보다 더욱더 놀란 것은 황궁에서조차 보지 못한 수많은 조각과 화폭들로 가득 채워져 있어서이다.

미술품에 대해 까막눈인 내가 언뜻 보아도 하나같이 고가의 냄새가 물씬 풍기는데 놀랄 수밖에.

흠. 이렇게 많으니 하나 훔쳐 가도 티가 안 나려나?

"하하, 원생이 왔느냐?"

삼층에 올라서서 주변 미술품에 대해 심도 있는 고찰을 핑계로 훔쳐 가려는 생각을 할 때 뒤에서 나를 부르는 형의 목소리가 들렸다.

당연히 나는 뒤를 돌아 형을 쳐다보자 그 자리에는 평소의 형 대신 붉은색 도포와 금수(錦繡)로 치장한 웬 호남형의 남자가 서 있는 게 아닌가.

"어? 누구신데 저를 불렀습니까?"

물론 저리 차려입었다고 해서 못 알아본 것은 아니지만, 장난기가 발동하여 형에게 짐짓 모른 체하고 물었다.

그러자 형은 호탕하게 웃으면서 한숨을 크게 들이켜는 게 아닌가.

"하하하하! 하아아아아아!"

어래? 저 양반, 갑자기 무슨 짓이야?

난 형의 갑작스러운 변화에 물었다.

"거참, 이 좋은 날에 갑자기 웬 한숨이요? 그러다 바닥 꺼지겠소."

나의 말에 형은 머쓱하게 웃으면서 헛기침하며 애써 말한다.

"하하하! 크흠! 너도 혼인해 봐라. 내 심정 알 것이다."

"왜 그러시오? 이제 와서 혼인하려니 총각 시절이 그리워서 그러오?"

"녀석, 알긴 아는구나."

"어이구, 형도 참. 벌써 어제 일을 잊으셨소? 그렇게 심하게 총각 생활에 작별을 고했는데 그새 그러십니까?"

혼인식 전날 마지막 총각 시절에 대한 그리움으로 펼쳐지는 전야제 같은 잔치를 하였다.

정말이지, 어제의 여파로 지금껏 형의 친우들은 침상에서 일어나지도 못했고, 내 친우들도 마찬가지로 술에 절어 쓰러졌다.

그래도 상원이 녀석이 내 형님 마지막 총각 잔치라고 이리저리 신경 써주어서 많은 돈은 들지 않았지만 심하게 놀았다.

"허허, 그래. 어제 그 난리를 치면서 놀았으면 이제 질릴 법도 한데 말이야. 하하하!"

알면서 아쉽다고 저러니 여자들이 남자들을 보고 아직 철이 덜 들었다고 하나 보다.

"그래도 아침에 일어나기는 하였으니 다행이오."

"하하하! 네가 이리 제정신인데 내가 누워 있으리라 생각했느냐?"

"이러다가는 이 씨 집안이 술 잘 먹는 걸로 소문날까 두렵소."

"허허, 녀석도."

"그런데 어머니는 왔다 가셨소?"

나보다 먼저 출발하였으니 도착했을 거라 생각했다. 한데 그게 아닌가 보다.

"아직 오지 않으셨다. 아마도 너희 형수 보고 오느라 좀 늦어지나 보다."

"아아, 이럴 줄 알았으면 형수를 먼저 보고 오는 건데."

내가 푸념 섞인 목소리를 늘어놓는 순간, 뒤에서 누나의 목소리가 들려왔다.

우리 집안은 양반은 못 되겠군.

"내 이럴 줄 알았다. 이 씨 집안 남정네들이 사이좋게 술에 절었으니 이렇게 준비도 늦지."

누나의 말에 형은 너털웃음을 터뜨리면서 기분 좋게 말하였다.

"하하하! 내 모습을 보고 그런 소리를 하느냐, 설화야."

형의 말에 누나는 기도 차지 않는다는 표정으로 말했다.

"그렇게 대충 차려입고 뭘 잘했다고 웃으세요, 오라버니?"

"응? 왜 그러느냐? 이리 잘 입었는데 뭐가 잘못되었느냐?"

"하이구, 못살아. 도포 끈도 제대로 마무리 못하면서 잘도 장가가겠소."

누나는 말을 마치고 성큼성큼 다가가 형의 옷매무새를 정돈하기 시작하였다.

으음. 내 눈에도 제법 잘 차려입은 걸로 보이는데 역시 여자의 눈은 속일 수가 없구나.

그나저나 어머니는 언제 오시는 거야?

"누님, 어머니는 어디에다가 놓고 오셨소?"

"놓고 오기는 누가 놓고 와? 내가 오라버니랑 너처럼 덤벙거리면서 사는 줄 아느냐? 곧 올라온다 하셨으니 기다려라."

슥, 스륵!

"서, 설화야, 너무 묶으니 오라비 숨도 못 쉬겠다."

"아니, 그게 오라버니는 평소에 몸집 관리 좀 하시지 그러셨어요!"

"그, 그게 신경 쓴다고 되는 것도 아니고."

"누님, 인상 좀 펴시오. 평소에도 늙어 보이시는데 화를 내니 주름이 자글자글하오. 이러다가 시집도 못 가시겠소."

"이 녀석이! 지금 그걸 말이라고! 너 죽을래!"

콰악!

"어헉! 서, 설화야, 그렇게 힘줘서 허리를 묶어버리면……!"

누나는 내 말에 흥분해서 형의 허리 매듭을 강하게 조여 버렸다.

그러게 평소에 성질 좀 죽이고 살지 누가 이 씨 집안 아니랄까 봐.

"어맛! 미안해요, 오라버니."

"그. 그래, 알았으니 살살 좀 해다오. 살살."

형의 타이르는 말에 누나는 숨을 고르고 나를 매섭게 째려본 후 다시 형의 옷을 정리하기 시작했다.

그러기를 얼마 정도 지나고, 계단에서 누군가 올라오는 소리가 들려 뒤를 돌아보니 어머니다.

즉시 계단 쪽으로 가서 어머니의 손을 잡아 부축하려고 하자 어머니는 그러한 아들의 손을 홱 뿌리치며 한마디 하였다.

탁!

"이것아, 아직 이 어미 죽지 않았다."

"아, 예."

"원태 준비는 다 끝났고?"

"누나가 도와주고 있어요."

"쯧쯧, 아직도 준비가 덜 끝났단 말이냐? 이렇게 덤벙거려서야."

역시 부모의 자식 걱정은 자식 나이와 상관이 없나 보다.

이윽고 어머니와 난 형과 누나가 있는 곳으로 갔다.

"하하하! 오십니까, 어머니."

"그래, 준비는 다 끝났느냐?"

"하하하! 보시다시피 설화가 도와주어서 일찍 끝났습니다."

"그래, 그래, 보기 좋구나, 내 아들."

어머니는 천천히 형에게로 다가가 형의 손을 잡으면서 말을 이었다.

"며늘아기도 마음씨가 보통이 아니더구나. 잘 대해주거라."

"여부가 있겠습니까, 어머니. 걱정 마십시오."

"어이구, 내 아들. 그래, 이 어미가 한번 안아보자꾸나."

형은 어머니의 말이 끝나기도 전에 어머니를 긴 두 팔로 꼭 안아주었다.

와락!

그러자 뒤에 지켜보던 누나도 입가에 흐뭇한 미소를 지으면서 형과 어머니를 동시에 안아주었다.

어? 나는? 나만 빼고 가족 간에 정을 나누는 거야?

나도 질세라 얼른 다가가 누나의 반대편에서 살포시 안겼다.

네 사람의 훈훈함이 모락모락 피어오르고, 어머니는 그 자세로 조금은 울먹거리는 목소리로 입을 열었다.

"너희… 너희 아버지가 이 모습을 보셨어야 하는데. 이렇게

잘 자라난 너희들 모습을 말이야. 후우우우!'

어머니의 말씀에 깊은 아쉬움이 흘러나왔지만, 형은 자신감 넘치는 말투로 어머니의 말에 대답하였다.

"분명 잘 자랐다는 것을 알고 계실 겁니다. 그러니 안심하고 눈을 감으셨겠지요."

형의 말에 누나도 안긴 채로 고개를 끄덕거리며 말했다.

"오라버니 말씀대로일 거예요. 분명 아버님도 하늘에서 흐뭇하게 저희를 지켜보고 계실 거예요."

누나와 형이 연달아서 감동적인 말을 하니 나도 뭔가 해야 하지 않겠나?

"한데 어머니, 형, 누나, 너무 덥지 않소? 이만 하는 게 좋지 않겠소?'

솔직히 좀 더웠다.

내 몸에 땀방울이 맺힐 정도이니 형과 어머니도 더울 것이다.

어머니는 나의 말에 살짝 눈가에 맺힌 눈물을 닦으면서 말했다.

"그래, 이러면 설화가 원태 옷을 매만져 준 것이 소용이 없지. 그리고 시간도 너무 지체된 것 같구나."

"하하하! 어머니 말씀이 옳습니다! 하하하! 다시 한 번 설화가 제 옷을 만져주면 아마도 오늘 걸어서 혼인식에 못 나갈 것 같습니다! 하하하!"

"아니, 오라버니는 무슨……."

"어어, 누나 또 인상 쓰네? 이러다 얼굴에 주름이 깊어져 엽전이라도 꽂히겠… 악!"

빠악!

"원생이 이놈이 정말! 너 이리 와!"

이미 옆에 있는 실 뭉치를 내 얼굴에 던졌음에도 불구하고 누나는 나를 잡아 죽이려는 듯이 달려들었다.

"헉! 형 대신 나를 잡으려고 그러시오!"

"하하하! 그래, 원생이 네가 내 대신 오늘 고생 좀 하거라! 하하하!"

"이러려고 내가 형 혼인식에 온 것은 아니지 않소! 으아아악!"

"너 이리 안 올래!"

형의 혼인식과 내 장례식이 맞물려 벌어질 참극이 일어날 뻔한 찰나에 어머니께서 누나를 만류하면서 나에게 말했다.

"너희는 이제 그만하고, 원생이는 오늘 여기서 근무한다고 하지 않았느냐? 어서 준비해야지."

어머니의 말에 잠시 어디론가 사라졌던 정신이 다시 되돌아왔다.

아, 난 형 혼인식 온 게 아니라 일하러 온 거지.

사실 형의 혼인식이라고 해서 내가 특별나게 준비할 건 없다.

어머니나 누나야 이것저것 준비할 게 많아 바쁘게 돌아다니기는 하지만, 남자인 내가 보았을 때는 하등 필요 없는 체력 소모라고밖에 생각되지 않았다.

예물을 고르는데 색깔이 이게 좋고, 비단은 어떤 지방에서 만든 게 좋으며, 형에게 이 색깔이 어울리겠다, 저 색깔이 어울리겠다.

어후, 생각만 해도 한숨이 나오는군.

어떻게 여자들은 이런 일을 그렇게 밝은 표정으로 하루 종일 하는지 모르겠다.

심지어 어머니와 누나가 같이 고른 것들은 본인이 입을 것도 아니지 않는가!

"넌 나중에 보자."

"……."

쓸데없는 상념 도중에 누나가 나에게 후일을 기약하면서 다시 형에게 돌아서며 아까 구겨진 옷을 다시 펴주기 시작하였다.

쩌업. 앞으로 집 들어갈 때는 꼭 술에 만취해서 들어가야겠다. 그래야지 누나에게 맞아도 별로 안 아프고 기억도 못하지.

"원생이는 뭐하고 있니? 멀뚱히 서 있지 말고 어서 내려가서 일보거라."

그래도 가족 혼인식인데 일을 보채는 어머니가 괜히 서운하여 볼멘소리로 말했다.

"그래도 형 혼인식인데 이 정도 농땡이 쳤다고 누가 뭐라 하겠어요?"

말이야 바른 말로 누가 자기 가족 혼인식에 근무를 한단 말인가.

아무리 관인이라고 하지만 해도 너무하지 않는가.

어머니는 나의 서운한 마음을 알아채셨는지 점잖고 엄중하게 내 말에 답해주었다.

"엄연히 나랏밥 먹고사는 녀석이 그런 말 하면 못쓴다. 아무리 형의 혼인식이라도 분명 나라에서 필요한 일이기에 너에게 맡긴 것이 아니더냐."

내가 생각하기에는 현령이 최무향 대인에게 잘 보이기 위해서 하는 생색내기용 같은데.

그래도 어머니가 저렇게 말씀하시니 따르는 게 자식 된 도리가 아니겠는가.

"알겠습니다, 알겠습니다. 그럼 저는 내려가서 공무 수행을 위해 이 한 몸 다 바쳐 일하고 오겠습니다."

"녀석도. 그래, 다녀오너라."

어머니는 나의 능청스러운 말에 점잖은 미소를 짓고는 형에게로 다가갔다. 가족 행사에 빠지는 건 어쩔 수 없겠지만 어차피 멀리 가는 것도 아니다.

자, 내려가 볼까나.

나는 삼 층에서 내려가 다시금 사람들이 숲을 이루는 장원으로 들어섰다.

장원에 들어서자 최무향의 하인들로 보이는 사람들이 본격적인 혼인식을 위해 이리저리 분주하게 움직이는 모습이 보였다.

커다란 탁자와 수많은 의자가 줄을 세워 놓이는 장관도 연출되었다.

역시 한 번 해본 적이 있어서 그런지 일사천리로 진행되는구나. 별로 도와줄 것은 없어 보이는군. 흐흐.

그렇다면 기회를 보다가 사람들이 흥이 올랐을 때를 틈타 해장술을 즐기는 게 좋겠어.

"어? 이 포두, 자네 거기 있었구만. 내 한참을 찾아다녔네. 허허허."

쓰린 속을 술로 달랠 생각을 할 때쯤 익숙한 누군가의 음성에 그곳을 쳐다보니 장하현 내부의 치안을 담당하는 고참 포두다.

장하현 전체에 퍼져 있는 포두들이 모였으니 당연히 날 찾았겠지.

나는 만면에 웃음을 띠고 포두들이 모여 있는 곳으로 다가가며 포권을 지어 보였다.

"어이구, 이거 현을 이끌어나가는 포두님들이 여기서 무엇을 하는 겁니까?"

"에끼, 이 사람아! 누가 들으면 오해하겠네! 그리고 자네도 포두이지 않는가! 하하하! 자네 성격은 여전하구만!"

"껄껄! 그러게. 이젠 누가 뭐라 해도 장하현에서 제일 든든한 뒷배를 가진 포두가 저리 나오니 우리가 무슨 할 말이 있겠나! 껄껄껄!"

호탕하게 외치기는 하지만 주위가 워낙 시끄러워서 그런지 그냥 평범하게 말하는 것 같은 느낌이다.

말이야 그렇다 치고, 포두들이 하는 말뜻은 단순하게 들리지만 절대로 단순한 의미가 아니다.

여기 모여 있는 포두들은 그야말로 줄타기의 고수들이 아닌가.

내가 최무향을 사돈으로 둔 것에 분명 이 포두들은 내가 포교나 그 이상으로 올라갈 것으로 지레짐작한 것이다.

그러나 내가 미쳤는가.

권력이 싫어서 고향으로 내려왔는데 권력을 탐해 지위 상승을 노리게?

난 딱 포두가 내 인생에 끝이라고 보는 사람이다.

나는 모여 있는 포두들에게 쓸데없는 말 하지 말라고 따끔하게 정곡을 찔러주었다.

"에이, 그런 소리 마십시오. 요즘 시대가 어느 시대인데 뒷배 타령입니까. 저는 그저 지금 이 자리에서 방귀나 뀌면서 사는 게 제일 좋습니다."

돌려서 말하기는 했지만 포두 직에서 벗어나지 않겠다는 뜻을 명백히 하였다. 그런 나의 말을 산전수전 다 겪은 고참 포두들이 알아먹지 못할 리 없다.

그런데 사람들이 멍청하게도 한 번 말하면 못 알아먹는다.

"허허, 이 사람 이거 배부른 소리 하는구만. 그래도 명색이 사돈인데 자네를 그냥 포두 직에 내버려 둔다고 보는가?"

못 알아먹는 사람에게는 직설적으로 딱 잘라 말하는 것이 좋기는 하지만, 그러면 얼마나 인간미 없게 보이겠는가.

나는 그냥 이런 이야기로 오래 시간 끌고 싶지도 않아서 얼버무리면서 주제를 돌려 버렸다.

"뭐, 그건 사돈어른이 알아서 할 문제이고, 한데 어찌 식사는 하셨습니까?"

이른 점심이기는 하지만 그래도 이런 혼인식에 상차림 하나 받지 못하고 가면 어디 서운해서 발이 떨어지겠는가.

더군다나 내 형의 혼인식에서 내가 근무하는 사람들을 챙겨주지 못한다면 차라리 도끼로 내 발등을 찍는 게 더 나을 것이다.

나의 말에 고참 포두들은 고개를 설레설레 저으면서 대답하였다.

"우리야 공무 중인 사람들인데 그게 가당키나 한 일인가. 그저 차려주면 먹기야 하겠지만."

말끝을 흐리면서 말하는 투가 물어보지 않았으면 큰일 날 뻔했다. 나는 손사래를 치면서 걱정을 가득 담아 고참 포두들에게 말하였다.

"하이고, 여기서 큰일이 벌어져 봤자 얼마나 벌어진다고. 저만 믿으십시오. 제가 누구입니까! 아주 상다리 부러지게 차려 올릴 테니 조금만 기다리십시오!"

"아아, 그럴 필요는 없지만 자네가 정 그렇다면야. 커험."

"그래, 그래. 어차피 근무야 포졸들이 서는 거고, 도대체 이 장하현에서 최무향 대인에게 설칠 사람이 몇이나 있다고. 험험!"

누가 이런 잔칫날에 와서 일할 맛이 나겠는가?

거기다가 어차피 이런 날에는 근무해도 초과 근무 수당도 별로 나오지 않는다.

그저 이럴 때는 한상 거하게 차려 먹고 가는 것이 이득이라는 것을 포두들이 모를 리 없다.

나는 포두들을 두고 장원 중앙에서 일을 도맡아 처리하는 제법 나이가 든 하인에게 다가갔다.

"여보게."

"아, 예, 포두님, 무슨 일이십니까?"

"자네 내가 누군지 아는가?"

"당연히 알고 있습니다. 필요하신 게 있으시면 말씀만 하십시오."

다행히 하인은 여기서 일한 지 오래되었는지 내 얼굴을 대번에 알아보고 대우를 해주었다.

이야, 이거 괜히 어깨에 힘이 절로 들어가는데. 그래도 사람이 겸손해야지 이런 것에 우쭐해서는 안 된다.

"알아보아 주니 고맙네. 그건 그렇고, 현청에서 포두들이 왔는데 그 사람들을 위해서 상을 좀 보아주겠나? 신경 좀 써서 말일세."

"누구 말이라고 거역하겠습니까. 즉시 자리를 마련해 드리겠습니다."

"이거 일도 많은데, 고생하게나, 그럼."

"아, 예. 그럼 일보십시오. 제가 사람을 시켜서 챙겨드리라

第三章 153

고 이르겠습니다."

하인의 과분한 말에 나는 미소를 지으면서 고맙다는 행동을 취하고는 다시 포두들에게 돌아와 말했다.

"곧 있으면 사람이 와서 모셔갈 겁니다. 어차피 현령님도 사람 만나느라 정신이 없을 테고, 제가 신경 써달라고 하였으니 말하시면 웬만한 것은 들어줄 것입니다."

"어이고, 이거 이 포두 때문에 우리가 포식 한번 제대로 하겠구만."

"허허허, 오늘 우리가 이 포두에게 단단히 신세 한번 집시다! 허허!"

내가 이 말에 뭐라고 답하겠는가?

어차피 내 돈 나갈 일도 없고, 어차피 이 포두들은 별 큰일만 터지지 않으면 계속 포두 일을 할 텐데 이번 기회에 신세를 지게 만드는 것도 좋은 일이다.

난 호기롭게 포두들에게 말하였다.

"오늘 한번 배 터지게 드십시오! 하하하!"

많이들 드세요. 내가 내는 건 아니지만.

후우! 혼인식에서 근무가 될 말이냐?

물론 포졸들이야 위에서 시키면 시키는 대로 해야 하는 게 일상이지만 포두들은 그렇지 않다.

더군다나 포두이면서 혼인식에 가족으로 포함되어 있는 내가 근무를 할 환경은 더더욱 아니었다.

여기저기에서 건네는 인사와 축하의 말에 정신없는 것은 물론이고, 심지어 형의 친우나 친인척의 행사를 봐줘야 하는 경우도 허다했다.

이러니 근무는커녕 가만히 서 있지도 못하는 거지.

"축하하네, 원생이!"

"이야! 든든한 사돈 생겼다고 날 잊는 건 아니겠지?"

"앞으로도 잘 부탁드립니다."

등등의 인사말에 귀가 헐고 손이 닳아 없어질 지경이다.

그렇게 많은 사람을 만나고 나자 약간의 쉴 틈이 주어졌다.

쉴 틈이라고 해봤자 내가 잠시 자리를 피해 옮긴 것뿐이지만 어째 사람을 만나면 만날수록 정신이 피폐해지는 것 같다.

인사치레도 정도껏 해야지, 이 정도면 내가 혼인하는 건 아닌지 착각할 정도다.

"하아아아!"

한숨이 자연스럽게 나오고, 목이 뻐근해서 뒤로 젖힐 때쯤, 누군가의 인기척이 내 뒷목을 만져주려는 듯 다가오는 것이 느껴졌다.

그러나 그 기감이 위협적이지도 않고 살기를 내포한 것도 아닌지라 막연히 내 친우 중 한 명이려니 생각하였다.

곧이어 그 손은 내 뭉쳐 있는 뒷목을 부드럽게 잡아 쥐었고, 안마를 시작하였다.

주물주물.

"어, 시원하다."

나도 아저씨 다 되었군. 이런 소리는 속으로 해야 하는데.

그러자 나의 말에 내 뒷목을 주무르는 사람이 친근한 말투로 대꾸하였다.

"많이 뭉치셨군. 하긴 그렇게 내 일에 발 벗고 방해를 놓고 다니니 피곤하실 수밖에."

흠칫!

난 순식간에 몸을 회전시키며 돌아보았다.

익히 듣던 목소리인데 그렇게 정답게 느껴지지는 않는 목소리.

"너는?"

"하하, 왜 이러나. 뭉친 근육을 푸는 데는 내 손만 한 것이 없지 않은가."

"…혈마공자(血魔功者) 소용보."

"하하하! 오랜만에 내 이름을 이원생 장군으로부터 들어보는군. 이거 반갑기 그지없는데."

소용보.

명교 교주의 이름으로는 어울리지 않지만, 그 심계는 가히 중원에서 따라올 자가 없다고 평해지는 그놈.

이놈이 여기엔 무슨 일이지?

─이원생, 그리고 소용보

적잖이 놀랐다는 감정보다도 이원생은 냉철한 이성이 먼저 튀어나왔다. 분명 명교의 교주 혼자서 이곳에 산책하듯이 나오지는 않았을 것이라고 이원생은 생각했다.

'몇 명이나 데리고 왔지?'

대략적인 숫자를 판가름하기 위해서 원생은 소용보를 똑바로 쳐다봄과 동시에 기감을 넓혀 주변을 샅샅이 훑어보기 시작하였다.

그러자 소용보는 그러한 원생의 노력을 무시라도 하는 듯 대신 말해주었다.

"한 백여 명쯤 데리고 왔지."

정확한 명수를 가르쳐 주지 않는 소용보의 말에 원생은 가늘게 눈을 뜨면서 말하였다.

"그저 축하한다고 말이나 전해주면 될 것을 사절단까지 이끌고 온 걸 보니 단단히 채비를 하셨나 보군."

소용보가 이끌고 온 사람들에 대해서 퉁명스럽게 비유해 가면서 하는 원생의 말투에는 짜증과 분노가 섞여 있다.

이원생의 가족 행사에 소용보가 친히 행보를 한 것은 반드시 무슨 일이 벌어진다는 말과 같다.

그렇지 않고서야 이원생과 소용보가 이렇게 한자리에서 서로 얼굴을 마주하는 것은 기적에 가까운 일이라는 것은 그들 스스로가 잘 알고 있다.

소용보는 이원생의 말에 머쓱하게 웃으면서 길게 내려온 머리카락을 양손을 펴서 뒤로 넘기면서 말하였다.

스으윽.

"그래도 이원생 장군의 형님 혼인날인데 축하 말만 전하라 니 이거 우리 사이에 이러긴가?"

"알 만한 사람이 왜 이러나? 우리가 다시 만나서 무슨 좋은 일이 있다고. 쓸데없이 피 보기 싫으면 다 데리고 떠나지? 쥐 도 새도 모르게 다 없애 버릴 수도 있으니."

날이 선 이원생의 반응에 소용보는 침착하라는 듯이 손을 위아래로 저으면서 말했다.

"침착하게, 침착해. 좋은 날 피를 봐서 무엇하려고? 시체 치 울 일만 생각해도 끔찍할 텐데."

"…온 이유가 뭐요?"

시종일관 냉담하게 말하는 이원생이 아니꼽지도 않은 듯 소 용보는 차분한 어조로 자신이 이곳까지 온 이유를 설명하였 다.

"그저 남아도는 시간을 활용해서 온 것 이지 별다른 이유가 있겠는가?"

소용보는 한가한 사람으로 보이기를 원한 모양이다.

그러나 이원생은 대번에 그가 말한 의미를 되짚으며 물었 다.

"되지도 않는 핑계는 집에서 가서 마누라와 하고. 날 여기에 잡아두고는 뭘 하려고 하는 거요?"

한가롭게 소용보의 말을 믿을 이원생이 아니었다.

이원생은 자신을 이곳에 묶어놓을 이유를 생각하였다.

'무슨 일이 다른 곳에서 벌어지는 것이 틀림없다. 그렇지 않

고서야 저놈이 이곳에 술이나 마시려고 오겠는가? 세상이 미치지 않고서야 있을 수 없는 일이지.'

이원생의 생각은 정확하였다. 아니, 그것보다도 소용보의 성격과 행동을 누구보다 잘 아는 이원생이기에 가능한 예상이다.

소용보는 이원생의 날카로운 말에도 당황하지 않고 말을 이어나갔다.

"그저 지금은 대화나 하자는 것이지. 뭐 다른 이유야 시간이 지나면 알게 되겠지만."

"내가 그냥 여기에 있을 것 같나?"

"내가 직접 모습을 나타냈는데 너 하나를 잡아두지 못하면 체면이 말이 아니지. 아니 그런가?"

"……."

도리어 물어보는 소용보의 말에 원생은 할 말이 없었다.

이원생은 아무리 머리를 굴려보아도 지금 여기선 방도가 없었다. 만약 자신이 이곳을 떠나게 되면 그가 무슨 짓을 할지도 몰랐다.

더욱이 소용보의 언행으로 보아선 지금 이원생을 붙잡아두려고 최무향의 집에 모인 사람들 전부를 인질로 잡은 꼴이 된 상황.

'하필이면 좋은 날에 나쁜 일이 겹치는군.'

호사다마(好事多魔)라고 하였다.

옛말이 틀린 것이 없다는 것을 뼈저리게 느끼는 원생이다.

소용보는 원생이 아무런 말도 없이 주변을 철저하게 경계하면서 무슨 일이 일어날지에 대해 대비하는 것을 보고 고개를 좌우로 천천히 저으면서 말하였다.

"긴장을 풀게. 어차피 자네만 여기서 나와 대화하고 있으면 이 혼인식은 예정대로 흘러갈 것이네."

"만약 내가 그러기 싫다면?"

"허허허, 별수 있겠나? 이원생 장군의 행복하고 평화로운 삶은 한순간에 사라지고 복수에 가득 찬 공허한 삶으로 인생을 마무리 짓겠지."

"마음대로 될 듯싶은가? 아무리 백 명이든 천 명이든 몰려와도 이곳에 있는 사람들이 그냥 목을 내어줄 것 같아?"

"그렇지. 그래. 아무리 내가 데려온 무사들이 실력이 있다해도 이원생 장군이 마음먹고 달려드는데 정리가 되겠지."

"…도대체 그럼……."

"그런데 이것을 알아야 하네. 자네가 백 명이든 천 명이든 순식간에 상대할 수 있다 하더라도 그 백 명이든 천 명이 전부 몸에 폭렬탄을 감고 있다는 사실을 말일세."

"……?"

"허허허, 그래도 이원생 장군의 고향에 왔는데 이 정도는 준비해야지. 내 체면치레라도 하지 않겠나?"

이원생은 적지 않게 당황하였다.

다른 사람이면 모를까, 명교 교도들이 광적인 사실은 이미 숱하게 상대해 봐서 잘 알고 있는 사실이다.

애초부터 소용보는 이원생을 상대할 생각이 없었다. 그저 자신이 계획한 일을 방해하지 못하게 묶어둘 생각인 것이다.

원생은 소용보를 무심히 쳐다보았다. 아까의 당황한 감정을 순식간에 지우고 머릿속을 비워 버렸다.

"……."

"그 표정, 오랜만에 보는군. 허허허. 그 표정을 마지막으로 본 게 아마도 숭산에서 소림사의 중들과 상대할 때였지?"

소용보의 말에 원생은 친절하게 해석해서 정정해 주었다.

"상대가 되었나? 그건 상대가 아니라 학살과 도륙이라고 하는 거다, 미친놈아."

"…그때 네놈은 그 표정으로 명교의 인원을 아무렇지도 않게 사냥하고도 그런 소리를 하느냐?"

소림사의 승려 중 무공을 익힌 자는 소수에 불과하였다.

그리고 그러한 사실을 황실과 신교도 잘 알고 전쟁의 불씨가 튀지 않게끔 암묵적으로 합의하였다.

그러나 명교는 생각이 달랐다.

소림사가 다친 병사들과 고아들을 먹이고 재움으로써 전투에 참여할 인원을 키웠다고 생각하였다.

소용보는 그래서 소림사의 모든 것을 철저하게 파괴하였다. 다시는 소림사의 관련된 어떤 사람도 전투와 전쟁에 직, 간접적으로 간섭하지 못하게 말이다.

원생은 그러한 명교의 계획을 알고 달려갔지만, 이미 상황은 거의 끝나갈 무렵이었다. 수많은 승려가 죽었고, 거기에 있던 수많은 아이와 전쟁에 무관한 사람들이 죽거나 죽기 직전인 상황.

원생은 그 광경을 보고 당시 몇 만의 명교도를 용서할 생각도 타협할 의지도 없는 사람이 아닌 집단으로 규정하고 사냥을 시작하였다.

악귀 사냥을 말이다.

"차라리 그때 내가 명교의 뿌리를 뽑아버렸으면 참으로 좋았을 텐데. 어차피 네놈들은 사람이라고 생각해 본 적이 없으니 말이야."

원생의 자조 섞인 말에 소용보는 그때의 일을 회상하고는 살짝 몸을 떨면서 말했다.

"흐, 소림이 정말 전쟁에 아무런 간여도 하지 않았다는 말이냐?"

"그럼 소림의 승려만 죽였으면 되지, 어째서 죄도 없고 병장기를 들 힘조차 없는 아이들까지 죽였느냐?"

"어차피 그 아이들이 자라나 병사가 된다면 전쟁에서 죽을 것인데 미리 싹을 잘라 버리는 것뿐."

소용보의 말에 원생은 이마를 부여잡았다.

원생은 이런 놈에게 쓸데없이 힘들여 설명할 이유가 없다고 생각했다. 평소라면 일단 때리고 제압해 필요하다면 죽여 없애 버리겠지만 지금은 상황이 여의치가 않았다.

"그래서 내가 너희 같은 놈들을 미친놈이라고 부르는 거야, 이 미친놈아."

장난스럽게 말하는 투가 아니다.

원생의 모든 말에는 살기가 담겨 있었다. 당장에라도 소용보를 갈가리 찢어버릴 것 같은 광기와 살기가 진득하게 담겨 있는 것이다.

소용보는 원생의 말에 실소를 머금으며 물었다.

"그래서 네놈은 네 자신이 정의롭다고 말하는 것이냐?"

"정의는 개뿔. 난 최소한의 양심으로 움직이는 사람이야. 너희 같은 놈들은 동정심도 양심도 없는 사람 껍데기를 뒤집어쓴 미친놈에 불과하고."

"도대체 네가 말하는 양심의 기준이 무엇이냐? 내가 양심이 없고 동정심이 없는 껍데기만 뒤집어쓴 사람이라면 도대체 네놈은 무엇이더냐?"

전쟁을 겪으면서 수없이 자신에게 던져본 질문에 원생은 답을 내린 지 오래다.

"내 양심의 기준은 길 가다가 거지를 만나면 밥이라도 사 먹게 돈 몇 푼 쥐어주고, 병든 자를 만나면 아무런 보답도 바라지 않고 의원에게 데려다 주며, 너희 같은 미친놈들을 만나면 이 세상에서 깨끗하게 청소해 주는 그런 양심을 가지고 있는 사람이지."

청산유수같이 흘러나오는 원생의 말에 소용보는 속으로 당장에라고 폭렬탄을 터뜨려 죽이고 싶은 생각이 들었다.

그러나 지금 자신이 이루고자 하는 것은 절대로 이원생을 자극하면 이룰 수 없다는 것을 잘 알고 있는 바,

소용보는 이를 갈며 치솟는 분노를 가라앉히면서 이원생에게 말했다.

"…네놈의 양심이 얼마나 가는지 내 지켜보도록 하마."

"그러든지."

일체의 망설임도 없이 툭 던지는 원생의 대답에 소용보는 평정심을 가까스로 지키면서 속으로 생각하였다.

'황실의 일은 어떻게 진행되고 있는 것이지? 이쯤 되면 이미 연락이 왔어야 하지 않는가?'

소용보가 원생과 독대를 통하여 시간을 벌어주고 있을 무렵, 구명우와 권마, 그리고 요랑은 황실에서 일을 벌이고 있었다.

'황실의 일은 내가 일러준 대로 한다면 여타 피해 없이 마무리 지을 수 있다고 했건만 어찌 이리도 시간이 지체되는 것이냐?'

도대체 소용보가 세 명의 대장로에 전한 말은 무엇이며, 어떤 일을 마무리 짓는다는 것인가?

이원생은 이원생대로, 소용보는 소용보대로 각자에 대해 의문을 되새긴 채로 혼인식은 서서히 막이 올라가고 있었다.

第四章

—황실

　권마와 구명우는 요랑이 전해준 교주의 전언에 마주 앉아서 고뇌하고 있었다.

　"……."

　"……."

　아무런 말도 없이 탁자 위에 서신 한 장을 놓은 채로 서로 마주 보며 가만히 자리를 잡고 있는데 벌써 해는 중천을 치닫고 있다.

　그들은 도대체 교주에게 어떤 명을 받았기에 바로 행동하지 못하고 그저 가만히 있는 것인가.

권마와 구명우가 있는 방 안에는 그저 무거운 분위기만이 상황을 대변해 주고 있을 뿐이다.

똑똑똑.

"계십니까?"

무겁고 어찌 보면 침통하기까지 한 방 안의 분위기를 깨면서 요랑의 음성이 들려왔다.

요랑은 자신이 변했다는 사실을 여전히 인지하지 못하고 매우 다정하고 침착한 어조로 권마와 구명우에게 인기척을 내었다.

그런 요랑의 변화가 생소하기까지 한 두 대장로는 아직도 적응이 되지 않는 듯 당혹감이 서려 있다.

구명우가 먼저 입을 열어 앞에 팔짱을 끼고 앉아 있는 권마에게 물었다.

"요랑의 변화가 이상하지 않는가?"

권마는 고개를 끄덕거리면서 동조의 뜻을 표했다.

"교주의 이 서신과 요랑의 변화가 관계가 있다는 것은 나만의 생각이 아닐 터. 자네는 어찌 생각하는가?"

"끌끌끌, 나야 무슨 생각이 있겠나? 그저 교주가 생각하는 대로 움직이는 것이 명교를 위하는 길이겠지."

"…정녕 이 서신대로 하는 것이 명교를 위하는 길이겠는가?"

권마의 말에 구명우는 이제껏 자신이 살면서 별로 내뱉지 않은 한숨을 쉬면서 생각했다.

'후우우우, 교주의 말을 따르자니 명교를 위하는 길이 아닌

것 같고, 따르지 않자니 명교의 존폐가 걸려 있으니 이러지도
저러지도 못하는 게 아닌가. 끌끌끌.'

구명우가 권마에게 한 말처럼 그저 교주의 명에 따른다고
하였지만, 만약 구명우가 교주의 명에 곧이곧대로 따랐다면
이렇게 권마와 같이 반나절씩이나 생각할 것도 없다.

똑똑똑.

"장로님들, 방해가 되지 않는다면 들어가도 되겠습니까?"

밖에서는 요랑의 음성이 계속해서 들려오고 있다.

평소의 요랑이라면 그저 문을 열어젖히고 들어와서 교주의
명대로 하라며 엄포를 놓았을 것이다.

권마는 고개를 무겁게 끄덕거리면서 구명우에게 일단 요랑
을 들이자고 말하였다.

"일단 밖에 서 있는 사람부터 들이는 것이 좋겠소. 우리 둘
이 더 생각을 해보았자 결론은 한 가지밖에 없으니 말이오."

"끌끌끌. 그럽시다. 내 요랑 저것이 저렇게 살갑게 구는 것
을 본 적이 없는데, 끌끌끌, 죽을 때가 다 되니 저런 꼴도 보고.
끌끌끌."

구명우의 동의를 받고 권마는 밖에 있는 요랑에게 말하였
다.

"들어오시게나."

안으로 들어오라는 권마의 말에 요랑은 조심스럽게 문을 열
고 사뿐한 발걸음으로 방 안에 들어섰다.

끼이익.

찰칵.

"요랑이 두 장로님을 뵈옵니다."

"……."

"……."

구명우와 권마는 요랑의 모습에 도대체 적응이 되지 않았다.

입고 다니는 옷부터 하는 행동까지 일순간에 바뀌어 버리니 그들의 상식으로는 도저히 납득이 가지 않는 것이다.

화려하고 살색을 드러내는 옷만을 입고 다니던 그녀가 수수하고 지조 있는 옷차림에 더불어 품위와 격식을 차리는 행동을 하지 않는가.

심지어 지금처럼 살짝 무릎을 구부리며 약식으로 절하는 것은 기품 있는 가문의 인사법이다.

권마는 요랑의 인사에 아무런 답을 하지 않는 것도 이상하다고 싶어 멋쩍게 고개를 숙여 보이며 대꾸했다.

"어, 어서 오게나."

"예, 권마 장로님, 구명우 장로님, 안녕하셨습니까?"

"으, 어, 그, 그래. 안녕하네."

"다행입니다. 밖에서 물어도 대답이 없기에 잠시 걱정하였습니다."

요랑의 친절하다 못해 극진한 모습에 권마와 구명우는 교주의 명보다 더 당혹스러웠다.

둘은 당혹감을 완전하게 감추지는 못한 채 요랑의 걱정에 답하였다.

"아, 아, 걱정해 줘서 고맙구려. 아니, 고맙네."

"끌끌끌. 나, 나도 고맙네."

"별말씀을 다 하십니다. 한데 이제 어찌하실 생각이시옵니까?"

사근사근하고 나긋한 말투로 요랑이 물어보자, 구명우는 특유의 웃음을 터뜨리며 다시 요랑에게 되물었다.

"끌끌끌. 그대는 어찌할 생각인가? 만약 이대로 교주의 명을 따른다면 중원 천하는 다시 혼돈으로 빠질 게 분명할 터. 끌끌끌."

구명우의 물음에 요랑은 잔잔한 미소를 띤 채로 말을 이었다.

"저는 교주의 명에 따를 뿐입니다. 두 분은 그저 두 분 마음 가는 대로 행하십시오."

해석하자면 나는 교주의 명에 두말하지 않고 그대로 따르지만 당신네들은 알아서 행동하라는 말이다.

이 말을 예전의 변하기 전에 요랑이 했다면 협박이나 다름없겠지만 지금의 요랑의 말은 진심이 담겨 있다.

권마는 요랑의 대답에 지그시 눈을 감고 생각했다.

'분명 교주의 말에 따라야 하겠지만, 다시금 중원에 분란을 일으킨다면 내 말년도 평화롭지는 못할 것이다. 이제 악업은 그만 쌓아야 하련만……'

요랑의 말처럼 그렇게 마음 가는 대로 행동할 수 있는 처지도 못되는 권마와 구명우였다.

구명우는 권마가 아무 말도 없이 그저 생각하고 있자 자신도 그 마음이 이해가 갔다.

'권마 저 쇠고집 늙은이도 저리 심각하게 생각할 때가 다 있군. 끌끌끌. 교주의 명이라면 연옥이라도 뛰어들 사람이 저리 생각을 한다면야 다른 안배를 준비해 놔야 할지도 모르겠다. 끌끌끌.'

권마와 구명우, 그리고 황실에 침투해 있던 다른 사람들에게 내려진 교주의 명은 간단했다.

황제를 죽이고 황실을 접수하라.

말처럼 간단한 것은 아니지만 명교는 지금 교주의 명을 완수하기까지 단 한 발자국 남아 있는 상태였다.

황실에 충성을 맹세한 수족들은 극히 일부분에 불과하였다.

황제를 모시고 보호하는 인물들도 금위위와 호위 몇을 제외하면 승상인 황충모가 장악하는 병사들이 전부였다.

더군다나 황제를 뒷받침하던 가장 큰 세력인 천중상이 뒷전으로 빠져 있는 상황.

명교에게는 이보다도 더 좋은 기회는 없었다.

요랑은 다시금 생각에 빠져 있는 두 장로를 번갈아 쳐다보며 차분하게 말을 이었다.

"두 분의 장로님께서는 뜻을 정하시는 데 시간이 걸릴 듯 보이는군요."

"……"

"……."

"너무 괘념치 마시옵소서. 소녀가 오늘을 기해 일을 먼저 진행시키고 있을 테니 뜻을 정하고 나서 움직이셔도 늦지 않을 듯싶습니다."

요랑의 배려 넘치는 말에 두 장로는 진중하게 고개를 끄덕거렸다.

어차피 자신들은 단 두 사람의 목숨만 취하면 되었다.

그 두 사람의 목숨은 요랑의 말대로 자신들이 뜻을 정하고 움직여도 될 시간도 있었다.

권마는 요랑의 말에 무겁게 입을 열어 말했다.

"부탁하네. 아마도 우리는 조금 더 생각을 해봐야 뜻을 정할 수 있을 듯하니."

요랑의 배려를 받아들이는 권마의 말에 구명우도 동조의 뜻을 보내었다.

"끌끌끌. 늙으니 머리까지 늙는가 보오. 끌끌끌. 나도 부탁하세나."

"부탁이랄 것까지야 있겠습니까. 어차피 명이 떨어져서 따르는 것뿐인데. 그럼 소녀 이만 일어나 보겠사옵니다."

요랑은 권마와 구명우에게 예를 갖추고 자리에서 일어나 조신한 발걸음으로 밖으로 향했다.

남아 있는 두 장로는 그런 요랑의 뒷모습을 쳐다보며 잠시 말을 잇지 않고 있다가 요랑이 방을 나서자 그때서야 입을 열었다.

"…어떻게 할 건가?"

권마의 물음에 구명우는 고개를 설레설레 저으면서 별다른 답변을 주지 못하였다.

"내가 무엇을 한다고 해서 나아질 상황은 아니지 않는가. 끌끌끌."

"그렇다고 손 놓고 있을 상황도 되지 못하지."

"끌끌끌. 우리가 간덩이가 부어도 단단히 부었구만. 교주의 말에 이렇게 시간을 잡아먹다니 말일세. 끌끌."

"……."

절대 복종밖에는 달리 설명할 길이 없는 명교의 명령 체계다.

지금 자신들이 가타부타를 정하는 것도 명교의 섭리를 무시하는 행위가 아닌가.

권마와 구명우는 자신들의 행동이 불경한 것인 줄 알면서도 선뜻 갈피를 잡지 못하고 있었다.

구명우는 권마가 자신의 말에 아무런 말도 없자 다시 입을 열어 말했다.

"끌끌끌. 자네도 많이 물러졌구만. 예전 같지가 않아. 끌끌끌."

"세월의 힘은 태산도 무너뜨린다네. 한낱 사람이 어떻게 가는 세월을 막겠는가."

"끌끌끌. 노인네, 그래도 입바른 소리는 여전하군. 끌끌끌."

신명교 전쟁에서 적과 아군을 구별하지 않고 가장 존경받던 인사 중 한 명이 바로 권마다.

그가 적을 두고 있는 곳은 명교지만 그는 항상 정정당당하게 싸움에 임했고, 이기기 위해서 비열하지 않았다.

싸움에서 패하면 떳떳하게 물러날 줄 알았고, 권련과 재물을 탐하지도 않았다.

오로지 그에게 중요한 것은 명예와 명분뿐 다른 것은 상관하지 않았다.

구명우의 그런 말에 권마는 씁쓸하게 입을 떼어 말하였다.

"그렇지. 그래."

"끌끌끌. 반응이 영 미적지근하군. 예전의 권마는 내 말에 뭐라고 쏘아붙이기라도 하더니 말이야. 끌끌끌."

"어찌하겠나. 내가 이러고 싶어서 이러는 것도 아니니 말일세."

"끌끌. 긴장 풀게나. 긴장해서 무에 좋을 것이 있다고. 끌끌."

권마와 구명우는 답이 나오지 않는 문제를 해결하기 위해 머리를 맞대고 앉아 있는 자리다.

구명우는 자신의 말에 신경질적으로 반응하는 권마의 행동이 우스워 보이기는 하였지만 지금은 이러한 반응을 즐길 여유조차 없었다.

권마는 구명우의 말에 한숨을 내쉬며 말했다.

"후우우. 우리가 지금 이럴 게 아니네. 어서 대책을 강구해야 하지 않겠는가?'

"끌끌끌. 생각한다고 답이 나오는 문제였으면 이미 답이 나
왔겠지."

"중원에 또다시 피바람을 불게 해놓고 우리가 편히 눈을 감
을 수 있겠는가?"

"끌끌. 살날을 생각하지도 않고 죽을 날만 생각하는가? 살
아 있는 동안에 해결할 일은 해야지."

"자네 그게 무슨 말인가? 살아 있는 동안에 해결할 일이라
니?"

"어차피 우리야 죽고 사는 건 문제가 되지 않지만, 그래도
살아 있는 동안에 해줘야 할 일 하나가 있지 않은가. 끌끌끌."

"무슨 방법이라도 생각났는가?"

"끌끌끌. 있다고 한다면 그대로 따라주겠는가?"

권마는 구명우의 말에 결의에 찬 표정으로 대답하였다.

"만약 그 방법이 피바람이 일어나는 것을 막는다면 내 기쁘
게 따르겠네."

망설임없는 권마의 대답에 구명우는 이죽거리는 미소와 함
께 입을 열었다.

명교가 황실에 대한 공격을 감행하기 얼마 남지 않은 시각.

두 명의 장로는 서로 뜻을 세우고 이내 명교의 대업을 위해
몸을 움직였다.

황실에서 권마와 구명우를 대적할 수 있는 사람은 오로지
천중상밖에 없는 상황.

이런 급박함을 아는지 모르는지 황실과 황궁은 오늘도 어김

없이 평화로운 일상의 하루를 보내고 있었다.

―이원생

퍼퍼펑! 펑!

폭렬탄 터지는 소리가 아니라 폭죽 터지는 소리다.

만약 저게 폭렬탄 터지는 소리라면 내 앞에서 평화롭게 혼인식을 즐기고 있는 소용보 저 자식의 모습이 사라졌겠지.

그놈은 자기 얼굴이 얼마나 잘생겼는지 알아보려고 내 앞으로 와 얼쩡거리면서 말했다.

"즐거운 자리가 아닌가? 얼굴 좀 풀고 즐기는 게 어떻겠나?"

허허허. 내 얼굴이 긴장으로 굳어 있는 게 누구 때문인지 모르고 지금 이런 말이 밖으로 나오나?

확 죽여 버릴까?

잠시 살심이 무럭무럭 피어올랐지만 이내 접어버렸다.

"……."

나는 아무런 말도 하지 않고 그저 팔짱을 끼고 주위를 둘러보며 이상 기운이 감지되는지 주의 깊게 살폈다.

그러자 그놈은 친한 척을 하면서 내 옆으로 다가와 내 속을 긁는 게 아닌가.

"걱정 말게나. 어차피 자네만 가만히 있고 또한 내 명이 없다면 그들은 조용히 있다가 사라질 테니."

"믿을 놈을 믿지. 네놈 말을 믿을 것 같아?"

"지금 이 상황에서 믿는 것 외에 답이 있나? 내가 알기로는 없을 것 같은데?"

"…너 어디 가서 죽지 마라. 꼭 내 손으로 죽일 테니까."

"그러면 차례를 기다려야지. 나 죽이겠다는 놈이 어디 한두 명인 줄 아나?"

"……."

참 좋겠다. 네 목숨 노리는 놈 많아서 말이야.

그나저나 젠장, 사람이 미어터지게 많으니 누가 의심스러운지 구별도 잘 되지 않네.

몸에 폭약을 감고 있으면 불안할 법도 하겠는데 그 불안함이 도통 얼굴에 보이지를 않으니 이거 원.

나는 소용보가 내 옆으로 와서 혼인식을 즐기며 있는 모습을 애써 외면하면서 사람들에게 집중하였다.

소용보가 노리는 것이 무언지는 모르겠지만, 절대로 나와 이 중원 천지에 유익한 것이 아님은 알겠다.

그런데도 불구하고 현재에 충실할 수밖에 없이 만드는 녀석의 간계에 박수를 쳐주고 싶다.

그것도 소용보의 뺨에 말이다.

"어? 포두님?"

이곳저곳에 신경을 두고 살펴보고 있는데 엎친 데 덮친 격으로 예린 소저의 목소리가 들려왔다.

아, 이러면 머리가 더 복잡해지는데.

예린 소저의 목소리가 들려온 곳을 쳐다보며 나는 오지 말라는 듯한 행동을 보였지만, 그것을 받아들일 소저가 아니었다.

"어디 계신지 한참 찾았잖아요. 한데 여기서 뭐하세요? 심각한 표정을 지어 보이시고?"

해맑은 예린 소저의 표정과 말에 나는 뭐라고 대답해야 하나 싶었지만, 소용보 그 자식은 때와 장소를 가리지 않고 튀어나오며 말했다.

"몰라보게 컸구나, 예린아."

"예? 누구신지?"

예린 소저는 소용보의 얼굴이 잘 기억나지 않는 듯이 말하였다.

하지만 기억을 할 것이다. 할 수밖에 없겠지.

"내 얼굴을 잊다니 이거 섭섭하구나. 정말 이래도 생각이 나질 않느냐?"

소용보는 자신의 머리를 쓸어 넘기면서 예린 소저에게 말하였다.

나는 쓸데없는 문제가 터지는 것을 미연에 방지하기 위해서 녀석의 얼굴을 손바닥으로 감싸 쥐면서 뒤로 밀치며 말했다.

덥석.

스윽!

"생각할 필요가 없는 얼굴입니다, 예린 소저. 그나저나 현령님은 어디 계시고 예린 소저 혼자 다니십니까?"

"아, 예? 아니, 어디서 분명 본 적이 있는⋯⋯."

"원래 흔한 얼굴이라서 그렇습니다. 지나가다 한두 번 마주 쳤겠지요."

"하지만⋯⋯."

나는 얼른 예린 소저의 입을 막으면서 말을 이었다.

"저희 어머님과 인사는 하셨습니까?"

"예? 아, 아직⋯⋯."

"그럼 저희 가족을 만나시는 것이 어떻겠습니까? 인사도 나 눌 겸 해서요."

"그, 그래도 되나요? 너무 이른 게 아닌가요?"

뭘 생각하는 거야, 이 여자가?

아무튼 화제를 돌리려고 아무 말이나 갖다 붙였는데 다행히 넘어갔다.

이제 소용보 그 자식이 끼어들기 전에 얼른 예린 소저를 데 리고 가야지.

덥석.

"자, 이쪽으로 오시지요. 제가 안내하겠습니다."

"아, 옷차림이 이런데⋯⋯."

인사하는 것과 옷차림의 상관관계에 대해서 의문을 품었지 만, 지금은 그런 걸 따질 때가 아니었다.

그리고 지금도 충분히 예쁜데 여기서 더 차려입는다면 그것 은 과한 법.

억! 그리고 보니 내가 언제부터 여자를 판단했지?

그것도 예린 소저만큼 출중한 미모를 지닌 여자를 말이다.

나는 쓸데없는 생각을 뒤로하고 발걸음을 옮겨서 최대한 소용보와 멀리 떨어진 곳으로 예린 소저를 이끌었다.

예린 소저는 나의 이런 대범한 행동에 당황한 기색은 있었지만 왠지 싫어하는 눈치는 아니었다.

으음. 내가 먼저 여자 손을 잡는 게 얼마만이지?

아니, 솔직히 말하자면 내 인생에 처음 있는 일 아닌가?

멈칫!

음? 갑자기 왜?

"그 사람, 그 사람, 소용보!"

예린 소저의 말투가 거칠어지고, 내 손으로 예린 소저의 살기가 전해져 왔다.

"포두님, 이 손 놔주세요."

주변은 온통 사람들의 말소리로 시끄러웠지만, 예린 소저의 음성은 똑똑하게 내 귓가로 전해져 왔다.

그렇지만 난 예린 소저의 말대로 손을 놓아줄 수는 없었다.

꽈악!

"일단 이쪽으로 오시지요."

나는 예린 소저의 손을 힘줘서 잡고 조용한 곳으로 가려 하였다.

예린 소저는 그런 나의 손길에 주저하지 않고 따라나섰다.

곧이어 조금은 한적한 어느 기둥 뒤에 자리를 잡았고, 예린 소저는 지체 없이 나에게 물었다.

"이게 어떻게 된 일이지요? 설마하니 포두님도 소용보의 협잡에 넘어간 건가요?"

"협잡이 아니라 협박에 넘어간 겁니다."

예린 소저도 생각하였을 것이다.

소용보를 만나자마자 죽여야 하는데, 도리어 자신에게 숨기는 나의 행동이 이상하겠지.

나는 사실대로 털어놓을 요량으로 예린 소저에게 숨김없이 지금 상황을 설명하였다.

"협박이라니요?"

"소용보가 무슨 일을 꾸미는지 모르겠으나 지금 몸에 폭약을 두른 명교 교도들이 이곳에 숨어 있습니다. 인원은 파악조차 되지 않는 것을 보니 백여 명은 넘어 보이는 듯이 보입니다."

"……?"

"그놈의 조건은 단 하나, 제가 여기서 꼼짝하지 않는 것입니다. 아마도 절 여기 잡아놓고 무슨 일을 벌이려는 것이지요."

"하면?"

"너무 상황이 급박하게 일어나서 파악할 길이 없지만 일단은 기다려야 할 것 같습니다."

나의 설명에 예린 소저는 갑자기 무릎을 꿇고 힘없이 바닥에 주저앉아 버렸다.

털썩!

"예린 소저!"

"……."

"괘, 괜찮으십니까?"

예린 소저를 급하게 부축하고 물어보자 예린 소저는 심경의 변화가 큰 듯이 고개를 떨구면서 아무 말도 하지 못했다.

예린 소저의 심정은 충분히 이해가 된다.

당시 신교 교주를 주화입마에 빠져들게 한 놈이 바로 소용보이니 말이다.

직접적으로 예린 소저의 아버지를 죽인 건 나지만, 간접적으로 신교를 멸망의 길로 인도한 것은 소용보 그놈이다.

예린 소저는 나의 부축을 받으면서 숨넘어가는 소리로 나에게 물었다.

"어떻게… 어떻게… 그 사람은 그럴 수가 있죠? 그렇게 많은 사람을 죽이고도 이렇게 나타나서… 어떻게… 어떻게……."

"사람이 아니라서 그렇지요. 저는 그놈을 한 번도 사람이라고 생각해 본 적이 없습니다. 자, 그건 그렇고, 일단 정신을 좀 차리십시오. 이 일이 알려져 봤자 좋은 사람은 소용보 저놈뿐입니다."

사람이 사람다워야 사람으로 보는 거다.

난 소용보를 처음 만난 그 순간부터 저놈이 사람으로 보인 적이 단 한 순간도 없었다.

예린 소저도 다행히 내 말을 알아듣고 정신을 차리고는 힘을 내어 몸을 일으켜 세우며 말했다.

"포두님, 후우우, 포두님은 이제 어떻게 할 생각이시죠?"

"지금으로선 별다른 대책이 없습니다. 일단은 기다릴 수밖에 다른 방법이 없습니다."

구십구 명을 제압해도 단 한 명이 터져 버리면 끝나는 싸움이다.

소용보의 제안에 곧이곧대로 따라야 하는 것은 배알이 꼴리지만 사람 목숨을 담보로 도박은 할 수 없는 노릇이 아닌가.

"그렇다면 혹여 제가 도울 일이 있을까요?"

나는 단호하게 말하였다.

"지금 예린 소저는 그저 평소대로 행동하시면 됩니다. 절대로 저들에게 다른 짓을 할 빌미를 주지 말구요."

지금 소용보가 꾸미는 일이 무엇인지 알아봐 달라고 부탁하는 것도 괴리가 있다.

이미 일은 시작되었을 텐데 그 장소가 어딘 줄 알고 예린 소저에게 부탁하며 어떤 위험이 도사리는지 모른 채로 보내겠는가.

나의 단호한 말에 예린 소저는 되물었다.

"그것 말고는 다른 일은 없나요? 포두님 가족이나 사람들을 대피시킨다든지."

"그러면 절대 안 됩니다. 주변에 보는 눈이 몇 개인지 알 수도 없는데 사람들이 빠져나가는 것을 눈치챈다면 저들이 무슨 짓을 할지 아무도 모릅니다."

"……"

"죄송하지만 지금 예린 소저께서 해야 할 일은 오로지 다른 사람들처럼 행동하시는 것뿐입니다."

무언가 도와주겠다는 마음은 참 고맙지만, 여기서 튀는 행동을 했다가는 죽도 밥도 안 되는 게 현실이다.

예린 소저는 나의 말에 잠시 시무룩한 표정을 지었다.

내가 너무 딱 잘라서 말했나?

하아아아! 나도 상원이 녀석처럼 여자에게 좀 돌려서 말하는 법을 익혀야 하는데 말이야.

나는 예린 소저의 시무룩한 표정을 보면서 머리가 아파오는 게 느껴졌다.

생각할 게 한두 가지가 아닌데 예린 소저의 문제까지 머릿속을 파고들자 머리가 폭발할 지경이다.

이윽고 예린 소저는 시무룩한 표정을 애써 지워 버리려는 듯이 고개를 좌우로 털면서 나에게 말했다.

"알았어요, 포두님. 포두님 말에 따를게요."

"예, 감사합니다, 예린 소저."

"하지만 이거 하나만은 약속해 주세요."

"아, 무엇이든지요."

"이번 일이 어떻게 끝나던 꼭 소용보의 계획을 철저하게 밟아주세요."

예린 소저의 말이 아니더라도 감히 내 가족과 내 삶에 포함되어 있는 공간에 침범한 죄는 물을 것이다.

물론 예린 소저의 말을 듣고 나니 더더욱 소용보 저놈이 무엇을 진행하던 찬물을 끼얹어 버리겠다는 다짐이 샘솟아 올랐다.

"물론입죠. 저만 믿으십시오."

확신에 찬 나의 말에 예린 소저는 예전의 웃음을 다시 찾고 내 손을 잡아주었다.

꼬옥.

"헤헤, 역시 포두님이세요."

으헤헤헤. 좋다. 역시 사람 일이라는 게 나쁜 일만 연속으로 생기는 법은 없다.

"그럼 저는 현령님에게로 가볼게요."

"그러세요, 예린 소저. 나중에 만나 뵙겠습니다."

"예!"

당차게 대답하며 내 곁을 떠나가는 예린 소저를 바라보며 흐뭇한 미소가 절로 떠오른다.

하지만 그 흐뭇한 기분도 잠시, 곧이어 등장한 소용보 때문에 좋은 기분이 싹 달아나 버렸다.

"예전의 그 예린이가 맞나? 몰라보게 예뻐졌군. 하긴 어미가 그렇게 예뻤으니 예린이의 미모가 출중한 건 당연한 일이지."

"……."

"그런데 나에 대해선 말이 없던가? 이거 내 얼굴을 잊어버렸나 싶었는데 멀리서 보아 하니 기억하는 것처럼 보였는데 말이야."

"기억하면 어떻고 기억하지 않으면 어쩌려고? 쓸데없는 말 하지 말고 네놈 계획이나 털어봐 봐."

예린 소저에게 관심을 표하는 소용보의 화제를 돌리려고 하였다.

녀석은 나의 말에 심드렁하게 대답하였다.

"내가 그것을 순순히 털어놓을 것 같은가? 어차피 시간은 많으니 쓸데없는 말이나 계속하지."

화제를 돌리려는 나의 노력에도 불구하고 녀석은 여전히 예린 소저를 들먹거리며 내 신경을 자극하였다.

녀석도 알고 있는 것이다.

지금 나를 자극하는 유일한 존재가 바로 예린 소저라는 것을 말이다.

"그리고 보면 신교의 교주가 유일하게 잘한 일은 예린이를 낳은 것밖에 없군."

"얼씨구. 육갑을 떠네. 네놈보다 몇 곱절은 더 위대한 교주 였어. 말은 바로 해야지."

"도대체 뭐가 말인가? 교주의 위용도 내세우지 못하고 신도들에게 빌빌거리던 성격이? 아니면, 장로들을 다스리지 못해서 사분오열된 체계가? 도대체 무엇 하나 날 이기지 못한 신교 교주를 옹호하는 이유가 무엇인가?"

나도 시간이 많으니 설명해 줄까?

지금이야 기다리는 것밖에 할 일이 없고, 이놈의 정신을 나에게로 집중하는 데 대화만큼 좋은 것도 없으니 설명해 줘야겠군.

"교주의 위용을 내세워서 신도들을 압박하지 않은 것을 그런 식으로 표현하나? 빌빌?"

"절대자의 위용은 오로지 맹목적인 복종에 의해서 나오는 법."

"웃기는군. 그래서 복종하는 사람들을 전부 전쟁터로 내몰아서 다 죽였냐?"

"그들은 나를 위해서 희생한 것이다. 또한 명교를 위한 희생도 되었고."

"죽은 사람에게 물어봐라. 등 떠밀려서 죽은 건지, 아니면 너를 위해서 죽은 건지."

죽은 사람은 말이 없지만 대부분이 실제 전쟁의 목적과는 동떨어진 사람들이다.

그저 무기를 손에 쥐어주고 싸우라고 뒤에서 밀어버리니 살기 위해 싸우는 것일 뿐.

실제로 의미를 알고 싸우는 사람은 극히 드물다.

"죽은 자는 말이 없는 법이니. 너는 그랬나? 너도 등 떠밀어서 싸운 건가?"

"당연하지. 네놈이 일으킨 전쟁 때문에 꽃다운 나이에 끌려와서 네놈을 박살 내 놨지."

"후후, 그러면 그건 그렇다고 치자. 하지만 그것은 신명교 교주도 똑같지 않느냐? 자신을 믿는 신도들을 전쟁터로 내몬 것은."

"그래도 그 사람은 최소한 그들이 죽는 이유라도 설명해 줬지. 네놈은 그저 희생과 살육만을 강요했잖아."

녀석은 나의 말에 바로 반박하지 못하고 잠시 뜸을 들인 후 아까의 장난스러운 미소는 지우고 정색하며 말했다.

"…만약 이 대화를 네가 아닌 다른 사람과 했다면 당장 놈의 목을 쳐버렸을 것이다."

소용보가 하는 말에도 일리는 있다.

전쟁에 참여한 사람 중에 명교와 신교에 대해서 빠삭하게 아는 사람은 나뿐일 것이다.

심지어 중상 형님도 대략적인 사실만을 알고 자세한 내막은 모르니 말이다.

나는 소용보의 말을 정정해 주었다.

"나처럼 무공을 익힌 사람이라고 지칭해야지. 만약 내가 무공도 익히지 않고 그냥 이런 말을 내뱉었다면 내 목이 붙어 있겠어?"

"크크. 그런가?"

"그렇지."

"크흐흐. 점점 네놈과의 대화가 유익함을 넘어서 불쾌해지려고 하는구나."

"원래 진실은 더러운 법이야. 왜 그래. 이 말은 네놈이 한 말이면서."

"크크크. 그래, 내가 한 말이지."

진실이 깨끗하면 굳이 진실을 파헤치려고 하겠는가? 다 구린 구석이 있으니 거짓으로 꾸미려고 하는 거지.

소용보는 쓴웃음을 지어 보이면서 말을 이어나갔다.

"흐흐, 이런 식의 불쾌감은 너와의 전투 이후 오랜만이군."

불쾌감뿐이겠는가. 그때는 절망감과 굴욕감도 함께 전해주었다.

지금 상황이 이래서 절망감과 굴욕감을 함께 전해주기 힘든 게 한이 된다.

"자꾸 과거를 들먹거려서 뭐하게? 추억을 안주 삼아 술 한 잔하면서 건배라도 할 거야?"

"건배를 청하면 받아주긴 할 텐가?"

"어림없는 소리지."

"크크크. 그러면서 왜 마음에도 없는 소리를 하는가. 그저 내가 이야기하고 싶은 것은 그 불쾌감을 다시 느끼니 좋다는 것인데."

그런 취향인가?

모욕과 학대를 받으면 좋아하는 변태가 있다더니 저놈이 그런 취향인가 보군.

몇 십 년 만에 저놈의 취향을 알았네? 알 필요도 없지만.

그래도 소용보가 내 시건방진 말에 많이 참고 있다는 것이 느껴졌다.

어차피 저놈의 목적은 오로지 내가 여기서 죽치고 앉아 있는 것이 주된 목적이니 쓸데없이 서로 감정 상하게 하는 말은 자제해야 한다.

내가 만약 계속 이렇게 신경질적으로 나간다면 억하심정에 폭렬탄 하나라도 터뜨려 버리면 어찌하겠는가.

후우우.

나는 속으로 한숨을 몰아쉬고는 소용보에게 툭하니 질문을 던졌다.

"으음. 뭐 그렇게 느낀다면 할 말이 없지. 한데 자네, 밥은 먹었나?"

"…음?"

"벌써 해가 정오에서 벗어났군. 밥이나 같이 먹는 게 어떠한 가?"

계속되는 신경전과 시건방진 나의 말에 독이 오른 소용보는 뜬금없는 내 말에 어리둥절한 모습을 보였다.

나는 지나가던 하인을 불러 상을 봐오라고 시키면서 녀석에게 말했다.

"이것 보게나! 여기 상 하나 봐주게! 한데 반주(飯酒) 할 텐 가?"

"……."

"왜, 낮술이 부담스러운가?"

천연덕스럽게 질문하는 나를 쳐다보는 소용보의 얼빠진 표정에 말이 새어 나왔다.

"…너는 도대체 어떤 놈이냐?"

이 물음에 뭐라 대답하든 상관없지만 있는 그대로 말해주는 것도 좋을 듯싶어서 생각나는 대로 답해준 후 하인에게 외쳤다.

"배고픈 놈이지. 여기 반주도 같이 내오게나!"

나는 하인에게 손을 흔들어 반주도 같이 시켰다.

싸움도 밥은 챙겨 먹으면서 해야 하지 않겠는가.

어차피 죽으면 그 밥이 마지막 만찬이 될 텐데 말이다.

—황실

창!

우당타앙!

"막아라! 절대로 저들이 황궁에 한 발짝도 진입하게 해선 안된다!"

"으아아악!"

"좌장(左將)은 뭐하는가! 어떻게든 막아야 할 것이다!"

황제가 사는 궁으로 올라가는 길엔 금위위와 명교도들의 피가 흥건하게 뿌려져 있다.

즐비하게 널린 시체는 두 집단 간의 싸움이 얼마나 극으로 치닫는지 보여주는 한 예시에 불과하였다.

"뚫어라! 썩어빠진 황실에게 명교의 교리를 전파하여야 한다!"

"우와아아아!"

날이 선 칼과 창이 서로 엉키고 황금색 무복의 병사들과 남색 무복으로 통일한 명교도들은 서로의 병장기를 부딪치며 목숨을 장렬하게 산화시키고 있었다.

금위위의 수장인 전횡은 순식간에 밀어닥친 명교도들을 막으면서 의문을 지울 수가 없었다.

'어떻게 이들이 황실에 숨어들어 올 수 있었단 말인가!'

그 이유는 오로지 승상인 황충모만이 알 것이다.

전횡은 자신에게 내려오는 칼을 빗겨 치면서 명교도를 베며 외쳤다.

챙!

서걱!

"조금만 참아라! 곧 있으면 금군이 당도할 것이다!"

금위위는 특성상 황제의 친위대 성격을 띠어서 병력 수가 그렇게 많지는 않았다.

그러나 무력은 가히 중원 전체를 따져 손가락 안에 꼽히는 그들이기에 끊임없이 몰려오는 명교도를 상대할 수 있을 것이다.

전횡은 몰려오는 명교도들을 보며 금위위의 위치를 확인하면서 생각했다.

'언제까지 버틸지 장담은 할 수 없다!'

막을 수 있다고 낙담하지 않는 전횡이다.

금위위가 아무리 무력이 강하다고는 하나, 명교도들이 그저 칼만 쥐고 덤벼드는 것은 아니었다.

특히나 '천마'라고 쓰인 영웅건을 두른 명교도들은 더욱 그랬다.

'저들 중엔 강호의 고수들도 보인다! 명교가 아주 작정을 하

고 황실을 넘보고 있구나!'

전횡이 본 무공의 고수들은 천마대였다.

그들은 교주의 명을 받고 명교도 틈에 섞여 금위위 몇 명과 호각지세를 이루며 점점 금위위의 숫자를 줄여가고 있었다.

캉!

쑤걱!

듣기에도 섬뜩한 소리가 전횡의 옆으로 지나가고, 전횡은 즉시 상념에서 벗어나 고개를 돌려 보았다.

"좌장!"

"크으윽! 대장, 머, 먼저 가오."

푸확!

전횡의 왼쪽을 지켜주던 수하가 피를 뿌리며 쓰러졌고, 전횡은 슬퍼할 겨를도 없이 금위위들에게 외쳤다.

"왼쪽이 뚫렸다! 남은 금위위들은 최대한 방어하면서 버텨라! 흐아아! 이놈들! 어딜 들어가려 하느냐!"

금위위의 수장답게 전횡은 냉철하게 판단하여 금위위들을 수습하였다.

그리고 검을 강하게 휘두르며 전열을 가다듬는 금위위들에게 시간을 벌어주었다.

챵!

챙강!

"이게 바로 황궁의 검이다! 더러운 명교도들아!"

서걱!

츠악!

"크아아악!"

전횡이 휘두른 검의 패기가 남달랐는지 달려오던 명교도 몇을 한 번에 베어버린 검은 다른 상대를 찾았다.

"자! 덤벼라! 황실을 침범한 죄는 죽음으로 묻겠다!"

슈왁!

서걱!

황궁을 지키는 금위위들의 수장은 아무나 되는 것이 아니다.

특히나 황제를 가장 가까이 보필하는 것은 단지 무공만 강하다고 되는 것이 아니었다.

전횡은 뒤에 있는 금위위들의 전열이 갖추는 것을 확인하고는 즉시 몸을 뒤로 뺐다.

"황궁으로 올라가는 길은 하나! 이 길을 지키지 못한다면 황제 폐하의 안위는 물론 중원 황실의 명예가 바닥을 친다! 모두들 힘을 내라! 너희는 금위위다!"

"우아아아! 덤벼라! 명교도들아!"

"내 목이 떨어지는 한이 있어도! 네놈들은 올라가지 못한다!"

전횡이 외친 말은 사실이었다. 황궁으로 올라가는 길은 오로지 한 곳뿐이다.

그리고 그 길을 가장 효율적으로 막고 있는 것은 수많은 훈련과 실전을 방불케 하는 연습으로 단련된 금위위였다.

그들은 자신들이 절대로 뚫리지 않을 것을 다짐하고 있었고, 그것을 위해서 죽음도 불사할 것이다.

그러나 그런 금위위의 노력은 명교 교주 소용보가 예상한 일이다.

아니, 누가 보아도 당연한 반응이다.

대놓고 쳐들어가는데 누가 막지 않을 것인가.

천마대와 명교도들은 앞을 공격하면서 금위위의 시간을 빼앗았다.

바로 권마와 구명우가 그 혼란을 틈타 황궁으로 들어갈 시간을 벌어주고 있는 것이다.

권마는 치열하게 벌어지는 명교와 금위위의 싸움을 지켜보면서 구명우에게 말했다.

"한시라도 빨리 처리를 하는 것이 저들에게나 우리에게나 좋은 일이 될 듯싶으오."

구명우는 권마의 말에 고개를 끄덕거리면서 말했다.

"끌끌. 맞는 소리외다. 어서 들어가도록 하십시다. 끌끌끌."

권마와 구명우는 재촉하며 몸을 움직였다.

그 둘은 치열하게 싸우는 황궁으로 올라가는 하나밖에 없는 길이 아닌, 극상의 경공으로만 올라갈 수 있는 가파른 절벽을 뛰어오르기 시작하였다.

쉬익!

슉!

타타탁!

군더더기 없는 깔끔한 동작으로 깎여 나갈 듯한 절벽을 타고 오른 둘의 경공은 신기에 가까웠지만, 안타깝게도 치열한 싸움이 벌어지는 통에 아무도 눈치채지 못하였다.

구명우는 절벽 끝에 올라서서 권마의 경공에 감탄하며 말했다.

"끌끌끌, 역시 권마의 경공은 무공만큼 깔끔하구려. 끌끌."

구명우의 칭찬에 권마는 고개를 끄덕이면서 답했다.

"장로도 역시 대단한 경공이오. 옆에서 같이 올라왔는데도 기척이 없었으니 말이오."

"끌끌, 고맙소이다."

"자, 그럼 황궁으로 들어가 보십시다."

서로에 대한 칭찬을 짧막하게 나눈 뒤 지체 없이 황궁으로 몸을 날린 권마와 구명우는 아무런 제지 없이 궁 안으로 들어갔다.

금위위는 최소한의 병력을 궁 안에 남겼지만, 절정고수인 권마와 구명우를 막기에는 턱없이 모자랐다.

권마와 구명우가 황궁으로 들어서는 그 시각.

황제와 공주는 궁 안의 정원에 앉아 대화를 나누고 있었다.

"아버지, 피하셔야 해요!"

"폐하, 부디 옥체를 잠시 숨기시옵소서!"

내관과 혜원은 밖의 급박한 상황과 전혀 다른 평화로운 얼굴로 찻잔을 기울이는 황제의 반응에 속이 터질 지경이었다.

황제는 도리어 혜원과 내관을 진정시키며 말했다.

"그만들 하라. 어차피 이곳 궁 안에서 피해봐야 어디로 가겠는가?"

혜원은 황제이자 아버지의 말에 울분에 차서 외쳤다.

"그러면 이대로 가만히 앉아서 당하시겠어요! 어서 한시라도 빨리 이원생 장군에게로 피하셔야 해요!"

혜원의 말에 내관도 동조하면서 황제에게 급박하게 말해 올렸다.

"그러하옵니다, 폐하! 지금은 목숨을 보존하여 후일을 기약하셔야 하옵니다! 부디 이원생 장군이 있는 곳으로 몸을 피해 화를 면하시옵소서!"

내관과 혜원의 말에도 황제는 여전히 차분하게 혜원의 찻잔에 차를 따라주며 말했다.

쪼르르륵.

"허어, 그만 되었다고 하지 않느냐. 그리고 혜원이와 내관도 자리에 앉아."

"하지만……!"

"하오나 폐하!"

"꼭 내가 명령을 해야 하느냐? 그저 평소처럼 차나 마시면 되는 것을 무엇을 그리 호들갑인고."

황제는 내관에게도 자리를 권하며 차를 따라주었다.

마치 아무런 일도 없는 듯이, 그리고 언제나 같은 일상을 대하는 듯이 말이다.

황제의 이런 모습에 혜원과 내관은 도저히 이해할 수 없다는 표정을 지었지만, 못내 불편한 심경을 뒤로하고 자리에 앉을 수밖에 없었다.

그들은 황제를 어떤 식으로도 설득하지 못한다는 것을 내심 알고 있기 때문이다.

덜컥!

덜커덩!

혜원과 내관이 자리에 앉자 황제는 흐뭇한 미소를 지으면서 말했다.

"봐라. 이렇게들 앉으니 얼마나 보기 좋은가. 자, 혜원도, 내관도 차나 한 잔 마시자."

"……."

"……."

둘은 황제의 재촉에 차례대로 차를 목으로 넘겼다.

꿀꺽.

한 잔의 차가 얼마 되지 않은 듯 단숨에 들이켠 혜원과 내관이다.

그들은 지금 차를 음미하며 마실 여력조차 없기에 속 타는 마음을 진정시키려는 듯이 단숨에 마신 것이다.

그런 그들의 모습에 황제는 다시금 둘의 찻잔에 차를 따라주며 말하였다.

쪼르륵.

"그리고 보니 내관은 처음 입관했을 때를 제외하고는 나와 같이 차를 마신 것이 처음인 것 같네만."

그랬다. 황제는 정확하게 기억하고 있었다.

물론 내관이 황제와 같은 자리에서 차를 마시는 것이 황궁의 법도가 아니지만, 황제는 처음 내관을 만나던 날 차를 권한 것이다.

내관은 황제의 말에 공손히 허리를 굽히면서 말을 이었다.

"당연한 일이옵니다, 폐하."

"허허, 가까이 있는 사람조차 챙기지 못한 부덕한 황제에게 너무 친절한 것이 아닌가?"

"폐하……."

"허허, 농이오, 농. 거참, 사람이 예전에는 이리 딱딱하지 않더니 오늘은 왜 이러는가? 허허허."

사람 좋은 웃음을 짓는 황제에게 혜원이 말했다.

"아버님, 왜 이러시는 거예요? 왜 피하지 않는 거예요?"

혜원은 침착하려 하였지만, 밖에서 들려오는 병장기 소리가 점점 커지면 커질수록 불안감을 감추지 못했다.

황제는 그런 혜원을 안심시키며 말했다.

"피할 수야 있겠지. 하지만 혜원아, 너는 그것을 알아야 한다. 황제의 자리는 단지 자리만 지키고 있는 게 전부일 수도 있다는 것을 말이야."

"무슨 말씀이신지……."

"황제의 자리가 그리 호락호락하지도, 허울 좋은 자리일 수도 있지만, 결국 황제는 모든 일에 책임을 지는 위치다."

혜원은 아버지의 말이 무슨 뜻인지 이해하고 있었다.

그러나 지금 이 시국에 자신에게 황제의 자리가 어떤 의미인지 알려준다는 것은 단 한 가지 이유밖에 없었다.

"아버지! 잠시만요! 그만! 그만하세요!"

"허어, 아비가 딸에게 하는 마지막 말을 너는 무시하는 것이냐?"

"안 돼요! 마지막이 어디 있어요! 지금 당장 저와 함께 피해요! 이원생 장군 집에 도착만 한다면 그다음은 장군이 처리해줄 거예요!"

"그건 안 될 말이지."

"어, 어째서요! 언제나 신세지고 살았잖아요! 아버지도 그렇게 말씀하셨구요!"

혜원의 외침에 황제는 무겁게 말문을 열었다.

"황제는… 그런 사람이다, 나의 딸아. 모든 일에 책임지는 사람."

"그게 도대체 무슨 상관……!"

"가뭄이 들어 농사가 망하든, 집에 도둑이 들어 물건을 훔쳐가든, 강이 범람하여 홍수가 나든 그건 모두 황제인 나의 책임이다. 심지어 저 밖에서 피 터져라 싸우는 명교도들과 금위위들의 싸움도 오로지 나의 책임이란 말이다. 한데 황제란 사람이 자기 목숨에 연연하여 있어야 할 자리를 피한다면 그것은 황제가 아니라 황제의 탈을 쓴 위선자에 불과하다."

황제는 그 사실을 알았다.

중원에서 일어나는 모든 일은 자신과 무관하지 않다는 것을 말이다.

"......."

혜원은 자신의 아버지의 묵직한 외침에 아무런 대꾸도 할
수 없었다.

그런 혜원을 보며 황제는 살갑게 딸의 손을 보듬어 잡아주
며 방금 전과는 다른, 다정한 아버지의 말투로 말했다.

"너의 아비가 황제로 남기를 바라느냐, 아니면 그저 위선자
로 남기를 바라느냐."

"저는, 저는......."

울먹거리는 목소리에 황제는 혜원의 얼굴을 쳐다보며 인자
한 표정을 지어 보이고는 말했다.

"안다, 알아. 네가 무슨 생각인지, 네가 어떤 말을 할지."

"하지만, 하지만......."

혜원은 점점 자신의 손에서 떨어져 가는 아버지의 손을 놓
을 수 없었다.

평소에는 별것도 아닌 단순한 이 행동 하나가 결국 마지막
될 것을 알기에 더욱더 그러하였다.

그러나 황제는 혜원의 손에서 자신의 손을 풀어 딸의 얼굴
을 조심스럽게 매만지면서 떠나갈 딸을 위해 마지막으로 말문
을 열었다.

"네 어머니가 내 곁을 떠날 때 무슨 말을 했는지 알고 있느
냐?"

"......."

"그래, 그때는 네가 너무 어렸겠구나."

"아버지······."

"그때 네 어미가 이리 말해주었지, 이 세상에 마지막이라는 것은 없다고 말이야. 이해가 되니?"

"······."

"그래, 그때는 나도 이해가 되지 않았는데 지금에서야 이해가 되는구나."

혜원은 황제의 아리송한 말에 머릿속이 혼란스러웠지만, 지금은 그저 대화할 수 있는 시간이 너무나도 고마울 뿐인 그녀였다.

황제는 너털웃음을 터뜨리며 자리에서 일어났다.

"허허허, 혜원아. 나도 똑같이 말하마. 이 세상에 마지막이라는 것은 없단다."

자리에서 일어선 황제는 혜원에게서 눈을 떼고는 내관에게 즉시 명했다.

"내관은 지금 즉시 공주와 함께 황궁을 빠져나가거라. 그리고 장하현에 있는 이원생 장군에게 곧바로 가거라."

황제의 말에 혜원은 성을 내며 거부했지만, 내관은 갈 채비를 마치곤 황제에게 안녕을 고하며 고개를 숙였다.

"아버지!"

"폐하, 부디 옥체 강녕하시옵소서."

"내관! 도대체 이게 무슨 말인가? 아버지를 두고 어디를!"

내관은 혜원의 말을 잘랐다.

"일단 공주마마가 사셔야지 황제 폐하도 사시는 것이옵니다. 그리고 지금 저희가 할 일은 최대한 빨리 이원생 장군에게 가서 이 사실을 알리는 것뿐입니다."

일리가 있는 말.

그러나 혜원은 끝까지 황제의 곁에서 떨어지지 않으려고 하였다.

"그러면, 내관 혼자서 이원생 장군에게 가서 이 사실을 알리게! 나는 절대로 아버님과 떨어질……."

짝!

계속해서 자신의 뜻을 굽히지 않은 혜원의 뺨을 때린 황제는 자신의 딸을 쳐다보지 않고 뒤를 돌아버리며 말했다.

"어서 가거라. 더 이상 고집을 부리면, 네 눈앞에서 아비가 자결할 것이다."

"아, 아버님……."

태어나서 자신에게 한 번도 손찌검도 하지 않은 황제였다.

또한 이렇게 매몰차게 자신을 대한 적도 없었다.

내관은 뺨을 부여잡고 멍하니 황제의 뒷모습을 바라보는 혜원의 손을 끌어 데려가며 말했다.

"폐하께서는 분명 이대로 돌아가실 분이 아닙니다. 공주마마."

"……."

"어서. 어서 이리 오십시오. 한시라도 빨리 빠져나가야 합니다."

시간이 너무 지체되었다. 내관은 서둘러 적들이 황궁으로 몰려들어오기 전에 혜원을 데리고 뒷문으로 빠져나갔다.

그리고 황제가 서 있는 정원.

황제는 도도하고 굳건하게 위엄을 지키며 서 있었다.

이윽고, 구명우와 권마가 정원 한편에서 모습을 드러내었다.

"끌끌끌. 오랜만이오, 황제."

구명우의 인사치레에 황제는 천천히 고개를 끄덕거리며 말했다.

"나도 오랜만일세. 한데 옆에 있는 사람은 권마인가? 얼굴이 많이 상해 보이는군."

황제는 구명우의 하대에도 아랑곳하지 않았다. 아니, 그럴 필요가 없었다. 어차피 그들은 자신을 황제로 생각하지 않는 사람들이 아닌가.

그래도 저렇게 황제라고 칭해주는 것만 해도 자신의 체면을 세워주는 것이라고 느낀 황제였다.

권마는 포권을 지어 보이면서 대꾸하였다.

"걱정해 주서서 고맙소. 하지만 지금 우리 걱정할 때가 아닌 듯 보이는데 말이오."

"끌끌끌. 황제의 오지랖이야 세상이 알아주는 바가 아닌가."

권마와 구명우의 말에 황제는 퉁명스럽게 대답하였다.

"황제는 원래 오지랖이 넓어야 하는 것이 아닌가? 한데 두 사람은 여기 무슨 일로 오셨나? 한가하게 농이나 나누려고 오신 것은 아닌 듯 보이는데."

본론으로 들어가는 황제의 말에 권마와 구명우는 서로를 쳐다보며 속으로 한숨을 내어 쉬었다.

이내 권마가 의미심장하게 한마디를 내 뱉었다.

"후우우. 잠시, 아니, 당분간은 좀 죽어주셔야 되겠소."

─이원생

쪼르륵.

백색의 술잔에 맑은 술이 담겼다. 내 맞은편에 앉은 소용보는 미간을 찌푸리며 불쾌해 보였다.

"이게 도대체 무슨 음식인가?"

푸욱. 쩔끄럭. 쩔끄럭.

숟가락으로 국밥 그릇을 들쑤시면서 말하는 꼴이 볼썽사납기는 했지만, 나는 아무렇지도 않은 듯이 내 앞에 따른 술 한잔을 입에 털어넣으며 대꾸했다.

타악. 꿀꺽!

"크으. 좋다. 뭐긴 뭐야, 먹는 거지."

후루룩!

뜨거운 국밥 한 덩이가 숟가락을 타고 입으로 들어가자, 그동안 소용보 때문에 쌓였던 불만이 내려가는 듯하였다.

뭐, 그렇다고 내가 저놈을 죽이지 않을 것은 아니고.

그런 내 모습을 보던 소용보는 뭔가 미심쩍게 생각하면서도 숟가락을 들어 조금씩 국물을 마시기 시작하였다.

후룩.

"흡. 이, 이 비린내는! 우욱!"

헛구역질하는 소용보의 모습에 나는 기도 차지 않는다는 표정으로 대꾸하였다.

"웃기지도 않는 소리 하지 말고, 푹 떠서 넘겨 봐. 비린내는 커녕 구수한 풍미가 목 끝까지 올라올 거다."

원래 음식마다 먹는 법이 있다.

다른 사람들이 한 수저 푸짐하게 퍼서 입속에 밀어넣는 게 그냥 막무가내로 넣는 것이 아니란 말이다.

국밥은 양껏 국과 건더기를 퍼서 입속으로 집어넣는 맛에 먹는 것이다.

소용보는 더러운 무언가를 쳐다보는 듯한 얼굴로 나에게 말했다.

"도대체, 이런 음식을 무슨 맛이라고 먹는 건가?"

"무슨 맛이긴, 얼큰한 맛이지. 잔소리 말고 다른 사람 먹는 것처럼 먹어봐. 보는 사람 입맛도 떨어지게 찔끔찔끔 먹지 말고."

나는 소용보의 국밥에 숟가락을 푹 집어넣어 주고, 다시 내 술잔에 술을 따랐다.

쪼르륵.

한 숟가락의 국밥과 한 잔의 술이면 모든 근심걱정이 눈 녹듯이 사라진다. 하지만 모든 근심걱정의 원흉인 저놈이 내 눈앞에 있으니 필요가 없겠다.

"크으……."

소용보는 사약 먹는 것처럼 질색을 했지만 내가 넣어준 수저를 그대로 퍼서 입속으로 가져다 넣었다.

덥! 우적우적.

"음?"

녀석은 몇 번 입속에서 국밥을 씹더니, 아까의 벌레 씹은 표정은 어디가고 뭔가 깨달은 듯한 표정을 짓는 게 아닌가.

"이, 이건."

소용보는 입으로 들어간 국밥을 표현하지 못하고 더듬다 뭐라고 물어보려는 찰나,

"입 다물고 그냥 먹어라."

"……."

쳐다보고 있는 것도 불편한 사이에, 이렇게 좋게 좋게 지내고 있는 것도 엉덩이에 가시가 박힌 듯한 느낌이다.

그런데 저놈의 물음에 하나하나 답해줄 마음이 있겠는가?

우걱우걱!

그나저나 입 다물고 먹으라 했지만 정말로 입 다물고 국밥만 먹는구나.

아무리 중원 천지 산해진미를 다 먹는 놈이라고 해도, 저잣거리에서 파는 국밥 한 그릇이 더 맛있을 그리울 때가 있는 법

이다.

"쩝! 쩝! 후르르륵!"

얼씨구, 이제는 그릇을 통째로 잡고 먹기까지 해?

턱!

"후우!"

이내 한 그릇을 통째로 비워 버린 소용보는 상에 그릇을 내려놓은 후에, 기분 좋은 트림까지 한 번 해주면서 얼굴에 맺혀 있는 땀을 소매로 닦았다.

"정말 맛있군."

"이제 알았냐?"

"고맙다고 해야 하나?"

"고마운지 알면, 여기서 철수해라."

쪼르륵.

나는 녀석에게 기대도 하지 않는 말을 하면서 내 술잔에 술을 따라 입으로 가져다 대었다.

꼴깍꼴깍.

"그건 걱정하지 마라. 어차피 전갈이 오면 철수하지 말라고 해도 갈 테니 말이야. 후후후."

술이 내 목으로 넘어감과 동시에 말을 하는 녀석이 괘씸해 보였기는 하지만, 지금 할 수 있는 일은 없었으니 저놈의 괘씸 죄를 묻는 건 잠시 미뤄놓기로 했다.

나와 소용보가 서로를 감시하면서 있던 그 시각, 혼인식은 서서히 막이 올랐다.

해도 중천을 넘어가는 시점이니 당연한 말이겠지만.

요란스러운 폭죽 소리와, 왁자지껄한 사람 소리. 그리고 형수님과 형의 등장으로 인한 어마어마한 환호.

그러나 지금 지금 신경 쓰는 것은 명교도들과 소용보뿐.

이런 기쁜 날에 결국 내가 신경 쓰고 있는 게, 가족이 아니라 소용보와 그를 따르는 미친놈들이라니.

내 인생은 왜 바람 잘 날이 없는 거지?

"그렇게 경계하고 있으면 상황이 달라지는가?"

"안 해서 후회하는 것보다는 낫겠지."

"후후. 마음대로 하시게."

"마음대로 하고 있으니 걱정 말라고."

소용보의 별 시답지도 않은 소리를 뒤로하고, 혼인식에 참여한 사람들을 둘러보았다.

몇몇 이상한 사람과 행동거지가 불순한 인물들이 보였지만, 결코 그들만 찾아낸다고 끝난 것이 아니었다.

일단 그들의 동태만 파악한 후에, 소용보의 신원만 계속해서 확보해 둔다면, 이놈도 자기 일이 끝난 후에 별다른 생각을 하지 못할 것이다.

그렇게 한참을 이곳저곳에 눈길을 주고 있을 때 즈음.

뒤에서 누군가 다급하게 달려오는 소리가 들렸다.

"교주님."

"말하라."

"처리 완료하였다고, 전갈이 왔습니다."

"흠, 생각보다 늦은 감이 있군. 알았다. 그만 물러가라."

"예, 교주님."

무슨 내용을 기대한 것은 아니었지만, 분명히 보통 일은 아닌 것 같다. 소용보 저놈이 사라지고 나면 최대한 빨리 여기를 수색한 뒤에 알아봐야겠다.

소용보는 일이 끝나자 나를 쳐다보고 만족할 만한 웃음을 띠었다.

"이거 아쉽게 되었군. 이렇게 헤어져야 한다니 말이야."

이미 내가 대화 내용을 들었던 것을 감안하고 말하는 소용보에 나는 눈을 가늘게 뜨고 의심스러운 눈치를 주며 대답했다.

"아쉽기는 누가? 그리고 약속한대로 전부다 철수해. 만약 내 눈에 밟히는 놈이 한 놈이라도 있으면, 그때는 정말 무슨 짓이 벌어지는지 상상에 맡기지."

지금 쓸데없이 나를 흥분시켜 보았자, 저놈이 이익을 볼 것은 없다.

나의 말에 소용보는 동조한다는 듯이 고개를 끄덕거렸다.

"그래, 그러지. 하지만 조건이 하나 더 있다."

콰직!

"장난이 심하네? 여기서 당장 네놈의 명줄을 따줄까?"

좋은 날에 흥분하는 건 이성이 허락하지는 않지만, 지금은 그런 걸 따질 때가 못됐다.

협상도 조건이 돼야 하지만, 이 경우에 협상이 되지 않는다는 것을 분명히 해야 한다.

"흥분할 필요는 없네. 솔직히 조건도 아니지, 그저 부탁일 뿐이니."

"말했지. 장난이 심하다고. 볼일 다 봤으면, 당장 여기서 나가라. 단 한 놈도 남기지 말고 말이야."

부탁이고 조건이고 소용보의 말을 더 들어줄 필요 없었다.

그러나 놈은 내 말을 무시하고 자신의 말을 이어 나갔다.

"장하현에서 내가 사라지면, 분명히 내가 무슨 짓을 벌였는지 알아볼 테지. 한데 그러면 쓰나. 내가 이렇게 목숨 걸고 자네와 대면한 보람도 없는데. 윽!"

나는 주저하지 않고 닭 목을 비틀듯 녀석의 목을 잡고 당장에라도 녀석을 씹어 삼킬 듯한 목소리로 말했다.

"이 이상, 나를 흥분시키지 말라."

"크윽! 단 하루다. 하루만 기다리면 된다! 크으윽!"

"지금 그게 가능하다고 보나? 네놈이 무슨 일을 벌이던 하루를 기다려 달라고?"

"그래, 크으윽!"

"내가 기다리는 것으로 인해, 중원 천지가 피로 물들이느니 그냥 네놈이 여기서 죽이고 마무리 짓겠다."

"크흐! 웃기는 소리! 네놈이 가족을 희생시킬 수 있다고? 크윽!"

"……"

선뜻 답을 하지 못하였다.

이기적인 생각이지만, 내 곁에 있는 사람을 중원 평화라는 높은 가치를 위해서 희생시킬 수는 없는 노릇이니 말이다.

녀석은 내가 차마 말을 못하자, 예상했다는 듯이 내 손에 목이 잡힌 채로 이야기를 이어 나갔다.

"으으윽! 내가 약속하지. 네놈이 단 하루를 기다려 준다면! 그때 동안은 아무런 인명도 살상치 않겠다. 또한, 이것은 너와 나의 대결을 위한 준비일 뿐. 이 일로 인해 중원에 어떠한 피해도 끼치지 않는다고 약속하마. 크으윽."

"네놈 약속을 어떻게 믿지?"

"믿지 않아도 소용없다. 믿어야만 하지. 크흐흐흐."

아무리 다른 방도를 생각해 봐도 녀석이 제시한 방법을 뛰어넘는 생각이 현재는 없었다.

젠장. 본전도 안 되는 믿음이기는 하지만, 믿을 수밖에 없는 현실이군.

나는 녀석의 목을 잡은 손에서 힘을 빼면서 입을 열었다.

"네놈의 말. 꼭 지키는 것이 좋을 것이다."

"콜록콜록! 크흐. 그래, 믿어도 될 것이다."

소용보는 내 손에 풀려나와 몇 번의 숨을 고르더니 내 마음이 바뀔까 서둘러 작별을 고했다.

"그럼 이만 사라져 주지."

"가라."

길게 말하는 것도 싫었다. 그냥 뒤돌아 나가는 소용보에게 짤막한 대답을 해주고, 지끈지끈한 머리를 부여잡았다.

나와의 대결? 저놈은 필시 나를 죽이려고 할 것이다.

아마도 그것을 위해서 철저하게 계획했겠지.

중원에서 나라는 존재가 사라진다면 많은 문제점이 야기될 것이다.

지금껏 내가 너무 안일하게 대처하면서 살아온 것인가?

아니면, 그저 군문에서 전역하고 한가로운 시골에서 살아보려고 한 것이 잘못된 것인가?

뭐, 어쨌든 간에 소용보가 무엇을 계획하든, 저놈은 크나큰 실수를 했다.

나와의 대결을 원한다는 것은 필히 싸움터를 지칭하는 것과 마찬가지이니까.

만약 장하현을 택했다면 녀석은 그저 그런 멍청이였겠지.

나를 죽일 각오를 한다면 필히 어마어마한 능력을 쏟아부어야 할 것이다. 한데 그 명교의 능력을 쏟아붓기에는 장하현은 너무 작다.

그러면 자연스레 마땅한 곳은 단 한 곳.

명교의 모든 것을 집중하고, 세간의 관심사도 모으면서, 내가 소용보의 손에 죽었을 때 가장 큰 영향력을 발휘할 수 있는 곳.

그런 곳은 중원 천지에 오로지 하나.

바로 황궁이었다.

第五章

—황궁, 혜원

  급하게 황궁을 빠져나온 내관과 혜원은 배를 타기 위해 황
도를 지나쳐 가야 했다.
  그러나 이미 황궁을 포함한 황도는 명교가 진을 치고 있는
상황이었다. 그들은 아직 공주가 황궁을 빠져나온 것을 모르
고 있었다.
  하지만 지금 공주의 차림을 본다면 누가 보아도 공주라는
것을 알 수 있었다.
  당연히 그런 혜원과 내관의 모습을 병사들이 간과한다면,
그들은 세 살박이 어린아이보다 못할 것이다.

"병사들은 무엇하는가! 저 둘을 쫓아라! 일단 생포해야 한다!"

"거기 서라!"

"잡아라!"

다행인지 불행인지, 병사들은 세 살박이 어린아이의 수준보다 높았고 그들은 당연히 혜원과 내관을 쫓았다.

"헉헉헉! 공주마마! 조금만 힘을 더 내십시오!"

"누, 누가 들으면! 내관이 더 앞서 가는 줄 알겠어!"

내관은 특성상 체력을 단련할 일이 없어서 그런지 잘 달리지를 못하였다.

처음에는 혜원과 나란히 달리다가, 결국에는 체력이 바닥나 이렇게 혜원의 등에 업혀 쫓기는 신세가 된 것이다.

뭔가 난감한 상황이었지만 이미 아버지를 두고 온 혜원은 더 이상 누군가 남겨지는 게 싫었다.

"헉헉! 그러게 왜 저를 업고 뛰십니까."

"후우! 후우! 지금 그게 할 말이야?"

다다다다!

혜원은 내관을 엎고 뛰는데도 불구하고 엄청난 속도를 냈다. 그 체력이 놀라운 나머지 뒤에서 따라 붙은 병사들조차 탄성을 자아내게끔 하였다.

"도, 도대체 뭘 먹으면 저렇게 뛸 수 있는 거야?"

"지치지 않는 적토마 같군!"

"으아아! 난 더 이상 못 뛰어!"

심지어 쫓아가다가 포기하는 병사까지 속출하였다.

혜원은 뒤에서 들려오는 소리에 내심 흐뭇해졌다.

'어릴 때 원생이하고 잡기 놀이를 하였던 게 이런 식으로 쓰게 될 줄이야.'

원생은 황실에서 근무할 당시 혜원과 놀아주면서 획기적인 방식을 사용하였는데, 그중 하나가 잡기 놀이였다.

일반적인 잡기 놀이와는 당연히 달랐다.

원생이 누구인가, 그냥 잡기 놀이였다면 혜원이 이렇게까지 체력이 좋지 않았을 것이다.

원생은 자신이 경공을 수련할 때 썼던 방법을 혜원과 잡기 놀이를 하면서 순화시켜 적용했다.

바로 쥐 떼를 풀어놓았고 당연히 혜원은 미친 듯이 뛰어 다닐 수밖에 없었다.

원생 자신이 수련할 때는 맹독을 품은 뱀을 풀어놓았으니, 많이 순화시켰다고 볼 수 있었다.

"헉헉! 공주마마! 언제까지 뛰실 작정입니까. 이만 저를 내려놓고 가십시오."

내관의 말에 혜원은 더욱더 속도를 올렸다.

다다다다!

"훅훅훅! 내관까지 버리고 갈 바엔 차라리 여기서 같이 죽겠어!"

혜원의 말에 내관은 무어라 대꾸하려고 하였지만, 이내 말문을 닫아버렸다.

내관도 알고 있었다. 그녀가 얼마나 정이 많은지 말이다.

하지만 내공도 없는 일반 여자가 아무리 체력이 좋다고 하더라도 사람을 엎고 달리는 것은 무리가 있었다.

"훅! 후욱! 후욱!"

혜원의 숨이 점점 가빠지는 것을 뒤에 업힌 내관이 모를 리 없었다.

내관은 혜원에게 한 가지 제안을 하였다.

"공주마마, 이대로라면 사방에서 밀려오는 병사들에게 잡히는 것은 시간문제이옵니다."

"후욱! 후욱! 그, 그러면 무슨 방법이 있어?"

"잠시 몸도 피하실 겸 숨는 게 어떠십니까. 잠잠해질 때까지 기다리다 움직이는 겁니다."

내관의 말에도 일리가 있었지만, 혜원은 고개를 가로저었다.

"후욱! 후욱! 안 돼. 이 이상 시간을 지체한다면 분명 빠져나가지 못하게 길을 막을 거야! 후욱! 후욱!"

혜원의 판단은 정확하였다.

명교가 황궁을 거의 장악할 때 즈음이면, 외부로 빠져나가는 모든 길을 막을 것은 불 보듯 뻔한 일이었다.

그 길이 막히기 전에 빠져나가야 하는 건 맞았지만, 문제는 혜원의 체력에 있었다.

달리면 달릴수록 혜원과 병사들의 격차는 좁혀졌고, 병사들은 다른 방법을 시도하기 시작하였다.

"헉헉헉! 뛰, 뛰다가! 내가 죽겠다!"

"화, 활을 가지고 있는 사람은! 헉헉! 누가 저 계집의 다리를 쏴서 맞혀라! 헉헉헉!"

달리는 혜원도 죽을 맛이었지만, 뒤에서 따라오는 병사들도 죽을 맛이었기에 결국 화살을 쏘기로 작정한 것이다.

기이잉!

병사들의 말이 끝나기도 전에 몇 발의 화살이 혜원의 몸에 겨눠졌고 이내 화살들이 혜원에게로 쏘아져 나아가기 시작하였다.

퉁!

쉬익! 쉬이익!

평범한 사람이 아무리 달려 보았자, 화살보다 빠를 수는 없었다.

푹!

몇 발의 화살은 운 좋게도 혜원을 피해서 갔지만, 단 한 발의 화살이 정확하게 혜원의 종아리를 뚫고 박혀 버렸다.

"흐윽!"

짧은 신음 소리와 함께 혜원은 그대로 내관과 바닥을 곤두박질 쳤다.

쿠당타앙!

"고, 공주마마! 아악!"

뿌득!

내관은 혜원을 걱정하며 몸을 일으켜 세우려고 하였지만,

허약한 몸은 충돌을 이기지 못하고 다리와 팔이 부러져 버렸다.

"내, 내관! 으윽!"

혜원도 내관의 상태를 파악했는지 그쪽으로 다가가려 하였지만, 종아리에 박힌 화살 때문에 움직일 수 없었다.

"헉헉헉! 드, 드디어! 멈췄다! 헉헉! 사, 잡아라!"

"조, 조금만 쉬다가. 헥헥헥!"

내관과 혜원이 멈추긴 했지만, 워낙 거리가 있어서 잡으러 가려면 다시 달려야 하는 병사들 입장에서는 숨을 고를 시간이 필요하였다.

혜원은 상황을 파악하고는 눈을 질끈 감고 화살대를 부러뜨렸다.

뚝!

"흐악! 흐으!"

살에 박힌 화살을 뽑지 않고 부러뜨리는 이유는 움직일 때 상처가 벌어지지 않았고, 장애를 덜 받기 위해서다.

화살을 뽑지 않는 이유는 화살촉이 파고 들어간 상태에서 무리하게 상처를 벌려 뽑았다가는 과다출혈의 가능성도 있었기 때문에 혜원은 원생에게 배운 대로 화살대를 부러뜨린 것이다.

진한 고통이 혜원의 정신을 멀쩡하게 만들어 주었다. 그녀는 이를 악물고 내관을 부축하면서 말했다.

"조, 조금만 더 가면 포구야!"

"…공주마마."

"그렇게 담담하게 말하지 마! 어서 일어나!"

"……."

"흐아아악!"

절뚝절뚝!

혜원은 지독한 고통을 뒤로하고 내관을 억지로 자신의 어깨에 짊어지고, 포구로 서서히 다가가기 시작하였다.

불과 얼마 떨어지지 않는 거리.

포구 사람들은 아직 황궁과 황실의 상황을 몰랐고, 내관과 혜원의 만신창이 된 모습을 보고 어리둥절하였다.

그저 멀뚱히 혜원과 내관의 모습을 쳐다보고 있는 포구 사람들을 뒤로하고, 이내 혜원과 내관을 쫓아온 병사들이 있었다.

"겨, 겨우! 잡았다! 헉헉헉!"

"하악!"

한 병사가 혜원의 머리채를 잡아서 뒤로 강하게 당겼지만, 혜원은 신음 소리 한 번 뱉어내고는 꿋꿋하게 내관을 잡은 손을 놓지 않았다.

"이, 이년, 헥헥헥!"

"노, 놓아라! 이놈들!"

"왜? 놓으면 다시 달려 보려고? 다리에 구멍까지 났는데?"

"흐흐. 그래, 어디 한 번 아까처럼 달리는지 보기나 하자고. 여자가 그렇게 달리는 게 어디 쉽게 볼 만한 일인가?"

병사들은 수치와 수모감을 안겨주기 위해 잡고 있던 손을 바닥으로 끌어내렸다.

획! 콰당!

"꺄악!"

"이, 이놈들! 그만하지 못할까!"

내관은 망가진 몸으로 병사들을 말리기 시작하였다.

"이건 또 뭐야? 남자도 여자도 아닌 것이 어디서 달려들어!"

병사들은 내관의 복장을 알아차리고, 막말을 해대며 사정없이 내관을 내동댕이쳤다.

획! 텅!

내관은 바닥으로 내동댕이쳐짐과 동시에 육중한 소리를 내면서 정신을 잃었다.

혜원은 병사들을 쳐다보며 외쳤다.

"너희가 사람이더냐! 힘없는 노인을 저리 다루는 게! 꺄악!"

"이게! 계집이 죽으려고! 생포해 오라는 말만 없었어도! 네 년은 이미 목이 떨어졌어!"

혜원의 뺨을 거칠게 올려붙인 병사는 바닥에 쓰러진 혜원의 머리카락을 다시 잡아채며 들어 올렸다.

"시간이 너무 흘렀네. 계집년 하나 잡으려고 고생한 걸 생각하면. 어후."

"저 늙은이는 어떻게 하나?"

"보아하니 이년만 잡아가면 될 것 같은데. 괜히 힘들이지 말고 죽여 버려."

병사들의 말이 끝나자마자, 한 병사의 창끝이 내관의 몸으로 향했다.

혜원은 축 늘어진 자신의 몸을 추스르면서 병사의 바지를 잡고 매달리며 말했다.

"안 된다! 제발! 흐으윽! 원생아! 제발! 원생아!"

정신이 반쯤 나간 혜원은 원생의 이름을 부르며 나타나 주기를 원했지만, 원생은 지금 소용보와의 지리한 신경전으로 장하현에 꽁꽁 묶여 있는 상태였다.

병사는 혜원의 애원에도 별 반응하지도 않고, 그저 자신이 할 일을 끝내기 위해서 움직였다.

"이년이 미쳤나. 자자, 빨리 일이나 끝내고 돌아가자고!"

"에이, 괜히 못 볼꼴 봐서. 늙은이, 다음에 태어날 때는 내시로 태어나지 마시오."

"안 돼에에에!"

혜원의 외침과 병사의 창끝이 서로 맞물려 갈 때,

챙.

포구의 허공을 울리는 것은 내관을 찌르는 소리가 아닌, 병사의 창끝이 막히는 소리였다.

"으윽! 어떤 놈이!"

"당신 혹시 원생이라고 말한 사람이 장하현 포구 포관의 이원생을 말하는 것인가?"

그 창끝을 막은 검은 죽립의 사내의 목소리에 포구는 조용해졌다.

사내의 말에 혜원은 머리를 붙잡힌 상태에서도 고개를 끄덕거리면서 외쳤다.

"마, 맞아요! 제가 말한 사람이 바로 그 사람이에요!"

"이년이 조용하지 못해! 그리고 네놈은 쓸데없는 참견하지 말고 썩 사라져라!"

그러나 그 사내는 병사의 말을 무시하고 자신의 검집에서 검을 꺼내 들며 말했다.

스릉.

"…빈손으로 가기 뭐했는데. 잘되었군."

"이, 이놈! 지금 뭐하자는 짓이냐!"

"배 시간이 다되었다. 잔소리 말고 덤벼라."

"도대체 네놈은 누구이기에!"

검은 죽립의 사내는 병사의 물음에 친절하게 답해주며 검을 찔러갔다.

"과거, 천마대 사호. 지금은 그저 내 삶을 살아가는 남자다."

검은 죽립의 사내의 짧막한 대답에 병사들은 고개를 갸웃거렸지만, 곧이어 이어지는 사내의 매서운 검날에 십수 명의 병사는 생각할 겨를도 없었다.

차앙! 챙!

찔러 오는 창을 옆으로 쳐서 단번에 창의 주인을 베어버리고, 검은 죽립의 사내는 연이어서 자신에게 날아오는 칼과 창을 방어할 생각도 없는 듯이 자신의 검을 휘둘러 날려 버렸다.

콰카카칵!

듣기도 섬뜩한 소리가 허공을 울리며 창과 칼의 파편들이 사방으로 비산하였다.

"흐아아아악!"

"괴, 괴물이다!"

병사들은 자신의 상식으로 도저히 범접할 수 없는 검은 죽립 사내의 무공을 보며 소리쳤다. 사내는 그런 병사들에게 고개를 가로 저으면서 말했다.

"아직 진짜 괴물을 보지 못했군."

검은 죽립의 사내는 바로 원생이 우연치 않게 구해준 천마대의 사호였다.

사호는 칠호와 함께 황도 근처에서 몸을 회복하고, 서로의 사랑을 확인한 후에 원생에게 몸을 의탁할 셈으로 장하현으로 가려고 하였다.

배를 타려고 기다리던 와중에 혜원과 내관의 외침을 들었지만 별다른 문제를 일으키고 싶지 않았던 사호와 칠호는 잠자코 배를 타려고 하였다.

하지만 혜원의 입에서 그들이 아는 이름이 튀어나오자 이렇게 실력 행사를 한 것이다.

사호의 나직한 말에 병사들은 침을 꿀꺽 삼켰다.

그들은 본능적으로 사호에게 덤비면 죽는다는 사실을 자각하였지만, 그렇다고 함부로 퇴각할 수도 없는 노릇이었다.

이런 상황을 파악한 사호는 굳이 죽일 필요가 없다고 판단하여 검을 검집에 넣으면서 말했다.

"가라. 지금 물러난다면 쫓지 않겠다."

"…으, 아, 알았소."

"저, 전부 물러들 나세."

아까의 기세등등한 모습은 사라지고, 꼬리 내린 강아지처럼 뒤로 빠지는 병사들이었다.

사호는 병사들이 어느 정도 뒤로 물러선 것을 확인하고는 혜원에게 다가갔다.

"괜찮소?"

"하아, 하아, 도, 도와주셔서. 감사합니다."

"감사는 이원생에게 하시오."

퉁명스러운 사호의 말에 기분 나빠할 틈도 없는 혜원은 놀란 가슴을 진정시키면서 일어서려고 하였다.

하지만 종아리에 박힌 화살에 혜원의 몸은 자연스레 다시 바닥으로 주저앉아 버렸다.

그러자 사호의 뒤에서 밝은 목소리의 여자가 다가왔다.

"이이는. 아직도 그 말투를 버리지 못하고. 에휴, 죄송해요. 워낙 이이가 과묵해서."

칠호였다. 칠호는 혜원의 곁으로 와서 부축하면서 사호에게 쓰러져 있는 내관을 가리켰다.

"당신은 저분을 모시고 오세요. 저는 이분을 배로 데려갈게요."

사호는 칠호의 말에 아까의 과묵한 표정을 덜어 내면서 대답하였다.

"조심하시오. 무리하지 마시고."

"물론이에요. 한데 조금이나마 걸을 수 있나요?"

"아, 예, 가능해요."

"그럼 빨리 장하현으로 가죠. 어차피 이곳 분위기가 심상치 않아서 치료는 거기 가서 하는 게 좋겠어요."

혜원과 내관은 그렇게 사호와 칠호의 손에 무사히 장하현으로 가는 배를 탈 수가 있었다.

전 천마대의 인원인 사호와 칠호의 인연에, 혜원과 내관의 만남.

시국은 맹렬하게 불어닥치는 소용돌이처럼 원생에게 점점 다가가고 있었다.

—이원생

"원생아, 몸이 좋지 않으냐? 안색이 나빠 보이는구나."

"……."

혼인식이 성공적으로 끝나서 다행이긴 하였지만, 내 기분은 밑바닥을 기고 있었다.

이 기분으로 뭘 하면서 즐긴다는 말인가.

나 죽이겠다고 중원 무림에서 제일가는 단체가 하루만 기다려 달라는데 말이다.

후우우. 그래도 혼인식 날에 이렇게 인상 구기고 있으면 안 되지.

나는 얼굴을 풀고 장난스레 말했다.

"오늘 해장술을 못 마셔서 그러오. 세상에 자기 형 혼인식에 근무를 세우는 이가 어디 있소?"

"허허허. 하긴 현령님의 생각도 남다른 데가 있다."

"한데 형은 이제 들어가 봐야 하지 않겠소?"

혼인식의 다음 식순을 위해서 대기하고 있던 형은 나의 말에 고개를 절레절레 저으면서 못 해먹겠다는 말투로 말했다.

"이거 어제 술을 마셔서 그런 건지, 아니면 혼인식이 복잡해서 그런 건지 정신을 못 차리겠구나."

"원래 사람 많이 만나면 기운 빠지는 건 당연한 일이오. 힘내시오. 그래야지 똑똑한 조카를 오늘 보지."

너스레를 떨면서 농을 건네자, 형은 기분 좋게 웃었다.

"허허허! 이놈, 오늘은 첫날밤 보낼 기운도 없겠다! 허허!"

"그게 어디 형 마음처럼 된다오? 형수님 마음이지."

"허허허! 이거 듣기만 해도 무섭구나! 허허!"

덜컹! 끼이익!

문이 열리고 다시금 형이 모습을 드러내자, 먹고 마시고 즐기던 사람들이 형을 보고 한 마디씩을 건네기 시작했다.

"하하하! 이거 새신랑이 어디로 도망갔나 싶었더니! 거기 있었네그래!"

"벌써부터 마누라 치마폭이 무서우면 어찌한당가! 하하하!"

"예끼! 이 사람아! 치마폭이 무서운 게 아니라 침소가 무서운 게지! 껄껄!"

남자들만이 나눌 수 있는 음담들이 서로 오가고 있을 때,

문이 닫히고, 이내 나 혼자 남겨지게 되었다.

젠장. 소용보 그 자식 덕분에 머리가 아프군.

도대체 무엇을 준비하고 있는 건지 예상도 되지 않는다.

분명 황궁이나 황실에 준비를 해놓는 것은 예측이 가능하지만, 그놈이 이렇게 대놓고 나온다는 것은 확실하게 무엇을 갖춰 놨다는 소리다.

더군다나 하루의 시간까지 벌었으니, 더욱더 답답해졌다.

다른 놈 같았으면 그냥 쳐들어가면 되었지만.

상대는 소용보다.

분명히 내가 약속을 어길 경우의 수를 마련해 놓고 준비를 해놓았을 것이다.

이래서 단체를 상대할 때 머리가 아프다. 그저 나 혼자 죽고 사는 문제가 아니라, 피해가 다른 사람들에게까지 이어지니 말이다.

그래도 명교는 최악의 선택은 하지 않을 것이다.

나를 감당하는 것이 얼마나 지옥 같은 일인지 익히 알고 있는 놈들이니까.

흐우우우.

한숨이 깊이 새어져 나와서 얼굴에 스며들 때, 누군가 다급하게 뛰어 들어오는 것이 느껴졌다.

"포두님!"

"어? 예린 소저?"

"지금 당장 포구로 가보셔야 할 것 같아요. 빨리요!"

설마 포구에 무슨 일이 벌어졌나? 그래도 거기엔 정육이 있을 텐데!

나는 예린 소저의 말이 끝나기 무섭게 빛살 같은 속도로 포구 포관으로 몸을 날렸다.

살아만 있어라!

미친 듯이 속도를 내서 포관에 도착하자, 웬 기묘한 광경이 벌어지고 있었다.

검은 죽립을 눌러쓴 사내와 정육이 서로 창과 검을 마주 대며 신경전을 벌이고 있는 것이 아닌가.

뭐, 이런 광경은 예상치 못한 것은 아니나 기묘한 것은 바로 그들의 옆에 누워 있는 두 명이었다.

"뭐하냐 늬들?"

포관에 발을 붙이자마자 정육과 검은 죽립의 사내를 쳐다보며 물었다.

그러자 검은 죽립의 사내가 갑자기 검을 거두며 나에게 포권을 건네는 것이 아닌가.

"오랜만입니다. 이원생 대협."

"……."

다리에 불이 나게끔 달려왔는데, 이게 무슨 상황이냐?

내가 인사를 받을 정신이 아니어서 그런지, 아니면 검은 죽립의 사내가 인내심이 없는지 몰라도 사내는 죽립을 벗으면서 다시 인사를 건넸다.

"이제 기억이 나십니까?"

"……."

아, 젠장, 솔직히 기억이 안 나는데.

"…저번에 찾아오라고 하지 않으셨습니까. 전 천마대의 사호입니다."

살짝 짜증이 묻어 나오는 녀석의 말에 난 그제야 기억이 났다.

"아, 아! 그래, 아아, 물론 기억하고 있었지."

내 대답이 신통치가 않은지 사호의 눈초리가 매우 의심스럽게 나를 훑어 보았다.

그때 많은 일이 있었는데, 기억이 안 날 수도 있는 거지.

"커험. 아무튼 잘 왔네. 잘 왔어. 한데 저기 누워 있는 두 명은 누구인가?"

"모르겠습니다. 그저 원생 대협의 이름을 알고 있어서 데리고 왔을 뿐입니다."

"음? 나를?"

내 이름을 알고 있다면, 저렇게 망신창이로 당하진 않았을 텐데.

나는 누군지 확인해 보기 위해서 누워 있는 둘에게 다가갔다.

으음. 어디선가 많이 봤는데? 누구지? 옷차림을 보아하니 보통 신분은 아닌 것 같고.

아아. 이놈의 기억력하고는 예전에는 척하고 기억하고는 했는데 말이야.

그때 주요하게 봤던 게 눈하고, 코의 위치에 점이 있는 자리를 봤지 아마.

어? 잠시만. 어어?

난 옆에 있던 정욱을 급하게 쳐다보며 말했다.

"야! 당장 가서 의원 불러와! 그리고 최고의 약재든 뭐든 가지고 오라고 해! 만약 늦으면 네놈이 직접 업어서 데리고 와! 빨리!"

"…알았소."

군말없이 따르는 정욱을 뒤로하고, 소란 때문에 무슨 일인지 나와 보았던 추 소저가 나에게 물었다.

"도대체 저 두 분이 누군데 다급하게 의원을 찾으시는 거예요?"

나는 간단하게 대꾸해 주었다.

"한 사람은 황제를 모시던 상선 내관이고, 또 한 사람은 이 나라 공주."

혜원이와 내관이다.

이런 꼴로 포관에 왔으면, 이미 황궁을 점령당했다고 봐도 무방한 상황.

일단 혜원이와 내관부터 살려야겠다.

"추 소저는 지금 당장 뜨거운 물과 수건을 준비해서 오십시오. 그리고 탕약을 다릴 준비도 같이 해놓으시구요."

"바, 바로 준비할게요!"

"하윤아! 어서 눕힐 곳을!"

"알았어요. 언니!"

의원이 오기 전에 치료할 준비를 끝내 놓으려는 나의 말에 추 소저는 바쁘게 움직였다.

운 씨 자매도 서둘러 혜원이와 내관을 눕힐 침소를 정리했고, 피와 흙으로 뒤덮인 옷을 벗겨서 처리하였다.

혜원과 내관이 치료를 받을 준비를 끝내고 나자, 마치 말이라도 맞춘 것처럼 정육이 의원을 데리고 포관에 도착하였다.

의원은 가쁜 숨을 고를 시간도 없이 즉시 혜원과 내관의 상처를 보면서 치료를 시작했고, 다행히 생명에는 지장이 없다는 말을 해주었다.

"하아아아아."

폐부 깊숙하게 올라온 한숨이 입 밖으로 자연스레 튀어나왔다. 얼마나 한숨이 깊고 진했으면 입에서 단내가 날 정도였다.

"일이 심각한 듯 보입니다. 대협."

걱정스런 사호의 말에 슬그머니 뒤돌아 물었다.

"심각하기는 하지. 그런데 황도에서 오는 길이라며?"

"그렇습니다, 대협."

"후우. 대협 소리는 빼고, 그냥 포두라고 불러. 그러면 황도 사정이 지금 어떻게 돌아가는지 아는 게 있나?"

"그저 아는 거라곤 황도를 지키는 군사들의 복장이 변했다는 것 말고는 잘 모르겠습니다."

"그 정도면 됐어."

황도를 지키는 금군이 반나절 반에 수복을 당하겠는가? 이건 황궁 내부에 누군가 도와주는 사람이 있다는 것이다.

그것은 군의 움직임을 막을 정도의 세력이 있다는 뜻과 일맥상통하는 법.

그렇게 되면 그 일을 할 사람은 오로지 한 명밖에 없다.

만인지상 일인지하 승상 황충모

그 꼬장꼬장한 늙은이를 명교에서 어떻게 구워삶았지? 세상이 멸망하더라도 그 늙은이는 황실에 충성하며 꼬장꼬장하게 늙어죽을 줄 알았는데 말이야.

"어떻게 하실 생각이시오."

"어떻게든 하겠지. 그것까지 네가 신경 쓸 문제는 아니다. 그건 그렇고, 저기 저 여자가 아마도 내 기억에 칠호였나?"

소용보와 명교의 일전은 오로지 나 혼자만으로 국한시켜야 한다. 만약 다른 사람까지 이 일에 말려들게 되면, 쓸데없는 희생도 생기겠지.

사호는 나의 말에 고개를 끄덕거리면서 말을 이었다.

"칠호가 맞습니다."

"흠. 몰라보게 밝아졌는데? 그때는 우중충한 옷을 입고 있어서 그런지 성격이고, 뭐고 간에 딱딱해 보였는데 말이야."

사호는 나의 말에 고개를 끄덕이며 동조하였다.

"저도 처음에는 천마대를 벗어나서 저런 성격으로 바뀐 줄 알았는데, 원래 성격이 저랬답니다."

"아, 그래?"

"천마대에 있을 때는 성격을 숨기느라 고생이 이만저만이 아니었을 겁니다. 더군다나 그때 저 때문에도 마음고생도 하였다고 나중에 그러더군요."

한결 부드럽게 말하는 사호는 칠호를 애틋한 눈빛으로 바라보며 회상하는 듯 보였다.

으음. 이렇게 되면 내 포관에 들어온 인물 전부가 연애질을 한다는 거군.

나 빼고.

이놈의 세상 콱 지키지 말고 그냥 전쟁이 나도록 방치해 버릴까?

뭔가 마음속에서 울컥하였지만, 남의 행복을 망치면 자신도 행복하지 못할 것이라는 것을 떠올렸다.

"아무튼 잘 왔어. 그때 말한 대로 굶지는 않게 해주지."

나는 사호의 어깨를 토닥거리면서 말하였다. 사호는 나의 마음 씀씀이가 고마운지 얼굴에 잔잔한 미소를 띠웠다.

"저희가 굶고 다녀서 이곳으로 왔다고 생각하십니까?"

"음? 아니야?"

"황도 근처에서 생활을 이어 나갈 수도 있었습니다. 그러나 한 가지 걸리는 것이 있더군요."

"야야, 본론만 말해. 그렇지 않아도 생각할 게 천지사방으로 널렸다."

"그 한 가지가 바로 안위였습니다. 칠호와 함께 생활을 하고자 한다면 이제는·홀몸도 아닌 상황. 확실하게 안위를 책임져 줄 무언가가 필요했습니다."

길게도 설명한다.

나는 사호의 말을 잘라버리며 결론을 먼저 말해 버렸다.

"왜 그렇게 길게 말해. 그냥 내 보호를 받고 싶다는 거잖아."

"…말하자면 그렇습니다."

"알았다, 알았어. 그럼 어디서 생활할 건데?"

"이제 포두님께 맡겨야지 않겠습니까."

허허허. 물속에서 죽으려고 하는 사람 꺼내놨더니, 보따리 내놓으라는 격이군.

난 녀석에게 손바닥을 펼치며 말했다.

"돈 내놔."

"포두님은 천하제일의 고수이지 않습니까. 설마하니 저희 집 하나 구해줄 돈도 없다는 것입니까?"

"내가 천하제일의 고수인 게 돈 있는 거하고 무슨 상관인데? 누가 천하제일 고수라고 하면 돈을 정기적으로 집어넣어 준데?"

"하지만 그 무공을 가지고 있다면 충분히 돈을 벌 수 있으실 것 아닙니까."

"천마대에서 무공 수련만 하다 보니까, 머릿속까지 무공밖에 없냐? 내가 천하제일의 무공을 가지고 왜 포두를 하겠냐? 엉?"

다른 이유가 있기는 하지만, 돈은 하늘에서 뚝 떨어지는 게 아닌 법.

갑자기 찾아와서 집 사달라고 하면 내가 떡 하니 집을 하나 사줄 만한 형편이 되겠는가?

사호는 내 말에 무언가 당황해하면서 물었다.

"그, 그렇게 큰 집은 필요하지 않습니다. 그저 저와 칠호가 다정하게 살 수 있는 조그마한 마당 딸린 집이면 됩니다."

그렇게 구체적으로 계획을 해놨으면, 너희 살 집은 너희가 마련하는 게 어떻겠냐?

나는 녀석에게 현실을 깨우쳐 주었다.

"야이, 모자란 놈아. 아직 나도 내 집이 없는데, 너희 살 집을 구할 돈이 있으면, 내 집을 먼저 사지."

"헉!"

"그래도 다행인 줄 알아. 마침 형이 혼인해서 어머니 집에 방 하나가 비니, 당분간 돈 모을 때까지 거기서 같이 살아."

사호와 칠호의 무공이면 내가 집을 비워도 충분히 안심이다.

잘 되었네, 포관에는 정육과 예린 소저가 있으니 내가 어떻게 되더라도 잘 이끌어 나갈 것이고.

집에는 사호와 칠호. 그리고 형이 충분히 제 몫을 하니까 걱정하지 않고 마음대로 명교를 상대해도 좋겠어.

"이, 이러려고 여기까지 온 게 아닌데!"

당황스러운 사호의 외침에 나는 충분히 이해한다는 듯이 녀석에게 말했다.

"걱정 마라. 무슨 소리가 나도, 모른 체해 주마."

"……."

"내가 죽은 듯이 잠은 잘 자거든."

사실 내 귀는 밝다. 오 장 안에서 쥐가 기어 다니는 소리도 들리니 말이다.

사호는 내 말을 듣고 어깨를 축 늘어뜨리면서 무언가 실망한 듯한 표정을 지었다. 차가운 얼굴과 어울리지 않게 그런 표정 짓는다고, 누가 집을 사줄지 아는가.

아까도 말했다시피, 집 살 돈이 어디 있나!

술 마실 돈은 있지만.

나는 사호의 표정과 행동을 무시하고, 군필이 녀석을 불렀다.

"군필아! 어디에 있냐!"

큰 목소리로 부르니, 포관 뒤에서 군기 잡힌 목소리로 대답을 하면서 달려나오는 소리가 들렸다.

"예! 포두님! 갑니다!"

으음. 이현이가 교육을 제대로 시켰어. 하긴, 제법 시간이 지났으니 몸에 군기가 바짝 잡힐 만도 하지.

"무슨 일이십니까. 포두님."

"별건 아니고. 저번에 막아놨던 거 뚫어주려고."

"예? 그게 무슨 말씀이신지?"

"웃샤!"

군필이 녀석이 알아채기 전에 난 녀석의 몸의 기혈을 재빠르게 난타하였다.

투타타탁! 피픽!

"우어억! 제가! 무슨 잘못을!"

"시끄러. 이놈아. 이제 서서히 내공이나 돌려 봐."

이현이가 교육하는 데 방해될까 봐, 막아놨던 내공을 이번에 뚫어주었다.

나의 말에 군필이 녀석은 서서히 내공을 시험해 보는 듯하다가, 갑자기 내가 하는 행동에 의심을 품으면서 물어보았다.

"호, 혹시 절 죽이실 겁니까?"

"무슨 소리냐?"

"사람이 갑자기 하지 않던 행동을 하면 죽을 때가 다 되었다고, 팽 포졸이 하는 소리가 생각나서……."

이현이 이놈이 쓸데없는 교육을 시켰구나.

뭐, 틀린 말은 아니지 죽을지 살지는 모르겠지만, 범의 아가리로 들어가는 것은 맞는 말이니.

"시끄럽고. 가서 마저 일이나 해."

"아, 알겠습니다."

군필이 녀석의 내공까지 풀어 놨으니, 정육과 예린 소저가 신경을 못 쓰더라도 시간은 벌 수 있겠지.

"그리고 사호 너는 좀 있다가 나하고 같이 집으로 올라가서 가져온 짐을 풀면 되니까, 칠호에게 말해 놔."

"…꼭, 그 수밖에는 없습니까?"

"왜? 밖에서 노숙해 볼래?"

"…알겠소이다."

저놈도 이현이와 비슷하게 내 말에 한 번씩 토를 다네.

사호는 그 길로 칠호에게 돌아가서 말을 나누고 있었다.

잠시 한산해졌다고 생각하는 순간, 뒤에서 거친 숨소리와 이현의 목소리가 들려왔다.

"허억! 허억! 허억! 포, 포두님! 헥헥헥! 포관에 이, 일!"

아, 그리고 보니 예린 소저에게 포관에 일 터졌다고 말했던 놈이 이현이 저놈이었네.

"다 처리했다."

"헥헥헥! 그, 그러면, 좀 알려주시지. 헥헥헥!"

"너는 명색이 포졸이라는 놈이 체력이 그게 뭐냐?"

"헥헥! 매, 맨날 자기 서류처리를 저에게 맡기시니. 헥헥헥! 나가서 체력 단련할 시간이 있어야지요. 헥헥헥!"

"그럼. 체력 단련 한 셈 치면 되지."

"헥헥……."

"그런 눈으로 바라보면 어쩌려고? 어쭈, 한 대 치겠네?"

이현이 놈의 전투적인 눈빛이 나를 뚫어지게 쳐다보고 있었지만, 그래 봤자다.

이현이 놈을 뒤로하고 이윽고 포관에 도착한 예린 소저는 걱정 어린 얼굴을 하면서 도착하자마자 물었다.

"괜찮으신가요?"

나는 이현이를 대할 때와는 딴판인 모습으로 예린 소저에게 대답해 주었다.

"물론이죠. 제가 누구입니까."

"헥헥헥. 지가 포두지 누구긴 누구야."

이현이 놈은 이 말을 남긴 채 숨을 고르면서 포관으로 들어갔다.

그래. 그게 네놈의 마지막 유언인가?

"후우. 늦어서 죄송해요. 혼인식에서 빠져나오기가 쉽지가 않아서."

예린 소저는 이현의 말과는 무관하게 나에게 고개를 숙여 보였다.

"아닙니다. 별일이 없었는데요. 무슨 죄송까지야."

나는 손사래를 치면서 예린 소저에게 괜찮다는 듯이 말했다. 예린 소저는 그런 나의 모습이 좋았는지 잔잔한 미소를 머금으며 물었다.

"제가 먼저 와보아야 하는데. 한데 무슨 일이었나요?"

으음. 뭐라고 답해야 하나? 사실대로 말해야 하나? 아니면 그냥 숨겨야 하나?

에휴, 어차피 숨기더라도 얼마 못갈 거짓말이니, 그냥 사실대로 말 하는 게 좋겠지.

"아마도 소용보가 황궁을 접수한 듯 보입니다."

"예?"

믿기지 않는다는 듯이 말하는 예린 소저의 반응이 당연했다.

황궁이 어떤 곳인데 이렇게 순식간에 소용보의 손아귀에 떨어지겠는가. 그러나 혜원이의 상태가 황궁이 어떤 상황인지 단적으로 말해주었다.

"지금 포관에 공주가 다쳐서 치료를 받고 있습니다. 분명 소용보의 짓이겠죠. 저를 붙잡아놓고 황궁을 치고 있었던 게 분명합니다."

"어떻게 그런!"

"황실 내부에 동조하는 세력이 있었겠지요."

예린 소저의 머리는 지나치게 명석하다. 내가 한 말을 전부 다 이해하고 또 무슨 상황인지 파악했을 것이다.

내 말을 듣고 잠시 잠깐 생각에 잠겨 있던 예린 소저는 아까 전에 사호의 말과 똑같은 질문을 하였다.

"그럼 포두님은 어떻게 하실 생각이시죠. 설마."

아까와 똑같은 질문에 아까와 똑같은 대답을 해주는 것은 예린 소저에 대한 예의가 아니다.

"초대를 했으니, 가야지요. 별수가 있겠습니까."

담담하게 내 뜻을 전하자, 예린 소저는 눈을 크게 뜨고는 내 손을 잡아 쥐었다.

"안 돼요! 소용보가 그런 식으로 포두님을 부른 것은 필히!"

"그렇지요. 모든 준비를 다 해놨다고 볼 수 있겠지요."

"알면서 가시는 건가요!"

"뭐, 별수가 있겠습니까. 가야지요."

다른 방법이 있다면 좋겠지만, 없으니 가는 거다.

대를 위해 소를 희생하는 것은 나쁜 방법이지만, 대를 위해

나 하나만 희생하는 것 옳은 방법이다.

그것을 알기에 가는 것이다.

머리로는 이해가 되도, 예린 소저는 무언가 납득이 가지 않는다는 표정으로 울먹거렸다.

"포, 포두님 혼자만 떠안으면 된다고 보세요? 이, 이건 아니에요. 왜 포두님 혼자서 그 일을 하시는 건데요. 이건 아니란 말이에요."

예린 소저의 애절한 목소리에 나는 그녀에게 물었다.

"제가 죽으러 갑니까?"

"예?"

"제가 미쳤다고, 소용보가 꾸며놓은 함정에 멀쩡히 걸어 들어갈 줄 압니까?"

"하지만, 하지만!"

"걱정 마십시오. 제가 누굽니까. 그 전쟁통에도 꿋꿋하게 살아남았는데, 소용보 따위에게 죽을 제가 아닙니다."

"…포두님."

내가 범의 아가리에 걸어 들어가긴 하여도, 죽으러 간다는 마음은 없다. 물론 희생은 해야지. 그러나 일단 목숨부터 챙기고 다른 무언가를 희생해야지 않겠나?

나는 똥밭에서 굴러도 이승이 나은 놈이다. 아직 연애도 한 번 해보지 않고 저승을 구경할 수는 없다.

"마지막 작별 인사 따위는 고이 접어 두십시오. 다녀오는데 얼마 걸리진 않을 겁니다."

자신감에 넘쳐서 철철 흐르는 나의 말에 예린 소저는 밝은 미소를 한껏 지어 보이면서 환하게 말했다.

"…죄송해요. 걱정해서."

"고맙습니다. 걱정해 주셔서."

이제 나도 슬슬 준비를 해볼까.

第六章

무슨 일에 집중할 때는 시간이 빨리 간다더니, 그 말이 맞기는 맞나 보군.

군문에 있을 때 한창 썼던 장비들을 집에서 꺼내어 정비를 하니, 달이 떠올라 있었다.

슥. 스윽. 달그락. 달각.

열심히 문지르고 문질러서 반들반들하게 윤이 나게끔 장비를 닦고 있을 때, 사호가 짐 정리를 다했는지, 칠호와 같이 집에서 나오는 것이 보였다.

다행히 어머니도 형이 나간 자리가 적적하셨는지, 사호와 칠호가 사는 것은 흔쾌하게 들어주셨지만, 이게 아까 혼인식에서 사돈이랑 먹은 술기운 때문인지 아닌지 잘 모르겠다.

심지어 누나까지 과음을 한 덕분에 집은 무척이나 적막했다.

"그게 포두님이 사용하는 무기이오?"

내가 마당에 쭈그려 앉아서 무언가를 닦는 모습을 보고 사호가 물었다.

나는 거무튀튀한 연철로 만든 장갑을 계속 닦으면서 대꾸해주었다.

"그렇지. 예전에 한참 사용했지."

"그럼 그때 천마대를 상대할 때는 본 실력을 보이지 않은 것이오?"

"뭐, 그랬었지."

"하긴, 그때 원생님이 휘두르는 주먹에 천마대원들이 속수무책을 쓰러진 걸 생각하면 저희가 무공을 배운 게 부끄럽게 느껴진다니까요."

칠호는 포두라고 부르기에는 너무 딱딱하다며, 그냥 이름을 부르겠다고 해서, 그러라고 하였다.

활달하게 말하는 칠호의 말에 고개를 끄덕거렸다.

"내가 강한거지, 너희가 약하다는 건 아니야."

"너무 강해서 탈이었소."

"그래요. 히히. 너무 강하세요. 원생님은. 한데 이건 뭐죠?"

길다란 천으로 얼기설기 감싸놓은 것들 중에서 칠호의 눈에 무언가 호기심을 자극한 모양이다.

스릉.

"이건……."

"너, 너무 아름다워요."

아, 저게 저기 있었네.

나는 칠호가 꺼내는 검을 바라보며 야릇한 느낌에 감싸 들었다.

달빛에 매혹적으로 비치는 검날.

매화가 수놓아져 있는 가죽으로 덧댄 검대.

"화류검(華留劍)."

내 입에서 무심하게 튀어나오는 검의 이름에, 칠호는 침을 삼키면서 나를 쳐다보며 물었다.

꿀꺽.

"이 검의 이름이 화류검인가요?"

"그렇지. 그래."

"그런데 원생님 권각(拳脚)을 쓰시는 분이잖아요?"

"나 원래 검수(劍手)인데?"

"……!?"

굳이 숨기려고 하지는 않았지만 난 원래 화산파의 매화십이검에서 파생되어 나온 유성이의 화류검법을 먼저 익혔다.

단지 쓸 데가 없어서 그냥 묵혀두고 있을 뿐이지만.

사호와 칠호가 놀라서 말문을 열지 못했다. 나는 별것 아니라는 듯한 말투로 말을 이어 나갔다.

"잊어버리고 있었는데, 같이 들어 있었네. 난 황궁에다가 놓고 나온 줄 알았는데 말이야."

나는 그러려니 하고 검은 나중에 손볼 요량으로 계속해서 연철로 만든 장갑을 닦아 나갔다.

별것 아니라는 나의 모습에 사호와 칠호는 잠시 멍한 표정이었지만, 이내 칠호는 무언가 결심한 듯이 검을 들고 나에게 물었다.

"실례가 되지 않는다면. 한번, 휘둘러 보아도 될까요?"

"실례는 무슨. 휘둘러 봐."

칠호의 물음에 쳐다도 보지 않고 고개를 끄덕거려 주며 말했다.

모든 검수가 똑같은 마음일 것이다. 좋은 검이 있으면 자신의 손으로 한번 휘둘러 보는 것이 말이다.

"감사해요. 그럼! 후우."

스룽. 슝!

검의 예기에 공기마저 가르는 듯 한 소리가 뒤에서 들려왔다.

칠호는 몇 번 자기가 알고 있는 검식에 맞추어 휘둘러보더니 감탄을 그지 못하였다.

"정말 휘두르면 휘두를수록 검의 균형과 무게, 심지어 검이 살아 움직이는 듯한 느낌이에요."

"그 검이 좀 그래."

여전히 별것 아닌 듯이 말하는 내 말에 사호는 검을 놔두고 장갑을 쭈그려 닦고 있는 이유를 물었다.

"도대체 검수이면서 그 철로 만든 장갑은 왜 닦고 있으신 겁니까?"

"쓸려고 닦는 거지."

"검을 쓰지 않으실 겁니까?"

"검도 쓰는데."

"……."

슥. 슥. 슥.

음. 이 정도면 됐나?

나는 마른 천으로 한 번 더 장갑의 겉면을 훔쳐 내고는 손에 맞는지 끼어 보았다.

철컥. 끼릭.

안쪽은 가죽으로 덧대어 있어 철의 질감은 없었지만, 맞는 사람은 철의 질감을 제대로 느낄 것이다.

"으음. 좋아좋아."

오랫동안 방치해 놨는데도 불구하고, 아직도 예전의 위용을 자랑하는 철 장갑이었다.

나는 장갑을 벗어서 한쪽으로 가지런히 둔 다음에, 칠호에게 손을 내밀어 검을 달라는 시늉을 하였다.

칠호는 아쉬운 표정을 지었지만, 이내 나에게 조심스레 넘겨주며 말했다.

"너무 좋은 검이네요."

"그렇게 좋은 건 아니야. 어찌 되었든지 검을 잡으면 죽어나가는 사람이 생기니."

내가 왜 주먹을 쓰는데, 아프기는 하지만 죽지는 않으니 주먹을 쓰는 거다.

칠호에게 받아든 화류검을 살피니, 따로 닦아줄 필요는 없었다. 워낙 잘 만든 검이기도 하고, 한 번도 뽑지 않았으니 검날이 상할 이유도 없었다.

별다른 관리가 필요 없어 보여 화류검은 마른 천으로 한번 훑어 내고는 그대로 검집에 넣어두었다.

그리고 다시 대충 풀어놓은 봇짐을 뒤적거려 손가락 굵기만한 밧줄과 장비들을 점검하며 전부 제 역할을 하는지 파악하였다.

"이것들로 무슨 일을 하시는 겁니까?"

사호의 질문에 무덤덤하게 말했다.

"황궁 침입."

"아… 그렇습니까."

보통은 놀라는 게 정상인데, 내 능력을 몸소 체험해 본 녀석은 쉽게 수긍을 해버렸다.

이러면 재미없는데 말이야.

"황궁엔 언제 가십니까?"

"좀 있다가. 해 뜨려고 하면."

황궁을 제집 안방 드나드는 것처럼 이야기는 쉽게 했어도, 사호는 아무런 토를 달지 않았다.

역시나 재미없는 놈이군.

사호와의 대화가 끝나자 이제는 칠호가 나에게 말했다.

"그러면 원생님 부모님하고 누나에게 뭐라고 전해 드릴까요?"

"뭘 전해. 그냥 외근 나갔다고 말해봐. 그리고 너 해장국 끓일 줄 아냐?"

"저를 뭘로 보시는 거예요. 이래 봬도 천마대에서 무공 수련 다음으로 열심히 했던 게 음식인데."

"그럼 아침에 어머니하고 누나 해장하게 국이나 끓여봐. 그리고 갔다가 올 때까지 집 좀 부탁하마."

"알겠어요. 안심하고 다녀오세요."

동네 산보 나가는 듯한 말이 이어졌지만, 마음은 무거웠다. 무섭지는 않았지만, 그렇다고 자신감에 넘치는 것도 아니었다.

하아. 정말 귀찮은데.

─황궁 침입

이원생은 장하강 상류에서 서서히 떠오르는 해를 맞이하였다.

황도로 향하는 배는 포구에서 뜨지만, 원생은 얌전하게 그 길로 갈 리 없었다.

장하강 상류에서 황도로 이어지는 뱃길은 그 물길이 드센 덕분에 인적이 없었고, 탁 트여진 넓은 시야 때문에 건너편에서 무슨 일을 꾸미고 있는 것이 훤히 보였다.

원생은 장하강 상류에서 해가 떠오르는 것을 멀뚱히 지켜본 뒤에, 지체없이 강으로 몸을 날렸다.

슈욱!

만약 누가 보았다면 원생이 자살하려는 것으로 보일 만큼 무모한 방법!

장하강의 드센 물길은 원생이 누구인지 상관하지 않고, 그를 순식간에 삼켜 버렸다.

풍덩!

원생은 장하강에 몸을 던지자마자, 재빠르게 몸을 움츠리고 호신강기를 최대한 끌어 올려, 자맥질을 하기 시작하였다.

좌악! 좌악!

우르르릉!

번개가 내리치는 장하강의 거친 물살을 천천히 자맥질하는 원생은 호흡을 가다듬으면서 최대한 조용히 건너편 땅으로 이동하였다.

턱. 터턱!

곧이어 원생의 발에 땅의 딱딱한 감촉이 전해졌고, 원생은 두 다리에 힘을 집중해서 조용히 물속 헤쳐 나갔다.

오로지 두 눈만 밖으로 내민 채로 서서히 땅으로 접근하는 원생은 주변에 사람의 흔적이 있는지 없는지 살펴보기 시작하였다.

그 순간.

"아니. 두목도 별 걱정은 다 한다니까! 도대체 이 거센 물살을 뚫고 누가 올라온다는 거야!"

"남들 아나! 황도로 오는 모든 물길을 감시하라는 통에 잠도 자지 못하고, 에헤!"

불평불만이 원생의 귓가로 전해 들리지만, 원생은 굳이 긁어 부스럼을 만들 필요는 없다는 생각에 조용히 몸을 숨기고 그들이 지나가기를 기다렸다.

"에잉! 가세! 주막에 가서 탁주라도 들이켜고 한숨 자야지. 이거 원!"

"그래, 그러세. 보기에도 살벌한 이곳에 누가 온다고. 그 난리를 피우는 건지!"

이윽고 그들의 대화가 소리가 멀리서 들리는 것을 감지한 원생은 물 떨어지는 소리조차 내지 않고 엎드려서 뭍으로 나왔다.

심지어 원생이 입은 옷이 황토색이어서 뭍으로 나온 뒤에 흙과 구별할 수 없을 지경이었다.

원생은 뭍으로 나오자 엉금엉금 기어서 천천히 수풀 사이로 몸을 감추었다.

'소용보야. 아무리 네놈이 철벽을 겹겹이 쌓아도 바늘구멍까지 막을 수는 없는 법.'

수풀에 몸을 숨긴 원생은 그 즉시 황토색 겉옷을 벗어 안에 껴입었던 청색과 녹색의 옷으로 탈피하였다.

그리고 숨구멍과 눈구멍만 남겨두고, 온몸을 감싼 후에 이동을 시작하였다.

'황궁에 접근하기 전까지 어떠한 흔적을 남겨서는 안 된다.'

소용보가 그를 초대한 이상, 원생은 자신이 경공을 써서 침입하는 모든 경로를 파악했을 것이라고 예상하였다.

그래서 원생은 내공과 경공을 최소한으로 하고 오로지 경험과 인내심에 의지하였다. 그래야만 소용보가 예측한 경로로 자신도 무의식중에 가지 않을 것이라 판단하였기 때문이다.

실로 무서운 심계가 돋보이는 원생이었다.

사락사락.

울창한 수풀을 헤쳐 나가면서 원생은 황궁으로 향하는 방향을 정확하게 알고 있었다.

거침없는 발걸음이지만, 원생은 그러면서도 자신의 흔적을 최소화하려고 지나지는 나뭇가지의 방향조차 흐트러지지 않고 달려갔다.

'이런 개고생을 해가면서 황궁에 도착했는데, 설마하니 내가 들어간 황궁을 폭파시키지는 않겠지?'

원생은 다소 끔찍한 상상을 하였지만, 어차피 황궁 전체를 폭파하여도 자신을 죽일 수 있을 것이란 확신은 소용보에게 없을 것이라고 생각하였다.

'곧 있으면 해가 완전하게 뜰 것이다. 이런 귀찮은 짓 안 하려면 밤에 움직였어야 하는데, 소용보 그 자식의 되도 않는 약속이 뭐라고. 어우!'

굳이 악인들과의 약속은 지키지 않는 원생이었지만, 이번은 지킬 수밖에 없음을 분해했다.

다다다!

분한 원생의 마음과는 다르게 그의 다리는 매우 신첩하게 나무 사이사이를 뛰어다니면서 무시무시한 속도를 내고 있었다.

오로지 경공과 내공을 제외한 순수한 힘.

원생은 그렇게 한참을 달린 끝에 황도로 진입할 수 있었다.

황도로 멀쩡하게 진입하는 모든 길목에는 명교의 문양을 두른 병사들이 포진해 있었다. 원생은 그 길로 당당하게 가고 싶은 마음이 없었다.

'저렇게 멀쩡하게 들어가려면 이런 고생 안 했지."

장하강의 그 험한 지류를 뚫고, 옷까지 바꿔가며 오지 않았던가. 원생은 경비의 허술함을 찾고자 하지 않았다. 방책의 허술함을 찾는 것이 목적이었다.

아무리 단단하게 지키려고 하여도 결국에는 사람이 하는 일이라서 실수가 있게 마련이다.

바로 그것을 원생은 찾는 것이었다.

두리번두리번.

수풀 사이에서 조심스러운 움직임으로 틈을 찾는 원생의 눈에 크진 않지만, 적당한 개구멍 하나가 눈에 띄었다.

'으음. 아무리 내가 몰래 침입한다고는 하지만, 개구멍으로 가는 건 모양새가 빠지는데.'

가족의 안전과 나아가서는 중원의 평화를 지킬 수도 있는 이번 일에 자신의 모양새를 먼저 생각하는 원생이었다.

'내가 시간만 넉넉하면 그냥 돌아가겠지만, 이번은 어쩔 수

없이 들어간다.'

시간이 없었다. 이 이상 시간을 지체하였다가는 소용보에게
도 시간을 너무 준 꼴이 되어버린다.

더군다나 황실이 함락당한 상황이지 않던가.

원생은 마음을 먹은 즉시 개구멍으로 기어 들어가기 시작하
였다.

북북.

'이놈의 개들이 왜 이리 구멍을 좁게 파는 거야!'

자기 머리 큰 것은 생각 안 하는 원생이다.

그렇게 원생은 열심히 기어서 개구멍을 통과하여 삼엄한 방
책을 뚫고 황도 외곽에 도착하였다.

소용보가 황도로 오는 원생을 막지는 못하겠지만, 힘을 빼
놓으려고 이중 삼중으로 병사들을 깔아놓은 것이 고작 개구멍
하나 때문에 무산되는 형국이었다.

이 사실을 아는지 모르는지 원생은 황도로 침입한 즉시 몸
을 움직여 황궁으로 방향을 잡았다.

황도로 들어오자 원생의 발걸음은 더할 나위 없이 빨라졌
다.

그가 이름뿐인 장군이 아닌, 실력 있는 장수였던 것이 여실
하게 보여지는 장면이었다.

단순히 경공으로 황도의 지붕 위를 뛰어다니는 짓은 강호
무림에 널리고 널렸다.

그러나 이처럼 황도 곳곳의 지리를 이용하여 남의 눈에 띄

지 않는 것은 그 어느 누구라도 흉내 낼 수 없는 독보적인 기술이었다.

꼬이고 꼬여서 칡뿌리처럼 얽혀 있는 황도의 거리를 이처럼 자유롭게 활보할 수 있다는 것은 그만큼 머릿속에 황도의 지도를 펼쳐 놓은 것처럼 기억하고 있다는 사실.

그런 원생의 눈은 다른 것에 신경 쓰지 않고 오로지 황궁으로만 고정되어 있었다.

투툭. 투투툭.

지면에 닿는 면적을 최소화하여 달리는 소리마저 원천적으로 방지한 원생의 움직임을 눈치채는 병사는 한 명도 없었다.

황도로 들어올 수 있는 길을 이중삼중으로 막고 있어서 황도 안을 순찰하는 병사도 많지 않았지만, 그것보다도 원생이 귀신같이 병사가 지나오는 길목을 피하는 것이 더 큰 이유였다.

'대충 이 거리에 이 시간대 순찰을 도는 것을 보니, 확실하게 황도에 있는 병사들도 전부 포섭이 된 게 맞군.'

아무것도 모르는 명교의 군사들이 금군의 순찰 시간을 지켜가며 도는 것이 우연은 아닐 것이라고 생각한 원생은 황충모에게 잠시 이를 갈았다.

'승상의 지위만으로 부족하다는 것인가? 도대체 있는 놈들의 욕심이란 이해할 수도, 이해하고 싶지도 않군.'

애당초 없이 살았던 사람들은 자신의 상황이 편해졌다는 사실을 알면, 그것에 감사하고 산다.

그러나 모든 것이 풍족한 삶을 살았던 사람들은 만족하지 못하고 끊임없이 욕심을 갈구한다.

원생은 고개를 절레절레 젓고는 끊임없이 전진하였다.

이윽고, 황궁의 정문이 훤히 보이는 곳에 도착하였고 역시나 많은 수의 병사가 지키고 있는 것이 눈에 보였다.

마찬가지로 원생은 그런 곳을 정면돌파할 마음도 생각도 없었다.

'누구를 바보로 보나?'

이쯤 되면 소용보의 생각이 궁금해지는 원생이었다.

원생 자신도 소용보를 겪어볼 만큼 겪어 보아서 이런 걸로 자신을 압박할 것이라고 생각지 않기 때문이다.

'흐흐. 이것 참, 황궁 안에 도대체 무슨 짓을 해놨지 기대가 절로 되는군.'

꿀꺽.

자신도 모르는 사이 긴장한 나머지 침이 목으로 넘어가는 원생이었다.

원생은 정문을 한차례 쳐다보곤 황궁을 둘러쌓고 있는 높은 담들을 따라 어디론가 이동하기 시작하였다.

그리고 어느 지점에 도착한 후에 원생은 별반 다른 것이 없는 벽돌을 꾹 누르는 것이 아닌가.

철컥!

놀랍게도 원생 눌렸던 벽돌은 무언가 열리는 소리를 내면서 쑥 들어갔고 곧이어 사람 하나가 들어갈 정도의 공간이 생겨

났다.

'이 문으로 들어가고 싶지는 않았는데 말이야. 쓰읍.'

원생은 쓰게 한숨 삼키고 그곳으로 몸을 집어넣었다.

쿠그그긍!

원생의 모습이 그곳으로 들어가자마자 담에 설치된 문은 저절로 닫혔다. 문이 닫힌 그곳은 평소와 다름없이 원생이 들어가기 전의 상태를 유지하였다.

—이원생

"예나 지금이나 여기는 똑같네. 어후, 더러워라. 노인네 청소 좀 하고 살지."

내가 들어온 것은 어느 황궁이나 하나씩 존재하는 비밀통로이다.

하지만 이 비밀통로는 황제가 이용하는 통로가 아니라 내 사부인 신의 문전방이 황도에 놀러나가기 위해 만들어졌다는 게 다르지만.

황제의 어의인 주제에 술은 어찌나 밝히는지.

나는 통로에 쌓인 먼지와 거미줄과의 사투를 뒤로하고 통로를 따라 올라갔다.

덜컹!

음? 왜 갑자기 문 열리는 소리가 나지? 설마 들킨 건가?

아직 통로 끝에 다다르지 못했던 차에 문소리가 들리면서 사람들이 나왔다.

당연히 내 몸은 통로의 어두운 곳으로 감추고 말이다.

"어르신! 어르신만 두고 저희만 피할 수 없습니다!"

"맞습니다! 어찌 하늘도 무심하시지! 황궁이 뚫릴 줄이야!"

"시끄럽다. 당장 이곳에서 나가지 못하겠느냐! 치도곤을 내치기 전에 썩 꺼지거라!"

대화의 내용을 들어보니 사부와 금의전에서 기거하던 의원들인 것 같았다.

아아, 감동적인 상황이 연출이 되는군. 아랫사람들을 구하려는 사부의 애절한 마음이 말이다.

"곧 있으면 그 무지막지한 이원생이 온다! 그놈은 필히 의전각에 모아둔 약재를 다 처먹으려고 할 거야! 그러니 너희는 그러기 전에 어서 환단과 귀중한 약재를 가지고 피해 있거라!"

으음. 이번 기회에 황궁이 침입당했을 때 사부도 해를 입은 것처럼 보이게 하고 없애 버릴까?

솔직히 제자에게 뭐 하나 더 먹일 걱정하는 것이 사부의 온정이 아닌가?

나는 감동적인 상황은커녕 실망한 마음을 품고 모습을 드러내었다.

"꼭 그 환단은 이원생 그놈 손에서 지켜! 어? 원생이더냐? 커험."

저거 보게? 누구 사부 아니랄까 봐 표정 관리가 예사가 아니군.

"그간 무탈하셨습니까, 사부."

"험험. 뭐, 그럭저럭 살았지."

얼굴 보니 혈색이 아주 좋아 보인다. 회춘했다고 해도 믿겠다.

사부의 말을 들은 나는, 두 명의 금의전 사람을 쳐다보았다.

그러자 그 두 사람은 자신의 품에 안겨진 보따리를 품에 꼬옥 안은 채 마치 빼앗기기 싫은 표정을 짓고 있는 게 아닌가.

내가 언제 저런 거 먹겠다고 했는가?

아니, 그건 그렇다치고 강제로 빼앗아 먹었던 게 한 번이라도 있었나?

"너, 너무 빨리 도착했구나. 커험. 준비 좀 한 다음에 도착하지."

너무 늦겠다 싶었는데, 사부의 말을 듣고 나니 점심 저녁 다 챙겨 먹고 와도 빠르다고 할 것 같았다.

"제가 원래 성질 급한 것은 익히 알고 있지 않습니까. 하하."

"그, 그래. 그래서 그 성질 좀 죽이라고 하지 않았더냐."

"어이구, 감사합니다, 사부. 제 성질 걱정해 주셔서."

"크흠. 아, 아무튼 잘 왔다. 그렇지 않아도 황궁 안이 시끄러워서 큰일이었는데 말이다."

아, 내 정신 좀 봐. 내가 이럴 게 아니지.

나는 일단 상황이 어떻게 흘러가는지 알아보기 위해서 물었다.

"한데 이거 어떻게 돌아가고 있는 겁니까?"

내 물음에 사부도 정신을 추스르고 의원들을 내 뒤로 보내면서 말했다.

"너희는 어서 가지 않고 뭐하느냐. 크흠, 뭐, 보는 대로다. 명교에게 털렸지."

표현하고는.

속마음을 숨기면서 질문 거리들을 쏟아내었다.

"황궁 사람들은 안전합니까?"

"소용보가 신경 쓸 틈이 있겠나? 네놈 걱정 때문에 다른 사람들은 건드릴 시간도 없었다. 황궁을 점령하자마자 네놈 침입을 준비하고 있더라."

이걸 기뻐해야 하는지, 슬퍼해야 하는지 아리송한 상황이다.

"그럼 황제 폐하의 소식을 들려온 게 있습니까?"

"으음. 나도 그것이 걱정되어서 이쪽저쪽 알아보았지만, 결국은 알아낼 수 없었다."

"흠. 그러면 지금 소용보는 어디에 있습니까."

"어디에 있겠느냐? 당연히 황제가 있는 곳이지."

예상은 하고 있었지만, 그래도 확실히 하기 위해서 물었더니, 당연한 대답이 나왔다.

그러면 이제부터 일은 간단해지는군.

나는 옷을 몇 번 툭툭 털고는 즉시 소용보가 있는 곳으로 가기 위해 움직였다.

"하유우. 그럼 가보겠습니다."

마치 동네 산책 다녀온다는 듯이 말하자 사부는 내 어깨를 잡아 세우며 어울리지도 않게 진중한 말투로 내게 말했다.

턱.

"가면 죽을 수도 있다."

"사부 제자가 그리 호락호락한 사람입니까?"

"소용보도 그리 널 호락호락하게 볼 인간이 아니지."

"뭐 업보라고 봐야지요. 후우. 한데 더 해줄 말이 남아 있으십니까?"

"아니. 없다."

단호한 늙은이 같으니라고, 그래도 제자가 죽으러 간다면 뭐라고 멋진 말이라도 남겨줄 것이지.

나는 그저 사부의 말에 고개를 끄덕거리고 발길을 옮겼다.

"제자야."

못내 아쉬웠나? 나는 뒤를 흘겨보며 사부를 쳐다보았고, 나의 눈을 본 사부는 짤막하게 말했다.

"소용보는 죽여야 한다."

쉬운 일은 아니지만, 노력은 해본다고 해야 하나? 아니면 자신감 있게 죽인다고 대답해야 하나?

잠시 갈팡질팡하고 있던 사이에 사부의 입에서 충격적인 말이 튀어나왔다.

"그리고, 요랑은 내 딸이고."

"……!?"

"소용보, 그놈이 지금껏 세뇌하여 제 놈 마음대로 딸아이를 이용하고 있었지."

"그게 지금……."

"부디 네가 요랑을 상대하게 된다면, 이 사부 얼굴을 한 번 생각해 줬으면 하는구나."

담담하게 충격적인 이야기를 하는 사부를 멍하게 쳐다보았다. 갑자기 머리가 복잡하기 그지없군.

"살려달라면 염치없겠지. 죽여 달라면 아비의 마음도 아니겠지."

사부의 입에서 회한에 젖어 담담한 목소리가 계속 이어지자 복잡한 머리를 더욱 휘저어놓은 것 같았다.

난 사부에게 뒤돌아서며 다짐하듯 강한 어조로 이야기했다.

휙.

"전 소용보만 죽이고 갈 겁니다. 그리고 나머지는 알아서 하십시오."

그래, 본래 내 계획은 소용보만 죽이면 되었다.

어차피 요랑의 일은 권마 선배와 구명우에게 맡겨두기로 하였으니 더 이상 생각해 보고 자시고 할 문제가 아니다.

난, 소용보만 없애고 간다.

스스로의 다짐을 더욱이 확고하게 다진 채로 나는 서둘러 통로를 떠났다. 무슨 소리를 더 들어보았자, 쓸데없이 생각할 것만 많아진다.

지금은 한 가지만 생각해도 여유가 없는데 말이다.

자자. 집중하고!

타타탁!

황궁에 들어서고 나서 본격적으로 경공을 끌어 올렸다.

황도처럼 넓은 것도 아니었지만, 어수선한 황궁의 사정 때문에 내 모습이 금세 탄로가 날 것이다.

그리고 어차피 지금 황궁을 상태를 보니 경공을 쓴다고 해도 흔적도 남지 않을 것이다.

금의전에서 나오자마자 보이는 것은 여기저기 패이고 망가진 황궁의 건물들이었다.

핏자국과 사람의 발자국이 무수하게 찍혀진 걸로 봐서 어제 얼마나 큰 전투가 있었는지 가늠할 수 있었다.

쓰읍. 이런 참사가 또 일어나지 않으려면 확실하게 뿌리를 뽑아야 할 터.

과연 소용보만 제거해서 될 일인가?

그러지는 않을 것이다. 그러나 소용보가 없어진다면 그 때문에 일어난 병폐는 확실하게 줄어들겠지. 그러면 최소한 전쟁이 일어나진 않을 것이다.

그래, 그러면 된다.

이제 겨우 아물어가는 전쟁의 흉터를 더욱더 벌릴 이유는 어디에도 없으니까.

나는 두 다리에 더욱더 힘을 가하여 황제가 기거하는 곳으로 내달렸다.

그렇게 오래지 않아 거기에는 친절하게 어디서 많이 보던 인물들이 깃발을 나부끼며 조용히 나를 기다리고 있었다.

펄럭펄럭!

거기에는 천마라고 붉은색의 글씨가 선명하게 쓰여 있어 그들이 누군지 단번에 알 수 있었다.

여기서 나는 고민을 하기 시작했다.

그저 지금처럼 왔던 대로 몰래 잠입을 할 것인가. 아니면 정예라고 불리는 저놈들을 꺾어줄 것인가.

전자의 방식은 가장 쉬우면서도 어려운 방법이다.

오로지 소용보 하나만을 노린다는 것이 좋기는 하지만, 그놈도 가만히 당해줄 놈은 아니니 충분히 암습에 대비를 해놨을 것이다.

분명히 천마대를 저렇게 정면에 세워 놓았으니 암습밖에 대책이 없다고 생각할 테지.

그놈 뜻대로 암습을 한다면, 필히 함정에 걸릴 것이다.

후자의 방식은 가장 어렵지만 쉬운 결론이다.

정면으로 다 때려 부수고 나가면 함정이든 뭐든 소용이 없어진다. 또한, 나중에 소용보와 대치를 하더라도 저놈들은 몰려오지 못할 것이다.

전자의 방식을 따르자니 결국 함정으로 몰래 들어가는 것이고, 후자의 방식을 따르자니 함정을 대놓고 부수며 들어가는 꼴이다.

후우.. 그래도 나중에 후한이 없을 후자의 방법을 택하는 것이 신상에 이롭겠군.

"젊어서는 사서 고생한다더니, 꼭 내 말인 것 같아."

역시 옛말에 틀린 말 하나 없다.

우드드득!

허리와 다리, 손목과 더불어 몸의 각 관절을 유연하게 풀었다. 그리고 크게 호흡을 들이쉬며 폐부에 공기를 가득 채우곤 천마대 쪽으로 튀어나갔다.

투웅!

출발이 좋다. 그리고 얼마나 싸우기 좋은 날씨인가.

나는 주먹을 말아 쥐면서 먼저 눈에 보이는 천마대 놈의 면상에 꽂아 넣었다.

"야, 이놈들아! 네놈들이 기다리고 기다리던 내가 왔다!"

"……!"

"드디어!"

일말의 비명조차 지르지 못하고 떨어져 나가는 천마대의 한 놈을 뒤로하고, 나의 외침에 반응한 다른 녀석들이 자신의 각자의 병장기를 꺼내들었다.

하긴, 이놈들과 내 사이에 말이 필요하겠나?

"기다렸소. 당신은 모를 것이오. 얼마나 우리가 당신을 만나기를 학수고대했는지."

이마에 천마 일호라고 적힌 영웅건을 두른 놈을 보니, 내 기억이 맞다면 저번 고무만 장군 처리할 때, 숲 속에서 겁먹고 핑계대고 도망친 그놈이다.

옛날 기억이 나지 않나?

나는 일호에게 고개를 갸웃거리며 물었다.

"만나면 뭐하려고?"

"당연히 그때 못다 한 승부를 겨뤄야지 않겠소!"

"아아, 그때 도망친 거 때문에 그래? 그래도 난 입 다물고 아무 말 안 했는데. 강호에 소문도 돌지 않았잖아."

내 입이 무거운 것보다는 그저 잊고 있었다.

나의 말에 일호 놈은 뭐가 그리 분한지 이빨 꽉 깨물고 나를 잡아먹을 듯한 표정을 지었다.

"그게 아니오! 그때 그 일로 인해 우리 천마대가 평생을 걸고 쌓아올린 자존심이 무너졌소! 강호에 소문이 나든 세간의 평가가 어떻게 되든 상관이 없소이다! 당신과 마주치고 난 그후부터 우리의 머릿속은 온통 당신에 대한 악몽만이 자리 잡고 있었소. 하여 여기서 그 악몽을 끊겠소!"

"……."

으음. 내가 그렇게 잘못했나? 솔직히 내가 그때 중간에서 저놈들을 끊어주지 않았다면, 저놈들은 중상 형님의 부대와 다른 병사들을 농락하면서 죽였겠지.

이래서 맞아야 정신을 차리는가 보다.

나는 대답 대신 그저 소매를 올려 싸울 준비를 하였다.

나의 검은색의 투박한 연철로 된 장갑이 내 손에 끼어질 때즈음, 천마대의 외침이 들려왔다.

"천마대는! 기필코 당신을 세상에서 지울 것이오! 가자!"

"흐아아아앗!"

한 대여섯 명 되었나, 숫자도 별로 없는데 저런 소리 지르면서 달려오는 게 부끄럽지도 않나?

두둑!

손목을 돌려 간단하게 관절을 푼 뒤에, 달려 들어오는 녀석들을 맞이해 주었다.

"그 악몽, 평생 지우지 못하게 해주마!"

말처럼 터뜨려 죽이겠다는 소리는 아니다. 어후, 잔인하게 어떻게 사람이 그럴 수가 있겠는가. 그저 터뜨려 죽을 만큼의 고통만 줘야지.

쉐엑!

"연환참격!"

위이잉!

두꺼운 도를 가볍게 휘두르면서 들어오는 통에 같이 휩쓸려 나오는 풍압이 거셌다. 그러나 아무리 도에서 풍겨져 나오는 힘이 매섭더라도 피하면 그만이지.

횡으로 종으로 마구잡이로 베어 들어오는 도를 상체를 젖혀 거리를 벌렸다.

"어디로 피하느냐! 내 검을 받거라!"

"꾸역꾸역 오는구나."

앞에서는 도가 밀어 닥치고 위에서는 검기가 밀어 닥치니, 이거야말로 진퇴양난의 상황이라고 말할 수 있는 것이다.

하지만 사람은 원래 하늘이 무너져도 솟아날 구멍이 있는 법. 더군다나 자신의 무공을 버리고 강한 무공을 취해서, 아직

숙련이 덜된 미숙한 무공에 그냥 죽어줄 수는 없는 노릇이 아닌가.

"비은. 환영보!"

이름은 거창하지만, 알고 보면 사선으로 몸을 눕혀 잔영을 남기면서 피하는 별것 아닌 기술이다.

"사람의 몸이 어떻게 저리!"

"잔영을 남기다니!"

보는 사람에 따라서는 대단한 기술이 될 수도 있겠군.

녀석들은 잠시 감탄인지 질색인지 모를 표정을 지었다.

내가 도와 검을 피해 도리어 앞으로 몸을 피하자, 일호가 입술을 질끈 깨물며 분해하는 모습이 보였다.

"크윽! 앞으로 몸을 피할 줄이야! 모두 방진을 다시 구축하라!"

아아. 원래는 내가 뒤로 피할 줄 알았던 거야?

그러면 너무 뻔하잖아. 아무튼 그건 그렇고 시간이 좀 촉박하니 마무리를 지어야겠군.

"내가 시간이 없어서 빨리 어디를 가야 하거든."

"이놈! 그 건방이 어디까지 가는지 보겠다!"

저놈들은 저번에 무림맹 앞에서 마주칠 때도 겁먹고 피하더니, 뭘 잘못 먹었나? 갑자기 왜 저래?

"흐앗! 받아라, 괴물! 횡천마검!"

"나도 있다! 악참파도!"

"이것도 피해보아라! 용상장!"

각기 자신만의 초식을 외치면서 달려드는 꼴이 무섭기는커녕, 우스웠다.

"전심지체. 폭살. 천폭무!"

끼리릭! 끼익!

내 귀에는 기분 좋은 쇳소리로 들릴 줄은 몰라도, 저놈들의 귀에는 살벌하게 들릴 것이다. 아니, 느낄 것이다.

원래 폭살이라는 이름 자체가 뭔가 터지고 그럴 것 같지만, 알고 보면 참으로 단순한 의미가 담겨져 있다.

바로 상대방의 무공을 터뜨려 없애 버리는 것이다.

물론, 폭살을 시전하는 내가 상대방보다 우위에 있어야지 먹히는 기술이긴 하지만 말이다.

"천마대의 위용을 느껴 보아라!"

"흐아앗!"

어제 전투의 승리감에 도취에서 날뛰는 꼴이란. 이러니 경험이 부족하면 말이라도 아끼라는 말이 괜히 있는 게 아니다.

콰앙! 파파파팍!

나의 사방을 점하고 내려치는 강기의 소용돌이가 충돌하였다.

나는 즉시 몸을 고정시키고, 그 대여섯 명의 강기를 정면을 받아대면서 주먹을 뻗었다.

우지직!

"흐윽!?"

"이, 이럴 리가?!"

내려친 것은 저놈들인데, 금가고 부서지는 것은 자신들의 병장기이니 이해가 되지 않을 것이다.

원래 이 세상이 이해 안 되는 일 천지란다!

"그만 얌전히 엎어져 있어!"

내 일갈과 동시에 이어지는 폭살의 굉음이 장내를 뒤흔들었다.

쿠우우웅!

굉음과 동시에 천마대 놈들은 그대로 자신의 병장기와 함께 바닥으로 거세게 떨어져 나가버렸다.

쿠다당타앙!

떨어지는 모습이 제각각이지만, 그놈들 중에 정신이 멀쩡한 놈은 한 놈도 없는 듯 보였다.

"끄으으윽!"

아니, 있었네? 하긴, 정신을 차려도 몸은 망신창이이니 정신을 잃은 것과 똑같은 상태군.

"왜, 왜 우리를 죽이지 않는 것이냐."

그래도 정신을 차린 게 용해서 대답이나 해줄 요량으로 쳐다보았다.

음, 그래도 일호라는 이름값은 하는군.

나는 놈의 말에 고개를 끄덕거리면서 대답해 주었다.

"살인은 나쁜 짓이에요. 여러분."

"……."

죽기 진전까지 만들어놓고, 이런 말을 하는 게 좀 어폐가 있기는 하지만, 그래도 틀린 말은 아니지 않는가.

일호는 나의 말에 뭐라고 대꾸할 것이 없는지, 그저 멍하니 떠나는 나의 모습을 지켜만 보고 있었다.

그러게 그냥 쓰러져 있지 뭐하러 나에게 질문을 하냔 말이야. 아무튼 힘은 최대한 아껴 놓았으니 무슨 일이 터져도 대비는 할 수 있겠다.

서둘러 발걸음을 재촉하여, 궁 안에 있는 회당에 들어섰다. 오로지 소용보가 있는 곳에 가려면 이 길밖에 없다.

철커덩!

두꺼운 회당의 문이 열리고, 곧이어 내 눈앞에 두 명의 사람이 눈에 들어 왔다.

"끌끌끌. 그래도 그 녀석들의 제법 실력이 되었나 보군. 이 원생 장군의 발걸음을 늦추다니. 끌끌끌"

"그래도 홍포사신께서 심혈을 들여 말년에 가르친 녀석들이 아니오. 이원생 장군의 바지춤은 잡을 수 있어야지 않겠소."

남은 개고생해 가면서 이곳까지 왔는데, 저 늙은이 둘은 한가롭게 날 기다리며 차를 마시고 있다니. 뭐, 승자의 여유라고 봐도 무방하지만, 날 앞에 두고 저런 여유를 두면 섭섭하지.

난 권마 선배와 구명우에게 다가서며 말했다.

"두 분도 절 막으시려구요?"

나의 물음에 권마 선배는 고개를 끄덕거리며 말했다.

"그래야지. 어쩔 수 있겠나? 우리야 명이 떨어지면 그대로 행하는 천생 병사가 아니었는가."

"끌끌끌. 권마 네놈의 바른말에는 당해낼 재간이 없겠구나.
끌끌끌."

너스레를 떨면서 말하는 두 사람에게 나는 심드렁한 목소리
로 따졌다.

"거참. 두 늙은이께서는 손주 재롱 볼 때가 다되었는데, 여
기서 무슨 생고생을 하시려고 그러십니까? 전쟁 때 제가 때려
드린 곳이 기혈이라도 뚫어서 기연이라도 얻으셨습니까?"

육시랄 노인네 같으니라고. 어차피 상대할 줄은 알았지만,
그래도 마주치지 않기를 바라던 바였다. 아무래도 저 두 사람
을 상대하고 나면 나도 사람인지라 지치는 것은 당연한 법.

"끌끌끌. 그 입심은 여전하구만, 이원생 장군. 끌끌끌."

"말하면 말할수록 우리만 손해인 것 같은 느낌은 여전하군.
허허."

이런 말을 길게 할 이유가 없다. 어차피 마주쳤으면 밀고 나
가야 하는 게 도리.

나는 권마 선배와 구명우에게 친절하고 낭랑한 소리로 말했
다.

"두 분 중 누가 먼저 나오시겠습니까?"

절정의 고수가 협공한다면 더 좋은 효과가 나온다는 착각이
있다.

연환 공격은 서로 죽이 잘 맞아야 효과가 배로 느는 것이다. 거
의 평생을 혼자 싸워온 저 두 늙은이가 협공을 할 수 있겠는가?

나의 예상은 정확하게 들어맞았는지 권마 선배가 몸을 일으켜 나를 맞이할 준비를 하였다.

"그래도 오랜만에 만났으니, 회포라도 나누려고 하였건만. 여유가 없어졌네, 이 장군은."

"권마 선배답지 않게, 말장난이 왜 이리 깁니까? 선수 가겠습니다."

투웅!

말이 끝나자마자 몸을 튕겨 권마에게 쏟아져 나갔다.

당연히 나의 이런 반응을 예상 못한 권마는 급하게 몸을 틀어 젖히며 당황스럽게 말을 뱉었다.

"헙! 이 사람! 이거 몰라보게 급해졌구만!"

얼마나 몸을 급하게 틀었는지, 뭔가 타는 냄새가 후각을 자극했지만, 궁금증을 피력하기에는 이미 선공을 날린 후였다.

나는 권마의 말에 반박하면서 몸통을 후려치기 위해 뒤로 돌아 회전하는 힘으로 옆구리를 노렸다.

휘릭!

"사안이 사안인 것을 알아주셨으면 좋겠습니다! 합!"

최대한 빨리 승부를 결정지어야 한다는 생각이 머릿속에 가득하였다. 소용보가 무슨 짓을 꾸며 놓았는지 몰라도, 최소한의 힘으로 돌파하고 나가야지 승산이 있는 싸움이다.

권마는 뒤돌아 차는 나의 발을 슬쩍 흘려 버리고, 그대로 진각을 실어 무방비 상태로 놓인 내 몸을 어깨를 밀려 하였다.

하지만, 이런 것 하나 예상을 못하였겠는가!

"일권무적! 벽(壁)!"

어깨로 힘을 실어 온몸을 튕겨내는 것이 어떻게 권력(拳力)이겠나!

나는 몸을 완전하게 회전시켜 땅에 디딘 발을 돌려 부딪쳐 오는 권마의 머리를 날려 버릴 듯이 후려 갈겼다.

완벽한 이중 동작.

스팟!

"흡!"

아쉽게도 내 발은 간발의 차로 권마의 머리를 빗겨 지나갔다.

그래도 아직 죽지는 않았군. 들어오는 힘을 이용해서 내 발을 피해 내다니.

권마는 내 밑으로 몸을 한차례 굴러 반대쪽으로 피한 후에 기수식을 취하며 말했다.

척!

"후우. 이거 오랜만에 이 장군과 손을 섞으니 긴장감에 속이 더부룩할 지경이네."

"그래도 아직 관절은 성한 곳이 있나 봅니다. 회심의 공격이었는데."

"모처럼 만났으니 두 번에 나가떨어지면 꺼림칙하지 않겠나? 하앗!"

"말이나 다 끝내고 들어오시든가! 차앗!"

젠장, 이래 놓고 내 성격이 급하다고?

전광석화 같은 권마의 일권에 나도 피하지 않고 마주쳤다.

터엉!

주먹의 깊이가 남다른 나와 권마의 주먹이 서로 마주치자, 공기가 떨릴 정도였다.

나는 주먹이 맞닿은 오른손의 팔꿈치를 꺾어 그대로 힘으로 밀어 붙여 왼손을 권마의 복부에 찔러 넣었다.

말 그대로 우격다짐으로 밀어붙이는 방법.

권마는 나의 무식한 방식에 당해 본 적이 있는 듯이 침착하게 대응하였다. 뒤로 밀리는 듯이 몸을 사선을 피해 나를 흘려 내려 하였다.

하지만 내 공격을 몸으로 받아내고 반격한다는 것이 얼마나 위험한 일인지 몸에 각인되어 있는 탓에, 내가 원하는 방향으로 움직여 주었다.

정확히 반 박자.

타탁!

사선으로 피해가는 권마의 움직임에 맞추어 발목을 틀어 같이 따라갔다. 그리고 이어지는 나의 한마디.

"전심지체! 천지투격!"

중상 형님과 다른 사람 살리려고 썼던 위력을 최대한 아껴서 한 사람에게 집중했다. 그래도 그 위력은 권마에게는 마찬가지일 것이다.

"이럴 줄 알았네! 이 장군! 일권무적! 파천!"

권마 선배도 자신이 가진 밑천을 드러내며 맞섰지만, 이미 승패는 기울었다. 제대로 보법조차 갖춰지지 않은 상태로는 위력이 반감되는 것이다.

쩡!

징을 칠 때 나는 소리가 반 박자 빠르게 들어간 내 주먹에서 울렸다.

"쿨럭!"

털썩!

권마는 내 권을 이기지 못하고 피를 한 움큼 뿌린 채로 그대로 자리에 쓰러져 버렸다.

후우우. 빨리 끝낸다고 했는데, 내공을 너무 많이 소모한 것 같군.

권마와의 일전과 더불어 구명우와의 싸움도 남아 있었다. 나는 다른 방도가 없이, 어쩔 수 없는 선택을 해야 하는 상황이었고 선택하였다.

내공 소모가 많아도 승부를 보기로 말이다.

"끌끌끌. 멋진 한 수군. 권마도 가는 길이 아쉽지는 않을 것이야. 끌끌끌."

구명우는 내가 권마를 죽인 줄 아나? 뭐, 알아서 상상하라지. 지금 그런데 정신 팔릴 시간도 없으니.

나는 조용히 숨을 고르면서 구명우를 쳐다보며 말했다.

"제가 먼저 갈까요?"

"끌끌끌. 그래도 나이대접은 해줘야 하지 않는가. 지옥혈 쇄!"

말이 끝나기도 전에 내 머리를 뚫어버릴 듯이 날아오는 지풍을 튕기는 구명우였다.

저 늙은이의 성격은 나하고 비슷비슷하다. 좀 비겁해도 이기면 된다는 생각을 가지고 있는 늙은이이다. 그래도 성격 좀 고쳤으면 하는 바람이다.

"웃차!"

지풍을 피해내고 몸을 활처럼 당겨서 앞으로 쏘아 나갔다.

"끌끌! 이런 수만 있다고 생각하는가? 지옥멸겁!"

구명우의 손가락에서 지풍과 장력이 섞여서 일순간에 내가 나아가는 길을 뒤덮어 버렸다. 저걸 맞았다가는 멸겁이 무슨 뜻인지 몸으로 깨닫겠다.

타타탁! 투욱!

달려가는 속도 그대로 뛰어 올라 구명우의 장법을 피해 내고는 그대로 허공을 벽 삼아 몸을 튕겨 내었다.

절정의 경공.

"허상벽공까지? 끌끌! 정말 이 장군의 무공은 봐도 봐도 끝이 없네! 지옥무간!"

"보기 싫으면 쓰러지면 될 것 아닙니까!"

말이 바른 말이지, 권마와 더불어 바른 말에 정점에 서 있는 내가 아니던가!

허공을 치며 떨어지는 나를 구명우의 두 손에서 펼쳐진 붉은색의 혈수가 맞이해 주었다.

저걸 정면으로 마주친다면 필히 나도 성한 몸뚱이는 아닐 것이다. 그러나 지금은 정면으로 구명우를 쳐야 하는 상황이다.

으적!

나는 어금니를 꽈악 다물고 전심지체를 최대한 끌어 올려 정면으로 구명우의 혈수를 마주쳤다.

"끌끌끌! 아무리 자네라도 그건 무리일 걸세!"

"세상에 안 되는 건 연애 말고 없습니다! 흐라앗!"

콰창!

내 두 손에 쌓여진 묵갑의 희생과 함께 혈수를 정면으로 뚫어내었다.

"허! 아무리 그래도!"

구명우는 당황하였지만 다음수를 준비하려고 손속에 내기를 뿌렸다. 그러나 내가 그것을 잠자코 지켜보겠는가?

"누워 계십시오!"

뻐억!

일갈과 함께 그대로 구명우의 얼굴을 날려 버렸다.

쿠당!

뒤로 넘어가는 구명우의 모습이 어딘가 애처로워 보였지만, 나는 가쁜 숨을 몰아쉬었다.

"후욱후욱."

젠장, 부서졌네?

내 손에 있던 묵갑이 제 역할을 다하고 부서진 게 보였다.

수많은 전투를 함께하면서 든든하게 손을 보호해 주던 이놈도 세월을 타나 보다. 그래도 내 전우라고 할 수 있는 이놈을 버리고 갈 수는 없는 노릇.

나는 묵갑을 손에 벗어내고, 가슴팍에 쑤셔 넣은 뒤에 소용보가 있는 황상으로 이동하였다.

황제는 어떻게 되었을까?

혜원이의 상태만 보아도 얼핏 짐작은 갔지만 부디 이 예감이 빗나가기를 빈다.

기나긴 복도를 지나서 중원 전체를 우러러볼 수 있도록 만들었다는 황상의 자리에 도착하였다.

치장을 별로 좋아하지 않는 황제답게 자리는 주변 경관은 수수했지만, 그 자리를 우러러보는 것만 해도 충분히 위엄이 느껴지는 곳이다.

하지만 지금은 어울리지도 않는 놈이 떡하니 자리를 잡고 앉아 있었다.

"왔는가?"

짤막한 음성이 공허한 공간을 채우며 내 귓가에 도달하였다. 소용보는 다소 지루한 표정을 지어 보이면서 나를 이리저리 훑어 보았다.

"그래도 명색이 명교의 대장로인데, 모습을 보니 꽤나 고생한 눈치로군."

"덕분에 땀 좀 흘렸지. 한데 우러러 보기에 내 목이 너무 아픈데 내려와서 이야기하면 안 될까?"

저놈이 어디서 나를 내려다보고 이야기하는가. 기분 나쁘게.

"안 될 것은 없지."

"그리고 주변에 있는 녀석들도 나오라고 해주면 고맙겠는데."

내가 이곳에 도착하고 나서 수많은 기감이 불쾌하게 몸을 엄습했다. 뭐 이런 정도는 다 예상했다. 저놈 혼자만 딜렁 나를 맞이할 일은 추호에도 없으니.

소용보는 내 말에 터벅터벅 계단을 천천히 내려오며 기분 나쁜 웃음을 지어대었다.

"후후후. 그렇지 않아도 그러려고 했는데 말이야."

짝짝!

녀석의 박수 소리에 숨어 있던 놈들이 모습을 드러내었다.

젠장할. 이건 예상 못했는데.

"왜 그러는가? 이원생 장군. 모습을 보니 꽤나 허탈한 심정인 듯 보이는데."

"야이, 미친놈아. 그냥 우리 둘이서 끝내면 안 돼? 꼭 이렇게까지 해야겠어?"

모습을 드러낸 명교도 놈들은 전부 몸에 폭렬탄을 감고, 황궁에 남아 있는 내관과 궁녀, 심지어 마지막까지 저항한 금위위까지 잡고 있었다.

"너야말로 멍청하구나. 정말로 내가 아무런 대비 없이 너를 맞이할 것이라고 여겼나?"

"아니. 그건 아닌데. 이런 미친 짓까지 할 줄은 몰랐지. 그래도 약간은 사람일 것이라고 생각한 내가 미친놈이지. 어후."

머리가 지끈거려 오는 게 보통이 아니다.

"후후후. 네놈 말처럼 난 사람이 아니다. 원래 명왕의 현신이 되었어야 할 몸."

"……."

"그러니까 네놈은 인간에 안주하고 있는 것이다. 신이 될 수 있음에도, 목숨과 인정에 연연한 인간밖에 될 수 없는 것이다!"

"뭔 미친 소리야. 사람으로 태어나 사람 구실하고 살아가는 게 사람다운 건데."

잘못 말했다. 미친놈이니 당연히 미친 소리를 해대는 게 맞군.

"그게 바로 너와 나의 차이점이다. 이원생, 넌 사람으로 태어나고, 난 신이 될 운명으로 태어났다는 게."

"좋겠소. 신이 될 운명이라. 한데 이제 뭘 어떻게 할 거야? 날 죽일 거야? 아니면 어떻게 할 거야?"

더 이상 저놈의 헛소리가 듣기 싫어서 오히려 따져 묻자 소용보의 입에서 나온 소리가 더 가관이다.

"죽인다면, 곱게 죽어줄 수 있겠는가?"

"없지. 뭐라도 하고 가야지."

"그래, 그렇겠지. 네놈은 어쩔 수 없는 선택을 하라고 한다면 나를 먼저 죽일 놈이니까."

"……."

굳이 말은 안 했지만, 알긴 알 것이다. 여기서 선택은 딱 두

가지이다.

다 같이 죽든가, 아니면 다 죽고 소용보만 살든가.

만약 이 둘 중에 선택을 한다면 하나밖에 없다. 소용보를 먼저 죽이고 다 같이 죽는 거다.

소용보는 그것을 알기에 내게 극단적인 선택을 강요하지 않는 것이다.

서로의 목숨이 걸려 있는 아슬아슬한 상황.

나는 소용보의 말을 더 들어보기로 하였다.

"그렇다면 내가 제시하는 방법이 마음에 들기를 바란다. 아니면 이 무고한 사람들과 같이 저승으로 가는 수밖에 없겠지. 후후후."

"…조건이 뭐냐."

"너와 나의 일대일 승부. 어때 간단하지 않는가?"

"정말인가? 그럼 쓸데없이 인질을 잡아놓은 이유가 뭐지?"

"아아. 그냥 승부를 펼치면 십중팔구 내가 지겠지."

"그럼?"

"그래서 이렇게 인질 겸 공증을 세우는 것이 아닌가. 이원생 자네가 무공을 쓰지 않는다는 조건을 지키는지 보려고 말이야."

꿀꺽.

갑자기 내 입에서 쓴맛이 느껴지는 게 착각은 아닐 것이다.

—이원생

조건이라고 내세운 것은 저놈과의 대결에서 내 무공을 제외하는 것. 단지 그것뿐이라면 충분히 승부를 걸어볼 만하지만, 왠지 무언가 꺼림칙하다.

육안으로 살펴보기에도 소용보의 상태는 썩 좋아 보이지 않는다. 한데 무엇을 내세워 나와 상대를 하려고 하는 것인가? 필히 좋은 방법은 아닐 것이다.

"어떻겠는가? 승낙하겠는가?"

"…다른 방도는 없어 보이는군."

"승낙한 것으로 받아들이지. 여봐라! 데리고 오너라!"

"음?"

소용보는 내가 승낙 하자마자, 누군가를 데리고 오라고 하였다. 설마하니 대리를 내세우려고 하는 건가?

나는 어디선가 누가 끌려오는 것을 유심히 지켜보았고, 곧 이어 끌려 나오는 사람이 누구인지 확실하게 알 수 있었다.

"요랑……."

"후후. 왜 그런 표정을 짓는 것인가? 아아. 그래도 예전에는 함께 몸을 섞었던 사이라서 그러는 것인가?"

도대체 무슨 짓을 당했는지 몰라도, 요랑의 몸은 축 늘어진 채로 명교도 두 명의 손에 붙들려 있었다.

빌어먹을 사부 같으니라고, 마지막에 자기 딸이라는 소리만 안 했어도 별 감정은 없었을 텐데.

"어쩌자는 거지?"

나는 최대한 감정을 숨긴 채로 소용보에게 물었다.

그러자, 소용보는 요랑에게로 다가서며 그녀의 머리 위에 손을 올리며 말했다.

"이러자는 것이지. 하압! 흡!"

"……!?"

설마!

"흐아! 아아아!"

요랑의 기운 없는 짤막한 비명 소리가 내 귓가로 생생하게 전해 들렸다.

내 동공은 커지고, 소용보의 움직임이 가빠졌다.

흡성대법.

녀석은 지금 요랑의 진기를 자신에게 빨아들이고 있던 것이었다.

부들부들.

움직일 수가 없었다. 당장에라도 멈추라고 달려가야 하는데 그럴 수가 없었다.

지금 저 상태에서 소용보를 압박한다면, 다른 명교도들이 주저없이 폭렬탄을 터뜨릴 것이다.

이런 걸 준비해 놓았군.

하필이면 생각지도 못한 최악의 수를 준비해 놓았어.

쉬우우우.

녀석은 요랑의 생기 하나까지 전부 자기 몸으로 흡수한 뒤에 요랑을 내팽겨 쳤다.

"예전의 나의 내공만큼은 안 되는군. 쓸모없는 것. 몸 사리
지 말고 많이 축적을 해놨으면 좋으련만."

나는 소용보의 말을 무시하면서 요랑에게 다가갔다. 그리곤
서둘러 요랑을 눕혀 진기를 집어넣었다.

"조금만. 조금만!"

젠장할! 의술을 좀 배워 놨으면!

나는 최대한으로 있는 힘껏 요랑의 단전에 진기를 밀어넣었
지만, 제대로 받아들이지 못하였다. 아니, 요랑은 받아들일 기
운조차 없었다.

"이미 글렀어. 요랑의 내기는 오로지 정사로 이루어지는데
지금 상태론 할 만한 힘도 없지 않는가?"

소용보의 말이 지금은 미치도록 듣고 싶지 않았다.

본능은 있는 힘껏 소용보를 찢어 죽이라고 외치고 있지만,
이성은 간신이 그것을 막고 있었던 와중에 요랑은 힘 없이 누
운 상태로 손을 들어 나의 얼굴을 어루만지며 말했다.

"…당신, 오랜만이네요…….."

"말하지 마. 내가, 시발. 정말 어떻게든 살려줄게. 내가. 어
떻게든. 어떻게든. 살려줄 테니까…….."

"…이제 기억이… 확실하게 나네요…….."

식어버린 요랑의 손바닥이 내 뺨에 닿았다.

너무나 차가워서, 너무도 차가워서 예전의 그 불같은 감정
을 가진 그녀의 몸이 왜 이리 차가워지는 것인가.

"…우나요?"

"그럼 웃냐……."

"…웃는 게 좋은데… 웃는 모습밖에 기억이 안 나는 데……."

무언가 목에 걸린다. 억지로 쥐어 짜낸 웃음이라도 지어줘야 하는데. 원래 못생긴 놈들은 웃고라도 다녀야지 괜찮다고 해서, 웃는 인상만 죽어라고 연습했는데.

왜 웃어야 할 때 웃지 못하는 거야.

"…억지로 웃네요… 귀여워라……."

"아아아……."

"…저희 아버지가… 울다가 웃으면… 엉덩이에 털이 난다고 했는데……."

"흐으, 안 돼, 잠깐! 시발! 으아아아아!"

툭.

…….

무슨…무슨 마지막이 이래!

감동적으로 아버지가 나타나서 구해주는 것도 없나!

누구 하나라도 떡하니 갑자기 나타나는 영웅은 없냐고!

도대체! 뭐가 문제야!

아무리 힘들어도! 아무리 뭣 같은 일을 해도! 결국 나 하나만 피해보고, 힘들면 되는 문제가 아니었나!

도대체 왜!

눈에서 흐르는 눈물이 마르기도 전에, 난 요랑의 힘없는 몸을 바닥에 얌전히 내려놓고 어금니를 씹으며 일어났다.

소용보는 그런 나의 모습에 감탄스러웠는지 박수를 쳐주면서 맞이하여 주었다.

짝! 짝! 짝!

"감동적인 모습이야. 역시 이원생 장군의 연민은 대단하군."

"유언은 그게 끝이냐?"

"누가 할 소리를 하고 그러나. 아까 약속한 것은 잊지 않았겠지? 무공을 사용하지 않고 승부를 보겠다고 한 것을 말이야."

"그래, 잊지 않았지. 내 무공과 내공을 전혀 사용하지 않으마."

저놈들이 대단한 착각을 하고 있군. 내가 단지 무공만 센 놈으로 보였던가? 네놈 따위에게 쓸 내공이 아깝다.

나는 요랑이 누워 있는 곳을 벗어나 소용보가 이끄는 장소로 이동하였다. 명교의 교도들이 인질을 잡고 있는 곳에서 얼마 떨어지지 않은 곳이었다. 치밀하게 녀석은 폭렬탄의 범위 내에 자리를 잡았던 것이다.

"그럼 먼저 세 수를 양보하는 것이 강호의 도리이겠지?"

"……"

소용보의 말에 나는 대꾸도 하지 않고 조용히 등에 차고 있던 검을 꺼내 한쪽에 세워 두었다.

찰카닥.

그러자 소용보는 흥미가 있었는지 검에 대해서 물었다.

"음? 저것은 무슨 검인가?"

"좀 있으면 알게 되겠지. 네놈 심장에 이 검이 박힐 테니 말이야."

"후후후. 정말이지 재밌는 놈이로군. 마지막 순간에서 조차도 이리도 반항적인 태도를 보이는 것이."

"말이 길다. 덤벼."

나는 기수식을 취하고, 짤막하게 말했다.

상대방과 거리를 유지할 때 중요한 것은 사선으로 대립하는 것이다. 언제 어디서든 무엇이 날아오는 간에 맞는 면적을 최소화하고 상대방의 공격에 대해서 빠른 반응이 이루어지는 최적의 기수 자세니 말이다.

녀석은 나의 기수식에 잠시 고개를 갸웃거리더니 이내 마음을 정하고 먼저 몸을 날렸다.

"그럼 사양하지 않고 죽여주마. 수라혈천! 마천무궁!"

쓸모없이 거창한 무공 초식이군.

무공을 전혀 모르거나 전투에 경험이 부족한 사람이라면 그 기세만으로 겁을 먹고 몸을 움직일 수가 없겠지만, 나는 뼈대부터가 다르다.

사방으로 몰아닥치는 소용보의 공세를 피하기 위해 나는 서슴없이 뒤로 몸을 날려 미친 듯이 바닥을 굴러 다녔다.

또한 나중을 위해 바닥에서 모래를 훔쳐 한 움큼 쥐어놓는 것도 잊지 않았고 말이다.

쾅!

내가 있던 자리는 삽시간에 붉은색 강기가 내려쳐 지나갔고, 계속해서 내가 있는 자리마다 굵은 흉터가 내려앉았다.

데구르르!

콰앙!

데굴!

쿠와앙!

"피해 다니는 것이 한계가 있을 텐데? 수라혈천! 마천일보!"

초식명을 들어보니, 경공의 일종이다.

파악이 끝났으면 바로 움직여야지!

"판단은 빠르구나! 하지만 늦었다!"

내공을 쓰지 않고 아무리 빠른 달음질로 움직이더라도, 잡히는 건 순간이다. 그러나 애쓰게 이렇게 달리는 이유는 맞는 방향을 내 임의대로 결정할 수 있다는 것이다.

바로 이처럼!

투왁!

소용보의 장력이 내 가슴팍을 노렸지만, 나는 달리는 속도를 줄이지 않고 몸을 옆으로 틀어 위력을 반감시켰다.

"흠?"

나는 몸을 튼 그 상태로 회전하여 녀석의 뒷통수를 노리고 발길질을 갈기었다.

휘리릭!

"이런 얕은 수에! 흐읍!"

"이거나 먹어라!"

촤악!

발길질은 허초였고, 실초는 바로 녀석의 눈에 모래를 뿌리는 것이었다.

소용보는 내가 급작스럽게 뿌린 모래에 눈이 감겼고 나는 그 기회를 잡았다. 단 한 번에 끝낼 수 있는 공격은 없다. 그러니 상대방에게 최대한 피해를 남기는 것이 좋은 방법.

난 놈의 호흡을 지배하기 위해서 일단 폐 하나를 부셔놓기로 하였다.

"으랏샤!"

퍼억!

"헙!"

소용보의 왼쪽 옆구리에서 둔탁한 소리가 들렸다. 녀석은 인상을 찌푸리면서 이 상황을 타계하기 위해서 일부러 내공소모가 심한 초식을 사용했다.

"이런 쳐 죽일 놈! 수라혈천! 마천천옥!"

우르르릉!

물론 내가 계속해서 공격에 욕심을 부렸다면 저 초식에 맞아 쓰러지는 것은 나일 것이다.

그러나 아까도 말했듯이 이게 끝이 아니다.

나는 뒤로 멀찌감치 피해 제법 뾰족한 돌을 하나 집어 손에 감췄다.

재미있는 싸움이 될 것이다. 녀석에게는 지옥 같지만 말이야.

"이놈! 이런 얕은 수를 쓰다니! 하나 그것도 이번이 마지막이다! 흐읍! 큭! 마천일보!"

초식을 외치면서 호흡이 흐트러지는 것을 보니 확실하게 왼쪽 폐에 문제가 있는 것이다.

아까 소용보의 옆구리를 때린 손이 아직도 얼얼한 것이 제대로 들어갔다는 것을 말해주고 있으니 말이다.

방금 전까지만 해도 내 지척에 순식간에 다다를 수 있는 경공이 이제는 몇 호흡을 쉬어야지 올 정도가 아닌가.

"아무리 도망가 보았자! 네놈이 내 손바닥 안이다!"

아까의 경험이 때문인지 이제는 장법을 구사하며 내게 거리를 놓고 공격하는 소용보였다.

그러나 이런 것 하나 예상하지 못하고 어떻게 무림인을 상대할 것인가.

나는 녀석과의 거리를 줄이는 대신 주워놓은 뾰족한 돌을 강하게 쥐고는 최대한 몸을 바닥에 붙여 소용보의 장법에 대비하였다.

어차피 온전히 다 피하지 못할 것이다. 그렇다면 최소한 피해를 적게 입어야 한다. 녀석이 내공과 무공은 사용하지 못하게 했지만, 기의 방향을 보지 말란 소리는 안 했으니 저놈 잘못이지.

소용보의 장법은 내가 도저히 달음질로 빠져나가지 못할 정도였다.

쿠우우웅!

거대한 무언가가 밀려오는 소리에 나는 최대한 기감을 펼쳐
장법이 약한 곳을 파악해 내었다.

저기군!

휘리릭! 데굴!

콰앙!

"크윽!"

아무리 약한 쪽으로 뛰어들어도 역시나 명교 교주다운 장법
이었다.

이 한 방으로 오장육부가 분탕질 치다니.

"크흐흐! 어떠냐! 흐으흐으. 이제 얌전히 목을 내놓는 것이
좋지 않겠느냐? 혹시 아느냐 저승 간 요랑이 길목에서 널 기다
리고 있을지."

녀석이 말하는 중간에 호흡이 가빠지는 것이 느껴졌다.

나는 녀석의 도발에 상관하지 않고, 다음 목표를 향해 거리
를 좁혔다.

타악!

"아직도 움직일 힘이?"

내공 소모가 심한 기술을 써서 잠시 숨을 고르고 있다는 것
을 아는 바. 온 힘을 다해 녀석의 품안으로 순식간에 뛰어 들
어갔다. 그리고 주먹에 쥐어진 뾰족한 돌로 녀석의 오른쪽 눈
가를 가차없이 찢어버렸다.

찌익!

"끄아악! 이, 이! 한낱 인간 따위가!"

차라리 칼로 베었으면 절단면이 매끄러워서 지혈이 쉬웠을 것이다. 그러나 길가에 굴러다니는 돌로 베어버린 탓에 지혈하려고 하면 상처가 더 벌어져 버릴 것이다.

이로써 왼쪽 폐와 오른쪽 눈은 쓰지 못한다.

"곱게! 죽여주려고 하였더니! 크아아악! 수라혈천! 어, 어?"

무림인은 자신의 기감과 눈을 너무 믿는 경향이 있다. 다른 감각들은 배제해 놓고 그 두 감각만 극대화시키는 경우가 태반이다.

정작 나처럼 오른쪽 눈을 못 쓰게 만들고 기감을 숨긴 채 녀석의 시야 밖으로 돌아간다면 어떻게 상대할 것인가?

아무리 높은 내공과 무공을 지니고 있어도, 상대방이 있어야 효과가 있는 법.

나는 소용보의 오른쪽 시야로 파고 들어가, 녀석의 오른쪽 폐도 망가뜨렸다.

"이놈! 비겁하게 숨는 것이! 크악!"

그리고 뒤로 빠지기.

"크어! 흐으, 흐으! 수, 숨이! 흐으, 흐으!"

바람 빠진 목소리로 자신의 상태를 파악하는 소용보의 모습이 갑자기 우스웠지만, 일단은 나의 위치를 일부러 노출시킬 생각은 없었다.

"이, 이런! 잔재주로! 내가 여기서 무너질 줄 아는가! 끄으으 으으!"

무너지고 있으면서 오기를 부려댄다. 이제 양쪽 폐를 사이

좋게 부서 놓았으니 팔을 못 쓰게 할 차례지.

나는 여전히 뾰족한 돌을 주먹 사이에 단단히 끼운 후 굴러 다니는 돌을 주워 녀석의 주변으로 던져 주었다.

휙! 토옥!

"거기더냐! 수라혈천! 마천무궁!"

콰아앙!

녀석은 내가 던진 돌멩이도 구별하지 못하고 잔뜩 긴장한 채로 소리에 반응하여 무공을 남발하였다.

"어디냐! 도대체 어디 있느냔 말이다!"

휘익! 휘릭!

이리저리 고개를 돌려 나를 찾아보려 하여도, 철저하게 녀 석의 사각으로 움직이고 있었다. 그리고 그렇게 멀지 않은 거 리에 안착한 나는 몸을 바싹 엎드리고, 튀어나갈 준비를 하면 서 녀석의 팔이 들리기를 기다렸다.

"흐아아아악! 이런 하찮은 인간이! 계속 쥐새끼처럼 돌아다 닌 다면! 전부 무너뜨리는 수밖에! 수라혈천! 천마지존!"

척!

멍청한 놈. 이래서 자기 잘난 맛에 사는 놈은 안된다는 거 다.

소용보가 하늘로 손을 들고 분개할 때, 나는 주저없이 다시 파고 들어가 녀석의 겨드랑이에 주먹을 강하게 쑤셔 집어넣었 다.

투타탁!

푹!

"흐억!"

대부분 겨드랑이에 손을 집어넣어서 간질이면 웃는다. 그러나 그것은 기쁨에 나오는 웃음도 있지만, 심하게 하면 사람이 죽기도 하는데, 그 이유는 바로 겨드랑이에 주요 사혈이 자리 잡고 있어서다.

더군다나 나처럼 이렇게 뾰족한 무언가로 죽일 듯이 찔러 버린다면, 상대방은 무엇을 해보기도 전에 쓰러질 것이다.

나는 녀석의 귓가에 대고 속삭였다.

"어때, 이제 유언을 남길 마음이 생겼어?"

남겨도 들어주지도 않을 것이다. 그냥 아니꼬우라고 하는 소리지.

"끄으! 끄으으으으! 저, 절대로! 절대로 용서치 않겠! 끄으!"

"천천히 말해봐. 숨 넘어 가겠다."

싱겁게 끝났군.

난 녀석의 몸뚱이를 바닥에 내쳐 버렸다. 아까 녀석이 요랑을 버린 것과 똑같이 말이다.

휙!

터엉!

"끄으! 이, 이럴수는! 끄으! 끄으으!"

소용보는 도무지 믿겨지지 않는 듯이 계속해서 몸을 뒤틀려 어떻게든 일어나려 하였다.

나는 주먹에 끼운 돌멩이를 바닥에 버리고는 명교도들에게 외쳤다.

"이제! 싸움은 끝났다! 너희가 그렇게 죽고 못사는 교주의 목숨이 내 손에 달렸다! 만약 너희가 폭렬탄을 터뜨리지 않고 황도를 벗어난다면 난 이번 일을 깨끗하게 잊고, 죄를 묻지 않겠다고 약속하마!"

명교도들에게 면죄부를 약속하며 외쳤지만, 소용보가 입을 다물지 않고 교도에게 명해 버렸다.

"끄으으으! 교도들은! 명교의 숙원에 따라! 고귀한 희생을! 따르라! 끄으으으!"

다행히 폐를 부서놓아서 목소리는 크지 않았지만, 그래도 들릴 사람은 다 들리는 목소리였다.

이런 젠장. 먼저 입을 부숴놓을 걸 그랬나?

난 설마하는 심정으로 명교도들을 보았다. 그들은 전부 교주의 말을 듣고 무언가 작심한 표정을 보였다.

이렇게 되면 구할 수 있는 인원만 구한다!

나는 최대한 공력을 끌어 올려 눈앞에 보이는 사람부터 구할 요량으로 달릴 준비를 하였지만, 이내 터져 나오는 일갈에 멈추었다.

"교의 대장로인! 권마가 명하느니! 모든 교도는 움직이지 말라!"

뭐야? 갑자기 왜?

"끌끌끌! 나 구명우도! 명하느니! 모든 교도는 행동에 신중을 가하거라! 끌끌끌!"

저 늙은이들이 왜 이러지?

나는 사태의 추이를 지켜보기 위해서 갑자기 나타난 권마와 구명우를 예의 주시하였다.

권마와 구명우는 장내에 나타난 즉시 내 곁으로 다가서며 작은 소리로 말했다.

"우리는 이 이상의 분란을 일으키기 싫네."

"끌끌끌. 동감일세."

"……."

불행 중 다행이긴 하네. 그런데 걸리는 문제가 있지.

나는 권마와 구명우에게 물었다.

"당신네 교주는 살려 데려갈 거요?"

"으음."

"끌끌끌."

"하긴, 살려서 데려가면 당신네들이 곤란한건 당연한데 괜히 물어봤네."

지금 현재 교주를 살려 데려가면, 문제가 복잡해질 것이다. 아무리 교주에 대한 충성이 남다른 대장로라고 해도 십만 교도들의 목숨보다 중한 것은 없으니.

나는 내 나름대로 결론을 내리고, 아까 세워 놓았던 검을 꺼내 들었다.

스르릉.

화류검. 이제야 이놈이 제 주인의 복수를 하는구나.

원래 이 검의 주인인 편유성은 신교 교주인 이백천에 의해서 죽임을 당했다. 하지만 그 이백천의 제정신이었다면 결코 전쟁도, 유성이도 그렇게 죽지 않았을 것이다.

결과적으로 소용보가 신교 교주를 주화입마에 들게 했으니. 모든 원흉은 이놈이지.

나는 검을 꺼내들고 소용보가 있는 곳으로 걸어갔다.

그리고 아까의 이야기를 회상시키며 녀석에게 말해주었다.

"자아, 잘 봐라. 이검이 바로 화류검. 중원 최고의 검수가 가지고 있던 검이다."

"끄윽. 끄으으윽!"

"내가 말했지. 궁금하면 네놈 몸뚱이에 박히는 걸 보고 알라고."

스응!

"부디 지옥이 있다면, 그곳으로 가기를 빈다."

푸욱!

"꾸룩! 끄윽……."

난 주저없이 소용보의 심장에 화류검을 박아버렸다.

하아아.

풀썩.

속으로 한숨을 깊게 내어 쉬고, 소용보의 시체 옆에 쭈그려 앉아버렸다.

"끝났군그래."

권마 선배가 소용보의 시체를 물끄러미 쳐다보며 회환에 잠기는 듯한 한마디를 하였다. 구명우는 그런 권마에게 여전한 웃음을 띠면서 대꾸하였다.

"끌끌끌. 그래도, 십만 교도를 위해 희생했으니. 대단한 교주이지 않는가. 끌끌끌."

"한때는 그 십만보다 중요했던 분이셨네."

"끌끌끌. 후회하는가?"

"…지금은 그 십만이 이 한 사람보다 중요하네."

"끌끌끌. 그럼 되었네. 되었어. 끌끌끌."

권마와 구명우는 씁쓸한 회한을 뒤로하며, 내 곁에 다가오며 말했다.

"이제 어떻게 할 텐가? 우리를 살려 보내줄 것인가?"

권마의 물음에 뭐라고 답해야 하나? 내가 황제인가? 현재 여기서 결정권을 지닌 사람이 나뿐인가?

아, 그리고 보니 깜박 하고 있었군.

"그것보다도, 황제폐하는 어떻게 하셨소?"

"끌끌끌. 뭐 있겠나. 조용한 곳에 모셔 놓았지. 걱정 말게나. 끌끌끌."

하하하. 그러면 그렇지. 쉽게 죽을 황제가 아니지. 헤유.

"그럼 이번 일은 교주 독단으로 처리한 걸로 합시다. 명교에서도 그렇게 성명을 내고요."

"정말 그렇게 무마가 되겠나?"

권마가 의심스러운 듯이 물었지만, 나는 고개를 끄덕거리며 답했다.

"원래 정치라는 게 책임질 사람 한 명만 죽거나 내려가면,

다른 일은 전무 무마되게 되어 있습니다. 걱정 마십시오."

"그런가?"

"어차피 명교 쪽에서도 순순히 병력을 전부 철수시키고, 이번 일에 대해서 철저하게 책임을 진다는 자세를 취하면 뒤는 알아서 하겠습니다."

"끌끌끌. 그러세나."

"그럼 잘 부탁하네. 이 장군."

구명우와 권마는 나에게 한차례 포권을 지어 보이고, 명교도들을 데리고 철수하였다.

나는 소용보의 시체는 그냥 둔 채로, 화류검만 회수한 채 요랑의 시신을 조심히 안아들고 다시 장하현으로 향했다.

또, 이현에게 잔소리 얻어 듣겠군.

어디를 나갈 때마다 이렇게 한 사람씩 데리고 가니 말이야.

終章

"자책 말거라. 어차피 오래 살지는 못할 운명이었으니."

"……."

장하강과 장하현, 그리고 내가 근무하는 포관이 보이는 곳에 요랑의 무덤을 마련해 주었다.

여기서라도 웃고 사는 나의 삶을 지켜보라고 말이다.

"행복하게 갔느냐? 고통스러워하지는 않고?"

"노력은 했습니다."

짤막한 나의 말에 사부는 여전히 멀찍이 강을 쳐다보며 말했다.

"딸아이의 어미를 저 장하강에 뿌리면서 기필코 내 딸만큼은 나보다 먼저 보내지 않겠다고 다짐을 했지."

"……."

"딱 하나. 그 딱 한 가지만 다짐을 했는데도 그 하나를 지키기가 어려웠을까……."

"사모님과 같이 하늘에서 만큼은 행복할 것입니다."

입 발린 소리라는 것을 알아도 해줘야 한다.

"그래, 이 못난 아비 없는 곳은 다 행복하겠지."

"……."

"후우우."

사부의 한숨 소리가 폐부 깊숙한 곳에서부터 올라올 무렵, 포관에서 추 소저의 외침이 들려왔다.

"포두님! 점심 드세요!"

아, 그리고 보니 벌써 점심 먹을 시간이군.

나는 자리에서 일어나 사부에게 말했다.

"밥이나 드시러 가시죠."

나의 말에 사부는 아무런 대꾸하지 않고, 요랑의 무덤을 쳐다보며 말했다.

"밥 먹고 오마."

부모의 정이 어떻게 죽는다고 떨어지겠는가.

나와 사부는 요랑의 무덤을 벗어나 포관으로 내려갔다.

명교에 황실 전복 사건은 내가 권마에게 말한 대로 흘러갔다. 소용보가 죽고 나서, 반역죄를 물어 저자에 소용보의 시체가 걸림과 동시에 명교에서는 교주 혼자만의 독단적인 행동이었다는 것을 공공연히 하였다.

또한 이 일에 책임을 다하겠다는 자세로 향후 백 년간 외부 활동을 금하기로 했다.

이에, 황실과 무림맹은 명교가 반성하는 모습을 보였다고 판단하여 더 이상의 책임 추궁은 하지 않았다는 것이 일반인들이 아는 상황이다.

앞으로는 저래도, 뒤에서는 명교가 황실과 무림맹에서 어마어마한 금전적 보상을 해줬다. 그 보상이 얼마난지 텅텅 비어 있던 황실의 금고가 가득 찼다는 혜원의 너스레가 이어졌으니.

"너는 왜 여기 와서 자꾸 점심을 먹냐? 밥값이라도 좀 내든가."

포관에 들어가자마자, 밥을 먹고 있는 혜원에게 한마디 쏘아붙였더니, 혜원이가 당당하게 말했다.

"추 언니가 나는 밥값 안 내도 괜찮대. 베에!"

혀까지 빼물면서 말하는 혜원에게 뭐라고 말하려다가, 부엌에서 음식을 꺼내오는 칠호가 보여서 입을 다물었다.

"어머, 어쩐 일로 이렇게 빨리 들어오셨어요? 포두님?"

"어쩐 일이긴. 한데 몸은 괜찮아? 만삭인데?"

칠호의 배는 불룩하게 불러 있었고, 걸음걸이가 조금 힘겨워 보였다.

"이 정도쯤이야 괜찮아요. 어차피 매일 놀기만 해서 운동이 좀 필요했는데요."

칠호의 말에 나는 혜원을 툭툭 치면서 말했다.

"야야. 너는 좀 도와줘 봐라. 이게 먹는데 정신 팔려서 도와줄 줄을 몰라."

"우우! 먹는 데는 개도 안 건드린다는데!"

"네가 개냐?"

"어? 포두 형님 오셨습니까?"

호팔 포졸이 점심을 먹으러 들어오며, 인사를 하였고 나는 혜원에게 시선을 떼고 고개를 돌렸다.

"왔냐? 오전에 별일은 없었고?"

"별일이야 있겠습니까. 한데 호연이는 아직 안 왔습니까? 녀석이 먼저 들어간다고 했는데 말입니다."

"응? 난 아직 못 봤는데?"

호연 포졸의 행방을 아는 사람은 금세 나타났다.

"아까 하윤이 하고 같이 어디론가 가던데 말입니다? 어? 그런데 어쩐 일로 포두님 점심때 들어오십니까? 오늘 해가 서쪽에서 떴나?"

이현의 친절한 설명에 혜원이 거들며 나섰다.

"그래요. 그래! 이현 오빠, 정말 신기하죠!"

이것들이 쓸데없이 나 빨리 온 게 신기하데.

"쓸데없는 소리는 그만하고, 그나저나 군필아! 밥 먹자!"

나는 큰 목소리로 군필이 녀석을 불렀고, 녀석은 큰 대답과 함께 튀어왔다.

"예! 포두님! 갑니다!"

군필이 녀석은 빗자루를 챙겨들고 자신의 옆에 일을 배우는 사호에게 말했다.

"야, 빨리 정리하고 식당으로 가자."

"아, 예, 알겠습니다."

그래도 군필이 놈이 배운 게 있어서 사호 군기를 잡는 중이었다. 서로 실력은 엇비슷하지만, 포관 밥은 군필이 녀석이 많이 먹었으니 그냥 눈감아주기로 한다.

군필이 녀석과 사호가 나란히 부엌으로 걸어 들어오고, 때를 잘 맞추었는지 하령이가 정육과 같이 포관으로 들어오는 게 보였다.

"둘 다 어서 와라."

나의 반가운 인사에 정육은 그 무심한 표정으로 날 쳐다보며 살가운 인사는커녕 질문을 먼저 하였다.

"어쩐 일이십니까?"

"……."

아오, 이놈이나 저놈이나. 내가 점심 제때 먹는 게 그렇게 신기한 거냐?

더군다나 정육 저놈까지 이럴 줄은 몰랐네.

내가 정육의 말에 잠자코 있자, 하령은 배시시 웃으면서 정육의 소매를 살짝 당기고는 말을 붙였다.

"세상에 신기한 일이 많이 있잖아요."

꾸짖는 시어머니보다 말리는 시누이가 더 밉다고. 딱 이 꼴이군.

"야야. 그만하고 밥이나 먹게 앉아라. 한데 하령이 너 의원이 뭐래?"

"점점 괜찮아지고 있으니, 걱정 말라고 하시든데요. 그리고
몸 관리 잘한다고 칭찬까지 받았어요. 후훗"

동생인 하윤이의 몸 상태는 거의 완쾌가 되었지만, 하령의
몸 상태는 심각한 수준에 처해 있었다. 아마도 동생을 감싸주
려고 자신이 대신 군은 일을 도맡아서 처리한 것 때문에 그런
듯싶었다.

처음에 포관에 와서는 내색을 안 하더니, 어느 정도 시간이
지나고 긴장이 풀리고 나자 하령의 몸 상태는 급격하게 나빠
져 버렸다.

그래도 의원에 정기적으로 진찰을 받고 이제 많이 호전되어
혈색이 돌아오는 게 보이니 안심이 되는군.

"그래, 관리 잘해야지. 그래서 정육이하고 애나 줄줄이 낳고
잘 살아야지."

넌지시 농을 건네자, 하령의 얼굴이 잠시 빨게지면서 정육
의 손을 꼬옥 잡는 것이 보였다.

"아이, 포두님도 차암."

"……"

정육이 놈은 아무 말도 없는 게, 내 말의 뜻을 모르나 싶었
다.

뭐, 그러려니 하지. 중요한 이야기도 아닌데.

정육과 하령의 이야기를 뒤로하고 추 소저가 부엌에서 한
아름 솥을 들고 나오는 것이 보였다.

당연히 이현이 놈은 옆에서 추 소저를 도우면서 다른 식기를 옮기고 있었고 말이다.

"자아, 오늘은 소고기로 솜씨 좀 부려 보았어요!"

"이예! 추 언니 최고예요!"

"아니, 이건 어디서 난 고기입니까?"

혜원과 호팔 포졸의 감탄에 나는 짐짓 거만한 표정을 지으면서 말했다.

"하하. 바로 내가 장에 가서 사왔지! 하하! 어떠냐! 너희 상사의 능력이!"

사실은 호간이네 푸줏간에서 훔쳐왔다. 들키지 말았으면 하는데.

내 말이 끝나자마자, 식탁에 모인 모든 사람이 나를 쳐다보며 고개를 끄덕거리면서 한마디씩을 보탰다.

"그래서 빨리 왔구나."

"난 또. 포두 형님이 개과천선해서 이제부터 업무를 잘 보시는 줄 알았더니."

"하긴 당신은 그런 포두였지."

"포두님, 헤헤. 잘 먹을게요. 한데 다음부터는 늦게 오지 마세요."

"그래요. 괜히 점심때 놓쳐서 늦게 들어와서, 제 마누라, 크흠, 아니, 추 소저에게 밥 차려 달라고 떼쓰지 말란 말입니다."

"……."

하. 하. 하. 포관 돌아가는 꼴하고는…….

나는 뒤 돌아서 포관 정문에 앉아 있는 사부에게 가서 말했다.

"저놈들을 어떻게 하죠?"

그러자 사부는 웃음을 지으면서 말했다.

"허허. 뭘 어떻게 해. 그냥 참고 밥이나 먹어라."

아아, 그런가?

『이포두』 완결

후기

거의 1년 동안 연재해 온 이원생의 이야기가 끝이 났습니다. 물론, 인터넷상에서의 이원생 이야기는 아직 끝이 나지 않았습니다만, 책의 내용은 여기서 마무리를 지어야 할 것 같습니다.

그동안 별것 아닌 글재주로 8권까지 지지부진하게 이야기를 끌어오고, 또한 그것을 지금껏 읽어주신 분들에게 감사의 인사와 큰절 한 번씩 올리겠습니다.

넙죽!

처음으로 책을 출간해서 그런지, 미흡한 점이 많았는데도 출판사 담당자님과 제 글을 선택해 준 편집자 분께도 깊은 감사의 말씀을 전하겠습니다.

또한, 이때까지 제 글에 도움을 주었던 친우인 지웅, 태형, 윤선, 남두 에게도 감사의⋯ 생각해 보니 도움을 준 기억이 없군요. 빼도록 하겠습니다.

아무튼, 제일 큰 도움을 주신 독자분들에게 다시 한 번 감사의 인사드리겠습니다.

부디, 다른 제목으로 찾아뵈는 그 순간까지!

행복하십시오!

—노주일 올림.

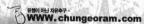

**수십 년 전, 용병왕의 등장으로 생겨난
왕국과 용병의 세계.
평소엔 한없이 가볍지만 화나면 누구보다 무서운,
놀고먹고 싶은 그가 돌아왔다!**

하지만 바람과는 달리 과거 그의 앙숙과 대륙의 판도는
도저히 그를 놓아주질 않는데…….

"용병은 그냥, 돈 받고 칼을 빌려주는 놈들이니까."

그의 용병 철학은 단순했다.

"물론, 누구에게 빌려주느냐가 문제겠지?"

Book Publishing CHUNGEORAM